商务印书馆（成都）有限责任公司出品

在你的晚脸前

王家新 著

商务印书馆

目录

001 "喉头爆破音"
　　——对策兰的翻译

028 诗歌与消费社会
　　——在尤伦斯艺术中心的讲座

041 "当人民从干酪上站起"
　　——读多多的几首诗

052 "嘴唇曾经知道"
　　——策兰和巴赫曼

079 阿多诺与策兰晚期诗歌

112 谈对希姆博尔斯卡两首诗的翻译

127 "只有镜子能梦见镜子"
　　——读诗札记

186 "卫墙"与"密封诗"

202 "伟大的嘴仍在歌唱"
　　——从策兰的一首诗谈起

210 翻译文学、翻译、翻译体

231　"你静默的远航和明亮的捕捞"

244　我与凡·高

249　存在，为了相互存在
　　　　——与策兰的相遇、翻译及其他

272　"真理扑扇的一角"

282　在你的晚脸前

292　一切都不会错过
　　　　——斯洛文尼亚国际文学节记行

303　从"晚期风格"往回看
　　　　——策兰对莎士比亚十四行诗的翻译

"喉头爆破音"

——对策兰的翻译

"策兰是一位必不可少的诗人,不仅对 20 世纪,对所有年代都如此。"(保罗·奥斯特)

"策兰的伟大进入英国和美国的诗歌,给我们的诗歌留下了标记;很难想象有其他任何外国当代诗人像他那样,在我们这里魔咒般唤起了诗是什么的感觉。"(《纽约时报》书评)

"20 世纪诗人中,没有人像策兰那样,以如此敏锐的锋芒穿透语言的内部。"(查尔斯·伯恩斯坦)

以上是一些美国诗人、作家对策兰的评价。英美评论家中,最早关注策兰的是乔治·斯坦纳。这位"人文主义宗匠",带有犹太背景、通晓多种语言文化、独具慧眼的评论家,很早就在他的曾产生重要影响的《巴别塔之后》(After Babel,1975)中探讨过策兰诗歌的读解问题。他毫不犹豫地称策兰的诗为"德国诗歌(也许是现代欧洲)的最高峰"。

几年前,我在中国认识了美国著名诗人、米沃什的杰出译者罗伯特·哈斯及他妻子、女诗人布伦达·希尔曼，也直接感受到策兰在英语世界的影响。哈斯曾称策兰的《死亡赋格》为"20世纪最不可磨灭的一首诗"，布伦达在北大的充满激情的演讲中，除了谈到美国诗人雷克斯罗斯翻译的杜甫的《旅夜书怀》，还谈到在她的身边总是放着另一首诗，那就是策兰的《永恒老去》：

永恒老去：在
策韦泰里，日光兰
以它们的白
相互发问。

以从死者之锅中
端出的咕咕哝哝的勺子，
越过石头，越过石头，
他们给每一张床
和篷帐
舀着汤。

"策韦泰里"为意大利城市，"日光兰"为希腊神话中地狱之神的花，据说可保灵魂安宁。除此之外，这首诗就要靠我们自己来读了。至于它为什么会久久地伴随着一位美国女诗人，这更是一个谜。

诗的影响很难谈，这也不是本文主要考察的内容。策兰在给巴赫曼的信中曾这样说:"我窃取了你的龙胆草,因此拥有金菊花和许多野莴苣。"我们不妨也这样来想象吧。

我所了解到的情况是,策兰对美国诗人产生"实质性"的影响,大概是近一二十年的事。这和在我们这里的情况差不多。

而美国诗人感兴趣的,主要是策兰中后期的诗:它的"晚期风格",它的"去人类性",它那陌生而诡异的语言,它的"不加掩饰的歧义"(undissembled ambiguity),既激发探秘般的热情,又提供了无穷的翻译(或者说"窃取")的可能性。

而这必将导致的,是对语言的重新发现。正如伽达默尔所看到的那样,当人们与策兰诗歌相遇,将会发现"这地形是词的地形……在那里,更深的地层裂开了它的外表"。

也可以说,美国诗人翻译家更看重的,是策兰"后现代"的一面(这和一般读者把策兰的诗仅仅视为"奥斯维辛"的历史见证很不同),或者干脆说,他们把策兰变成了一个讲英语(当然不是那种"通行"的英语)的"后现代"诗人。

——这又不禁使我想起了法国哲学家利欧塔的著名论断:"一部作品只有首先是后现代的才能是现代的",还有:"后现代主义是现代主义的新生状态"。

对策兰的英译,应首推英国德裔诗人、翻译家米歇尔·汉伯格,他在策兰在世时就开始翻译策兰了。他翻译的策兰诗选(企鹅版,1990年初版),包括了策兰一生不同时期的163首诗(策兰一生大概有八百多首诗),这是第一个在英语世界产生广泛影响的译本。它的意义在于较早、较全面地介绍了策兰诗歌,只是很难见出其"重心"和诗学"取向"何在,尤其让人不满足的,是对策兰后期诗歌关注不够。2002年,汉伯格的策兰诗选修订扩大版改由纽约Persea Books出版,也只是增加了《狼豆》等不到十首诗。

我本人自1991年以来对策兰的翻译,最初主要依据汉伯格的译本,到后来,我更看重彼埃尔·乔瑞斯(Pierre Joris)的翻译。与有些译者有选择性地译介不同,乔瑞斯给自己定下了更艰巨的任务,那就是一本一本地译介策兰后期那些艰涩的诗歌。到目前为止,他至少已提供了三个策兰后期诗集的译本:《换气》(1995)、《线太阳群》(2000)、《光之逼迫》(2005),还编选过一个策兰诗文选集(2005)。

更重要的是,我认为乔瑞斯比其他有些译者更深入地把握了策兰后期诗歌的精髓。从他长篇译序中的一些标题,如"阅读之站台,在晚词里","诗歌是语言必然性的独一无二的例证"等等,我们即可看出他的眼光和关注点。他的一些读解也相当透彻,富有启示性。例如策兰的"*Fadensonnen*"("*Threadsuns*","线太阳群"),这是一首诗的题目,也是他的诗集《线太阳群》的题目。但是,这个极为重要的"主题性"意象,到了一些汉译者手里就变成了"棉线太阳"、"串成线的太阳",或是变成了"缕缕阳光"[①]

[①] 见李魁贤:《策兰/波帕》,袖珍版"欧洲经典诗选"之一,桂冠图书股份有限公司2002年版。

等等。这几种译文,看似富有诗意,但却背离了原文,它们其实是以"美文"和"通顺易解"的方式抹去了原文。

我们来看乔瑞斯的读解。在乔瑞斯看来,这在"灰黑的荒原"上高悬、延伸的"线太阳群",提示着诗人继"换气"之后所展示和确立的新的尺度——一种后奥斯维辛的美学尺度:"这些线的太阳群交迭进入词语,显示出延伸的线,它们比一般的线'thread'更丰富,它们还带有英语中'fathom'一词中的某种意思,即'测深线'。……因此,这线是测量空间的,或是'声测'深度的(诗中提到了'光的音调'或声音),也许,这线就是一种尺度,一种对世界和诗歌来说新的尺度。"

这样的读解,才深入到一种写作的"内部",揭示了策兰在奥斯维辛之后要摆脱西方"同一性"的人文美学传统的诗学努力。这种努力,也可以说就是一种"去人类性"。当然,这又是一个需要专门探讨的美学话题。但这的确是策兰后期诗歌的一个趋向。自1958年创作《紧缩》以来,策兰的创作不仅一直带着奥斯维辛的死亡记忆,他也把生活在"冷战"、核威胁和现代工业技术文明中的那种存在感融入了其中。作为一个诗人,他不仅对他所生活的"一个人造之星飞越头顶,甚至不被传统的天穹帐篷所庇护的时代"有着不祥的感知,也深切意识到人类的那一套文学语言都快成了"意义的灰烬"。他的"线太阳群",他那要唱出"人类之外的歌"的努力,就是建立在这样的背景下的。也可以说,正是因为尼采所说的那种"人性了,太人性了",因而策兰在后来会朝向"无人",朝向"未来的北方的河流",朝向一个陌生的词语的异乡。他正是以这种努力,用斯坦纳的术语来说,摆脱了人类理性的"主宰语法",解除了那种"古老的诅咒",又回到了那"冰"(这是策兰后期诗歌中常出现的意象)一样的起源,并在那里等待着人类的访问者。(起源,这本来就是"非人"的——斯坦纳在谈音乐时曾如是说。)

我想,这也就是为什么美国的诗人会被策兰的"陌生"和"异端"所吸引的重要原因。斯蒂文斯的诗,纵然高超而美妙,但那仍是从"阿波罗的竖琴"[①]上发出的声音,但在策兰那里,他们遇到了一种真正的"外语"。

策兰诗歌对翻译构成的根本挑战,也正在这里。而乔瑞斯的翻译之所以应被看重,就在于他不仅仅在枝节上做文章,而是迎向了这根本的挑战。作为一个诗人,一个从欧洲移民美国的翻译家,乔瑞斯对策兰的语言有着更为透彻的洞见。他也正是从这里入手自觉加大其"翻译难度"的。比起一些早先的译者,他的翻译显然更忠实于策兰的独特句法、构词法和语言风格(因为这就是策兰的秘密所在),也更为"精确"(如他在《晚木的日子》的译注中就谈到"Tierbluetige Worte"这一短语,如译为"动物血的词语"就不行,因为"Tierbluetige"其实为策兰自造的新词,含有"绽开"、"流出"之意,因此应译为"出动物血的词语")。

[①] "阿波罗的竖琴"是斯坦纳的一个隐喻,他这样说:"阿波罗的竖琴是理性和谐的乐器……是彻底人性化的、受神启的乐器。"见乔治·斯坦纳,《斯坦纳回忆录:审视后的生命》,李根芳译,浙江大学出版社2012年版,第86页。

也许,乔瑞斯的译文看上去不如有的译者那样"流畅"、"可读性强",但这正是他的可贵之处。他没有迎合、照顾一般英语读者的阅读口味和习惯,而是坚持提供一种"策兰式的"(Celanian)的诗。可以说,他要做的,不是把策兰的诗译成英语,而是译成策兰自己的语言。

而什么是策兰式的语言呢,在《换气》的译者导言中,乔瑞斯这样说:

> 策兰的语言,尽管其表面上是德语,其实即使对讲德语的人来说,它也是一种外语。……策兰的德语是一种诡异的、几乎是幽灵般的语言;它既是母语,牢牢地抛锚于一个死者的国度,又是一种诗人必须激活,必须重新创造,重新发明,以带回到生命中的语言。策兰说过:"现实并不是简单地在那里,它需要被寻求和赢回。"……在被彻底剥夺了任何其他现实性后,策兰着手创造自己的语言——像他自己一样处于绝对流亡的语言。试图翻译它,好像它是一种通行的、普遍使用的或可提供的德语,换言之,试图用一种相似的通用的"白话"英语或美语来译,将会丢失这种诗歌的最本质的方面。

一个具有如此洞见的译者,才有可能是策兰诗歌所"期待"的译者。

著名作家库切（J. M. Coetzee）曾在《纽约时报》书评副刊（2001年7月5日）上专门发表过一篇谈策兰诗歌及其翻译的长文《在丧失之中》(*In the Midst of Losses*)，这样的标题一语双关，它既指向策兰作为一个大屠杀幸存者的命运，也指向了翻译过程中的丧失。显然，这双重的丧失，在这位极具诗性敏感的作家看来，隐喻着诗歌和诗人在今天的命运。

库切在文中提到并进行比较的美国译者主要有费尔斯蒂纳、乔瑞斯、尼古拉·波波夫和麦克休。

斯坦福大学教授费尔斯蒂纳（John Felstiner）是一位很有影响的策兰学者。他所著的策兰传《保罗·策兰：诗人、幸存者、犹太人》（2001），曾获国家图书评论奖提名，也很快被译成德文。两三年前它的中文版也已面世，这对国内希望了解策兰的众多读者来说本来是一件好事，但它的翻译却过于草率，这里就不去多说它了。

除了策兰传外，费尔斯蒂纳还编译了《保罗·策兰诗文选》（2001），收有策兰不同时期大约160首诗作。

"费尔斯蒂纳是一位令人敬畏的策兰学者。"库切在文章中如是说，我想这也是很多人的同感。正因为有深入、全面的研究做基础，费氏对策兰的翻译比较可靠，具有相当的权威性（虽然他也会犯错误，比如他把"*koln, am hof*"一诗误译为"科隆，火车站"，其实应译为《科隆，王宫街》）。而且，他比一般的学者更具有诗的敏感和语言功力，正如库切所指出过的，他用不会德语的读者也能明白的语言，来解答策兰为译者所预设的问题，从无法解释的典故，到复合或自创的词语，尤其是那种策兰式的"打了结的、压缩的句法"（"Celan's knotted、compacted syntax"），他都能够较好地处理。因此库切会觉得"在费尔斯蒂纳和波波夫—麦克休之间很难选择。对策兰所设置的问题，波波夫—麦克休发现的解决方案有时有一种耀眼的创造性，费尔斯蒂纳也有自己辉煌的时刻，最突出的是在他所译的《死亡赋格》里，在这首诗里英语最终被德语盖过"。

库切所说的，是指《死亡赋格》中"你的金色头发玛格丽特"，"你的灰色头发苏拉米斯"以及"死亡是从德国来的大师"这几句"主题句"，它们在费译本中第一次以英语形式出现后，以后均以德语原诗再现，并一直延伸到诗的最后，最终"定格"在那里。据我有限的视野，这在翻译史上可以说是一个创举。但我相信英语读者不仅会接受这种奇特的译本，这也会给他们带来更强烈、丰富的感受。

不过，对我来说，也有很不满足的地方，那就是费氏对策兰后期诗歌的翻译还很不够，虽然他很有眼光地看出策兰在其后期"以地质学的质料向灵魂发出探询"，并曾举出策兰的一首后期诗"以夜的规定给超——/骑者，超——/滑者，超——/嗅觉者，//不——/唱颂诗者，不——/驯服者，不——/遍体鳞伤者，在/疯帐篷前种植//带胡须的灵魂，有着——/冰雹之眼，白砾石的——/结巴者"，说"只有这样的诗才有可能成为他的自传"，但他仍偏重于选取具有社会历史和传记意义的诗来翻译。他的选本从"诗人、幸存者、犹太人"这样的角度为读者提供了一个了解策兰的框架，但是，在那里仍有大量的"漏网之鱼"。而策兰后期诗歌的脉动和能量，或许恰恰是从这些"黑洞"中发出的。

也许，有些诗人读其"选集"就够了，但策兰却是一个需要读其"全集"，尤其是需要读其"晚期"的诗人。我想，正是策兰后来的五六部诗集以及一些散诗，不仅把他的创作推向了一个令人惊异的境地，也最终使他的一生成为一个"炽热的谜语"。

比较独特的译本是尼古拉·波波夫（Nikolai Popov）和麦克休（Heather McHugh）的《喉头爆破音：101首策兰的诗》（*Celan: Glottal stop, 101 Poems*, Wesleyan University Press, 2000）。它不仅主要选取的是策兰的后期诗歌，也明确体现了译者的"后现代主义"取向。波波夫为西雅图华盛顿大学的学者和翻译家，麦克休为驻校作家、女诗人，他们为夫妻，共同分享着策兰的秘密。他们的译本出来后颇受欢迎，曾同策兰有过交往的以色列著名诗人耶胡达·阿米亥说它"在语言、音乐性和精神传达上都很完美"，美国著名诗人、翻译家罗伯特·品斯基则称它为"奇妙的、极具意义的译本"，"有着策兰那独一无二的声音所要求的无畏的音质和表现主义的句法"。这部译诗集出版后，曾获2001年度格里芬国际诗歌奖。

这部译诗集还有一个特点，那就是打破了惯例，"决定不以德英对照的形式出现"（译者语）。波波夫和麦克休视翻译为"自我与他者相遇的一种神秘样式"，在译者前记中称"我们寻求更高的忠实"，并尽量寻求那种"允许我们在英语里再创造"的可能性，最终"使一首诗只是存在于译文中,一种以惊奇、歧义、钟爱和暴力所标记的相遇"。

对此,《纽约时报》书评称:这两位译者"冒了极大的风险,所得到的诗的报赏……激动人心"。

比如《AUS DEN NAHEN》一诗的第一节,如严格按照原文来译,是这样几句:"从近处的 / 水泵 / 未醒之手 / 挤压出灰绿",而波波夫和麦克休在语序上做了很大变动:"灰绿 / 从近处的水泵 / 挤压出来 / 被未醒之手",显然,他们这样译是为了强调"灰绿",使它成为诗题,使读者给予其特殊的注意力。这就完全是"庞德式的翻译"了。另外,这首诗原诗12行,他们的译本多出了两行,在形式上也很难对照,这就是译者"决定不以德英对照的形式出现"的一个原因。

库切在文中多处比较了费氏与波波夫和麦克休的翻译,他这样说:"费尔斯蒂纳是一位令人敬畏的策兰学者,但波波夫—麦克休在学识上也不逊色。当策兰转向一种轻快的尝试时,费尔斯蒂纳的局限性就显现了,例如在依据民歌模式和无意义套话的《一些三,一些四》中,波波夫—麦克休的译文是诙谐和抒情的,费尔斯蒂纳的则太刻板了。"

为印证库切所说的,我们不妨举出波波夫—麦克休该诗译文的第五节:

I make one, and we make three,
One half bound, One half free.

这不仅传达了原诗那谣曲式的韵味,而且句式简洁、活泼,富有生气——可以说在这样的译文中活跃着一个诗性的精灵。而费氏的译文则显得过于笨拙。以下为这首诗全诗的汉译,为了在英文中再现原作的诗感和韵律,波波夫—麦克休对原作有多处变动,同样,为了在汉译中达到同样的效果——纵然这很难,我的译文也做了些变动:

一些三,一些四

皱薄荷,薄荷皱,
在屋前,在屋后。

这时辰,你的时辰,
你的和我的嘴要押韵。

以嘴,以它的沉默,
以那些不屈从的词。

以那窄的,以那宽的,
以所有灾难的临近。

以我一人,以我们仨,
一半被绑,一半自由。

> 薄荷皱,你皱薄荷,
> 在屋前,在屋后。

该诗依据了诗人从小就熟悉的罗马尼亚民歌,另外也包含了他与瑞典犹太德语女诗人奈莉·萨克斯的对话。萨克斯在来信中曾称策兰一家三人为"神圣家族"。策兰与萨克斯亲如姐弟,但他同时也以"更彻底"的艺术姿态有别于萨克斯的虔信。可以说,他有着萨克斯所没有的狡黠和"诡异",而这正是美国的"后现代"诗人感兴趣的地方。

这些,从这首诗的标题" 一些三,一些四"(*Selbdritt, Selbviert/Threesome, Foursome*)就可以看出,因为这样的"词语游戏",我们甚至可以说到后来策兰有意要写得"不三不四",以摆脱意义的捕捉——他要走向那"神圣的无意义"(见《灵魂盲目》)。只不过策兰的"词语游戏"绝不是表面上的,策兰自己曾声称"在我构词的底部并非发明,它们属于语言最古老的地层",我想,它们同时也来自诗人自己最痛苦的部分,如该诗中的"以所有灾难的临近",就明显带上了"戈尔事件"在当时给诗人带来的深重创伤。

库切的比较在继续进行:"策兰的诗不是扩展的音乐:他似乎不是以长的呼气为单位,而是逐字逐句地,一个词一个词、一个短语一个短语地创作。为给每个词和短语以足够的重量,译者也必须创造节奏性的推动力。"也正因此,他肯定了波波夫—麦克休的译本。他举出了《带着酒和绝望》中的一节,策兰的原诗为:

ich ritt durch den Schnee, hoerst du,

ich ritt Gott in die Ferne—die Naehe, er sang,

es war

unser letzter Ritt...

费尔斯蒂纳译为:

I rode through the snow, do you hear,

I rode God into the distance—the nearness, he sang,

it was

our last ride...

我驰过了雪,你是否听到,

我骑着上帝去远方——近处,他唱,

这是

我们最后的骑驰

而波波夫和麦克休译为:

I rode through the snow, do you read me,

I rode God far—I rode God

near, he sang,

it was

our last ride...

我驰过了雪,你是否在看我,
我骑着上帝远——我骑着上帝
近,他唱,
这是
我们最后的骑驰

然后库切说:"费尔斯蒂纳的诗行在节奏上缺乏生气。波波夫—麦克休的'我骑着上帝远——我骑着上帝近'已脱离了原文,但很难指证它的驱动力是不适当的。"

的确,这种创造性的翻译,不仅更富有节奏感,也恰好传达了策兰原诗那种精灵般的诗性。这也说明,创造性翻译的前提是与一颗诗心声息相通,是完全知道原作"在说什么"和"要说什么",不然,就会像女诗人夏宇在《翻译》一诗中所反讽的那样:"翻不出来的 / 只好自行创作 / 但最好看起来像翻译一样。"

当然,库切也指出了波波夫—麦克休译本中的一些不当和不足之处:"在另一首诗里,策兰写到一个词落到他前额后面的凹处,并在那里继续生长:他把这个字与 Siebenstern(七星花)相对应……而在一个除此以外都不错的译本中,波波夫—麦克休只是把 Siebenstern 简单地译为'星星花',没能把它与犹太人特有的大卫六角星和七枝烛台联系起来。费尔斯蒂纳则将该词扩展为

'sevenbranch starflower'('七枝星花')。"

七枝烛台,原本是犹太教礼仪用品,七枝烛台中间一枝略高,代表安息日,其余六枝代表上帝创世的六天。它已成为犹太教的神圣徽号。而费氏之所以将原诗中的"七星花"一词扩展为"七枝星花",因为他太了解写作此诗时的策兰。该诗写于1960年前后,正是伊凡·戈尔的遗孀克莱尔对策兰的"剽窃"指控达到一个高潮的时期,因此策兰的这首诗,可视为一个回答。实际上,在那些困难的日子里,策兰在送给他妻子的曼德尔斯塔姆译诗集上也写有"靠近我们的七枝烛台,靠近我们的七朵玫瑰"这样的话,在策兰一家的乡下别墅里,也的确摆有一盏策兰在塞纳河边的旧书摊上买下的七枝烛台。因此,费氏这样翻译,不仅有依据,也大大加强和扩展了全诗的意义。以下为我根据费氏的译本译出的中文:

那里是词

那里是词,未死的词,坠入:
我额头后面的天国之峡谷,
走过去,被唾沫和废物引领,
那伴随我生活的七枝星花。

夜房里的韵律,粪肥的呼吸,
为意象奴役的眼睛——

但是：还有正直的沉默，一方石头，
避开了恶魔之梯。

读了全诗，我们就知道"七枝星花"是多么重要的一个词！一词之动，用本雅明在《译者的使命》中的话来讲，使原作的本质得到了"新的更茂盛的绽放"！

而这种"一词之易"使全诗骤然改观的"创造性翻译"，我这里不妨再举出一例。首先我们来看以下这首我依据乔瑞斯的译本并参照德文原诗译出的诗：

Haut mal

你这不可赎回的，
嗜眠的，
被众神玷污的：

你的舌是烟熏的，
你的尿发黑，
你的凳子上溅满溃液，

你拥有，
就像我，
淫邪的话语，

你一只脚放到另一个面前，
一只手搭在另一个身上，
蜷缩在山羊皮里，

你圣化
我的肢体。

　　诗的题目很难译，因为它同时可以作为德文和法文来读，作为德文，它指"胎记"或"痣"；作为法文来读，有癫痫、淫邪的意思。作为法文，"Haut mal"在字面上还有着"崇高的邪恶"或"崇高的疾病"的意思。据乔瑞斯的译注，这也可能是对法国现代诗人米歇尔·莱里斯（Michel Leiris）一首诗的题目的引用。

　　读了这首诗，我们自然会感叹策兰那罕见的勇气。的确，这样一位诗人写诗，不是为了什么美学或道德上的"正确"，而是为了接近存在的奥义。这也就是为什么他说过他要使用一种"更事实化"（"more factual"）的语言的本意。

　　不过，也许是波波夫—麦克休觉得策兰的原诗还不够"直接"，他们进行了某种改写。对于这首诗，波波夫—麦克休的译本与乔瑞斯的译本基本上比较接近，除了全诗的最后一句："consecrate/my cock"。

　　这真是令人惊骇。仅仅是这"大胆"的、"美国化"的一句，一切都变得更赤裸、更本质了，甚至，策兰作为一个诗人的一切也需要我们刮目相看了。

但波波夫—麦克休这样翻译也自有根据，并非"胡来"。策兰在原诗最后所使用的"Glied"一词，首义为"肢体"、"四肢"，但也包含有男性阴茎之义。波波夫—麦克休这样来"大胆取义"，这就是他们所说的"更高的忠实"？不管怎么说，这也是一种读解，而且让我们感到了存在于策兰创作生命中的那种张力。

不过，纵然波波夫—麦克休在这些地方的"冒险"颇"激动人心"，从诗学的角度而言，我本人最感兴趣的，或者说感到有什么一下子照亮了我的，是波波夫—麦克休译本"喉头爆破音"这个命名。的确，它抓住了策兰后期最隐秘的东西，而且也会将我们引向对诗歌和语言更重要的发现。"喉头爆破音"，出自策兰的《法兰克福，九月》一诗（它收在《线太阳群》中），以下为全诗：

> 盲目，光——
> 胡须的镶板。
> 被金龟子之梦
> 映亮。
>
> 背后，哀怨的光栅，
> 弗洛伊德的额头打开，
>
> 外面
> 那坚硬、沉默之泪

与这句话摔在一起：

"为这最后

一次

心理学。"

这冒充的

寒鸦

之早餐，

喉头爆破音

在唱。

该诗源于一次法兰克福书展，尤其是书展上弗洛伊德、卡夫卡等德语作家的著作对诗人的触动。诗的题目及开头部分，也隐含着诗人对自己几年前写下的《图宾根，一月》一诗的回应（该诗的开头即是"眼睛说服了/盲目"，后来还提到了荷尔德林那种"族长的稀疏胡须"）；诗中间的"为这最后/一次/心理学"，则指向卡夫卡，他曾对精神病治疗表示过深深的怀疑。寒鸦是卡夫卡的自喻，同时也是他父亲在布拉格所开的商铺的标徽。最后，一个更重要的细节是：卡夫卡死于喉结核。

这首诗我主要是依据乔瑞斯和费尔斯蒂纳的译本并参照德文原诗译出。我没有想到，并且使我受到震动的是，波波夫和麦克休把"喉头爆破音"与策兰母亲的死联系了起来！让我们来看看

他们在译者前记中是怎样说的:

> 声门不是一件东西而是一种空隙:一个声带之间的空间。喉头爆破音,用韦伯斯特的话说,"一种由瞬间完成的声门关闭所产生的说话的声音,随之被爆破声所释放"。策兰在《法兰克福,九月》的结尾运用了这一概念:"喉头爆破音/在唱"。在这首诗中,每个障碍物系列引起了相应的表达,盲目之于光辉,哀悼之于超越的心智,喉头爆破音之于歌诗……策兰的诗往往指向母亲在集中营的死这一主旨:她死于喉管的枪伤。如果发音出于枪洞的裂口,涌出的会是血:这敏感脆弱的部位也正是诗的产生之处。

这样的阐释对我们当然是一个重要的、富有激发性的提示。但我想,不仅是母亲在集中营的惨死,策兰所经历的一切,都会作用于他的诗学:荷尔德林的疯癫、卡夫卡的喉结核、"戈尔事件"所带来的伤害、存在之不可言说和世界之"不可读"等等,都会深深作用于他的诗的发音。

同时我们看到,策兰一直都在试图进入"自身存在的倾斜度下、自身生物的倾斜度下讲述",都一直在寻求最"精确"的表达及其隐喻。他在1957年所作的写给巴赫曼的《翘起的嘴巴》的最后是"嘴唇曾经知道。嘴唇知道。/嘴唇沉默直到结束",到了《图宾根,一月》的结尾,他在对口吃的模仿中最后道出的是

"Pallasch，Pallaksch"这一句不可译的"话"（据说这是荷尔德林晚年疯癫期间的"口头禅"，它有时意味着是，有时意味着不，有时什么意义也没有，只是一句"哇啦哇啦"）。而到了这首《法兰克福，九月》的最后，他则集中于一个诗人的喉头（当然那是一只"寒鸦"的与一个诗人的重叠），而且是那黑暗的看不见也几乎听不见的艰难发音的内部！

在策兰晚期的诗作中，他多次写到生命的这个最隐秘部位，如《什么也没有》中的那个"在喉咙里带着/虚弱、荒凉的母亲气息"的孤单的孩子，如收在《光之逼迫》（1970）中的《你如何在我里面死去》：

你如何在我里面死去：

仍然在最后穿戴破的
呼吸的结里
你，插入
生命的碎片

这不禁使我想起了另一个奥斯维辛的幸存者凯尔泰斯所说的一句话："即使现在：有谁谈论文学？记录下最后的一阵挛痛，这就是一切。"

的确，这就是一切。而这一切，正如有人在论策兰时所说，它体现了"从沉默的语言到语言的沉默"（"from the language of silence to the silencing of language")这一历程。策兰的晚期创作，就处在这样的"终结点"上。

然而，也正是在这最终的沉默中，在被历史和形而上学的强暴"碾压进灰烬里"的那一刻，语言发出了它最微弱，但同时也是最真实、最震动人心的声音——这就是策兰的"喉头爆破音"。

《法兰克福，九月》这首诗最后给我们留下的，正是这种对语言的"倾听"。

这已有别于海德格尔的"倾听"了。也正是在这种策兰式的倾听中，诗歌才有可能在它的"终结"处重新获得自己的声音。

策兰在写给勒内·夏尔的《Argumentum e Silentio》（拉丁语，意为"默默的争辩"）一诗中有这样的诗句："你被沉默赢回的词。"

而他自己最终要写出的诗，正是这种被沉默的"喉头爆破音"所"赢回的词"。

库切在他的文章中也提到了"终结"这个概念。他这样说："在法国，策兰被解读为一个海德格尔式的诗人，这就是说，似乎他在自杀中达到顶点的诗歌生涯，体现了我们这个时代艺术的终结，与被海德格尔所断定的哲学的终结可以相提并论。"

在库切看来（虽然他没有明说），这样的"相提并论"合适而又不合适。我们不妨这样来看：海德格尔没有疯掉，而策兰疯了（在1962年3月给夏尔的一封未发出的信中，他甚至认为他不可能再出版作品，那些人要"灭绝"他）。海德格尔一直在说着"哲学行话"，而策兰在他的晚期发出的，却是一连串人们很难听懂的

"喉头爆破音"(也正因此,策兰很难学——正如我们看到的,纵然策兰成为"后现代诗"的一个源头,但很多人从他那里学到的不过是些皮毛)。

策兰是真疯了。比荷尔德林疯得更为痛苦,也更为真实。因而他的后期诗歌,是深重危机中的诗,也是尖锐搏斗中的诗。他"以夜的规定"重新命名了痛苦、荒诞的存在,也以一种惊人的创造力挑战着语言。这些,我们也许只有在深入的翻译中才会确切地感知。

令我们惊异的只有一点:即使在陷入错乱和疯狂的情形下,即使在充满自杀冲动、难以自控、"赤裸裸地展现身心失禁"(斯坦纳语)之时,策兰写的诗仍是"准确无误"的。他那首写于精神病院里的《疯碗》就不用再说了,我们来看这首:

视听的残余

视听的残余,在
一千零一病房里。

日之夜
熊的波尔卡:

他们再教育了你:

你将再次成为

他。

这首写于强制性"精神治疗"期间的诗（它为诗人死后同年出版的《光之逼迫》的第一首），一开始就与那与死亡博弈的"一千零一夜"发生了关联，后来甚至还有意挪用了当时中国"文革"期间的一个词"再教育"（re-educating）。这说明了什么？这说明诗性本身自有一种抵抗或者说穿透巴别塔混乱的力量？这到底出自一种怎样的意志？诗人自杀前三周去医院探望一个濒死的朋友后，还写有一首题为《死亡》的诗：

死亡是只绽开一次的花。
它就这样绽开，开得不像它自己。
它想绽开就绽开，它不在时间里开放。

它来了，一只硕大的蛾子，装饰摇晃的花茎。
让我成为这花茎，足够健壮，让它高兴。

策兰晚期的诗，即是在死亡中自己绽开的词语之花。它"开得不像它自己"。它是我们迄今所见到的最"难以形容"，并且"带毒性"的词语之花。（"秋天让草地开得那么美丽，那么毒"——这是他自己对阿波里奈尔的"策兰式翻译"。）

而一个译者的"使命"，用本雅明的话来讲，就是使它的本质在语言中得到"新的更茂盛的绽放"!

在论述了策兰及其在美国的翻译后,库切最后这样说:

> 策兰是20世纪中叶最顶尖的欧洲诗人,他不超越他的时代——他也不想超越那个时代,只是为人们最害怕的放电充当避雷针。他那不懈的与德国语言的私密搏斗,构成了他所有后期诗歌的基质,这些在翻译中,在最好的情况下,只能偶然听到,而不能直接听到。在这种意义上,对其后期诗歌的翻译必然总是失败。然而,两代译者以他们的努力奋斗,以无可比拟的智谋和奉献精神,为英语带来了能够带来的东西。对于新一代译者的工作,我们只能心怀感激。

库切是非常富有眼光的。他深刻洞见了策兰诗歌的性质,而在谈翻译时,既看到了其"丢失"和必然的失败,又看到了它为英语所带来的能够带来的东西。

在这个意义上,翻译也正是一种本雅明所说的"赎回"。不仅如此,那些优秀的翻译还创造了差异,创造了语言的回声。重要的是,它使人们在这样一个时代再次听到了语言对他们的召唤。

而我在这里冒昧地考察和谈论了策兰在英语世界的接受和翻译,是因为我相信它对我们中国的诗人、译者和读者也有意义,是因为我一直相信维特根斯坦在其《哲学研究》中的一句话:"人类的共同行为是一种参照系统,我们通过它译解一种未知语言。"

最后,我还想补充一点:除了以上谈到的几位主要英语译者,实际上,在英美有更多的诗人和翻译家参与了对策兰诗歌这种"未知语言"的翻译,如英国的伊恩·费尔利(Ian Fairley),就翻译出版有《线太阳群》(2001)、《雪部》(2007),美国的凯瑟琳·沃什伯恩(Katharine Washburn)和玛格丽特·吉尔曼(Margret Guillemin)也曾从策兰的最后三部诗集中选译过一部《策兰:最后的诗》(*Celan: Last Poems*, 1986),等等。去年,我还收到美国旧金山著名诗人杰克·赫希曼(Jack Hirschman)的来信,他知道我翻译策兰后,特意寄来了他的策兰后期诗歌译文,有四十余首,都是从意大利译文中转译的,因为他被策兰诗歌中那种"存在与虚无之间的张力"所深深吸引,他在译序中一开始即说:"任何对策兰诗歌的发现都是一个重要的事件。"

想想吧,的确如此,只要它称得上是"发现"。

2012.7—8

诗歌与消费社会

——在尤伦斯艺术中心的讲座

我的题目是"诗歌与消费社会",不是"消费社会的诗歌"。任何时代的诗歌都需要在它与现实的关系中来把握自身,因而"诗歌与现实"会不断成为一个话题。但什么是我们今天所生活的"现实",人们到底去想过没有?我想,诗歌到了现时代,显然还与这个社会的消费文化有了一种更"密切"的关系。甚至可以说,这个时代的消费文化,构成了作用于当下诗歌的最主要因素之一。

我们首先来看"消费社会"。我不是什么文化批评家,可以对它的特征做出理论上的描述和分析。我只是通过我们自己的生活本身来感受它的。比如说,在"文革"和 20 世纪 80 年代初、中期,我们那时到商店或"供销社"都叫"买东西",但后来却冒出了一个新词叫"购物"。时代和文化的变化就体现在这个词上。"买东西"是买生活的必需品,而且不能多买,有限量,但这个"购物"就不一定了,它是一种完全有别于"计划经济时代"的文化和生活方式的体现。人们甚至什么也不买,但依然处在一个商品世界里，甚至他们自己不知不觉就成了这个世界中的一件商品。

上个世纪90年代以来，我们显然完全进入了这样一个时代。消费时代的一个主要特征，是物质基本温饱问题解决后，对生活有了更多的需求。村里的大妈当然不会去买高档化妆品，但却会养一个宠物。她同样处在消费社会的逻辑中。

消费社会除了物质消费，还有另一种消费即文化消费（这两种消费形式往往混合在一起）。这就是说，"舌尖上的中国"也需要一点"心灵鸡汤"。消费社会不仅需要丰富的物质，也需要卡拉OK，需要一点所谓的文学、艺术、诗歌，这就是为什么20世纪80年代后期以来余秋雨的"美文"会流行，汪国真、席慕荣的诗歌会流行。记得朱大可曾在文章中谈到上海的警察逮到一个"小姐"，发现她的包里有三样东西：口红，安全套，还有一本余秋雨的《文化苦旅》。这可能是一个编出来的笑话，但颇能说明问题。这个消费时代最需要的，就是它的嘴上能有一抹艳丽的口红了。

我们现在是在人声鼎沸的798艺术区。798艺术区就是现代消费文化的一个窗口。来到这里我们就知道了，消费社会是怎样以"艺术"的名义，以时尚和"先锋"的名义来激发消费、包装消费。世界真是愈来愈一样了。我去过许多欧美的艺术馆，所谓艺术已成为一种休闲方式或生活本身的补偿方式，人们来到那里看看名画，在带有艺术情调的餐厅里吃一顿，买点美术纪念品，就回去"诗意地栖居"了。

不仅如此，消费社会还有着它巨大的贪婪的胃口和不断变化的消费形式。比如说舒婷大姐当年那些以痛苦写出的诗，很快就成为大众消费时代的读物。当初人们是"看不懂",后来似乎一夜间人人都看懂了,然后就去寻找新的刺激。当然我也理解这些。如果没有这些,生活就更无法忍受。比如那些在地铁车厢里一手抓着吊环一面低头看手机屏幕上言情片或武打片的"上班族",如果没有那些恩恩爱爱和打打杀杀陪伴,他们如何在地铁里打发那一段无聊的时光?

由此我们也可以看出:文化消费源于这个时代内在的贫乏,或者说,源于生活本身的贫乏、平庸、空虚、无聊、无意义。这个时代的文化消费就是要解决这种贫乏,但它解决了没有呢?我的体会是:我们消费一次,智力往往就下降一次。或者说,就深深地失望一次。消费时代以它外表的奢华掩盖了其内在的贫乏,不仅如此,它也在生产着、推销着这种贫乏。经由所谓的"文化产业",我们的贫乏可以批量生产了。

而消费时代的消费者们呢?下班之后歪在沙发上,拿着遥控器啪啪地换着电视频道,换着换着就哈欠连天了。这就是这个消费时代的一种写照。我见过一些熟人和老同学,头秃了,肚子大了,曾在他们身上存在的那个"灵魂",却不知所向了。他们,已渐渐被这个时代给消费掉了。

以阿多诺为代表的法兰克福学派,对大众文化、消费主义和资本市场的逻辑有着深刻尖锐的批判,我们不妨去了解一下。我们也知道安塞姆·基弗,德国当代最重要的艺术家之一,他曾被称为"德国罪行的考古学家",后来他意识到"奥斯维辛以另一种形式存在":不再是把人扔进焚尸炉,而是"被经济的当代形式所毁灭,这种形式从内里把人们掏空,使他们成为消费的奴隶"。

这就是在消费时代我们所面临的最根本的问题。

回到诗歌。消费时代并不是不需要诗歌,它也需要消费诗歌,它甚至隔三岔五就在媒体上"呼唤诗歌",这当然是指那些合乎它口味的、它能够消费的诗歌,比如说古典诗歌的一部分、现代的雨巷、余光中式的乡愁、海子的面朝大海春暖花开、已再别了好多年还要去再别的康桥,等等。张枣逝世后,还得加上他那首"只要想起一生中后悔的事,梅花便落满了南山"了。这就是说,死亡也会促进消费,会使消费时代的菜单发生变化。

我们都已体会到消费社会的强大。再严肃的问题,很快就会娱乐化。在这个时代,甚至苦难、灾难也成为了"消费品"。比如汶川大地震后,人们似乎一下子有了对诗歌的需求,而在人们的呼唤和媒体的炒作中,"感人"或"抒情"成为诗的唯一标准,传诵最广的,自然是那首《孩子快抓住妈妈的手》"共赴天国"的诗。的确,在那时听诗朗诵,就是这一片"妈妈……""妈妈……"声,似乎这个民族的审美一下子又回到幼儿园了。

在这种"集体抒情"中,自然是泪水和小资情调淹没了诗歌。那些真正有深度、有艺术个性的诗,以及那些真正对中国诗歌重要的问题,反倒是被遮蔽、被边缘化了。

我想,这就是消费文化所带来的问题:它掩盖了文学和诗歌的真正标准。它降低了这个民族的智商。它模糊了人们的审美判断力。甚至可以说,它以蚊子的哼哼代替了缪斯的歌唱。问题是,在这样一个所谓"大众"的、"多元"的社会,蚊子也有它哼哼的权利，你该怎么办。

我并不是反对大众审美。我也没有权力要求大观园的刘姥姥去听贝多芬。我去过许多欧洲国家，那里的大众文化也很有市场，但人家并没有因此取代或混淆文学的标准。严肃的文学和诗歌在那里依然有一个崇高的位置。比如我这次去参加的斯洛文尼亚文学节，且不说他们的总统和文化部长亲自与会听诗，我发现许多上了年纪的农民也在听。他们也许听不太懂，但他们比谁都更虔敬地在听。这真是让人肃然起敬。

而在我们这里呢？说实话，有时我真不愿说自己是一个什么诗人。叶芝当年有诗云"智者保持沉默，小人们如痴如狂"，当然，这种精英的口吻也许有点过于刺耳，但它表达的那种沉痛感我们在今天却一再地感到了。"舞台搭起来了，只有小丑才能给孩子们带来节日"，这是我在十年前写的一个诗片断系列的最后一节。是啊，面对这个时代，这样一个社会，我们还能说什么？

我想，今天的诗歌就处在这样的背景下。它也不得不与消费社会同行。作为一个诗人，怎样处理与这个消费社会的关系，便摆在了他的面前。我们看到的，是有人在迎合（套用诗人于坚的一句诗，他们一生的奋斗就为了成为一个消费品），有人在忽悠，当然也有人拒绝，更多的人是不知不觉地被它所左右。我们都已了解当今的"粉丝文化"。我的七八岁的儿子就开微博，他不关心别的，就关心有多少人来粉他，"爸爸你怎么不开微博呀，你开了会有……"，我说老爸不需要，有你就行啦。

在当下的中国诗人中，很少有人像多多那样坚决，在一次访谈中他这样说:"诗人一定要有一种迷狂,就是强烈的自转,就像一个球,你自转一放慢,外界就进入,纳入公转,然后就绕着商业走,绕着什么走,就走了。自转,我抵抗你们。"

以"自转"抵抗"公转"——多多的创作本身一直体现着这种"拒绝的美学",不仅是拒绝权力、市场、世俗的虚荣,甚至也"拒绝交流",对"交流的虚假性"(这是阿多诺的一个说法),他可能早就看透了。

我当然赞赏这种态度,虽然在语言表述上不会那样决绝,但心里也一直是这样想的,或是这样来要求自己的。前不久《星星》诗刊有一个访谈,其中一个问题是问我能否谈谈我的"诗歌理想"。我的"诗歌理想",如果说有,就是我最近写的《鱼鸣嘴笔记》一诗的最后一节:

基辛在演奏,

无人。

音乐在海立方上擦出火花。

基辛是我在那时听的一位俄罗斯天才钢琴家,"海立方"则是从"水立方"转化而来的一个意象。除此之外,无人。

但我想,这一切都不仅仅是限于做姿态。这次《三联生活周刊》的编辑在给我这个讲座做广告时用了"守望"之类的悲壮字眼,其实这个词我自己早已不再用了。我想诗歌不需要那样去"守望"。无论世道多乱,我相信只要人心不死,诗歌就不死,只要我们伟大的语言不死，它就不死。所以我不会再持那种姿态。让我多少还有点尴尬的是，这次他们在讲座广告下面还用了我早年的《在山的那边》那首诗。在座的一些朋友知道，这首诗早已选入了中学课本，但它让我真不好意思。多年前北京电台给我的诗做一个直播节目，男播音帅哥朗诵的第一首就是这首诗，朗诵前还深情地对我说："这首诗多好啊，你能不能再多给我们写一些这样的诗？"然后就"声情并茂"地开始朗诵了。幸好是电台直播，不是电视直播，不然我真不知道这张脸往哪里放。

我要说的是，我们不可能生活在消费社会之外，但我们一定要保持清醒。更重要的，是要通过我们的写作，拒绝成为消费的对象，或者说，让消费社会不那么好消费你。是的，一切，要看你的写作本身。今年7月在山东的海边，我写了这样一首诗《牡蛎》：

聚会结束了，海边的餐桌上
留下了几只硕大的
未掰开的牡蛎。

"其实，掰不开的牡蛎
才好吃"，在回来的车上
有人说道。没有人笑，
也不会有人去想这其中的含义。
夜晚的涛声听起来更重了，

我们的车绕行在

黑暗的松林间。

你们看,从《在山的那边》到这首《牡蛎》,这好像是两个不同的人写的。但并不仅仅是风格的变化。《在山的那边》是一首在那个年代常见的"追求—挫折—信念"这类模式的诗,其中的"山"、"海"等意象系列,也都有着相对明确的象征性意义。但《牡蛎》这样的诗,却暗含了一种拒绝,即拒绝"提供"意义,尤其是明确的意义。它看似随手写来,也就那么几句,但却让你难以琢磨。它让你伴着大海的涛声,永远"绕行在/黑暗的松林间"。

显然,这样的诗不可能"进入教材",也不可能进入公共消费的渠道(虽然也可能会有许多读者喜欢它),但在我看来,在某种意义上,这正是诗的胜利。我写了这首诗后,就有了一种"窃喜"——逃脱者的窃喜。

消费文化的特点是要它的消费品能"提供意义",提供它能够即时消费(所谓"快餐文化")的意义,除了那种小资型的美感或传统诗意外,最好还能提供一点格言和哲理,以供"励志",因为在我们这个社会,有太多不动脑子的人需要有人对他们的人生进行"指导"了。这就是为什么汪国真的小格言能够流行,于丹版的"论语"能够流行,这也就是为什么顾城有那么多诗但人们最后只记住了那句"黑夜给了我们黑色的眼睛……"。对此,尼采早就看得很清楚:一般来说,人们只是去吃蛋糕上的葵花籽,至于蛋糕本身,几乎等于不存在。

《牡蛎》这首诗的"成功",就在于它避开了消费社会"对意义的榨取"。它让你"掰不开"。它只能让你去想象其中的"美味"(有个朋友对我讲"你这首诗其实写得挺色情呢")。掰开了,榨取了,这首诗也就完了,就会像桔子皮一样被吐出去。消费社会,即是一个果汁压榨器。它留下的,也只是一地的垃圾和"意义的灰烬"。

　　我们谈了《牡蛎》这首诗。其实在任何时代,都带有消费文化的因素。任何时代的优秀诗人,对于公众对诗歌的接受和消费,如同他们对于自身的创作,都带有一种警惕。比如戴望舒,其成名作为《雨巷》,然而,就在《雨巷》写出后不久,他已把它完全抛开了。他的第一部诗集叫《我的记忆》而不是什么《雨巷》,他不想提醒人们他就是那位"雨巷诗人"。至于后期的戴望舒,早已不再是那个撑着油纸伞在雨巷中寻梦的文学青年,而是一位饱含忧患、日趋深沉凝重的诗人了,如他的《萧红墓畔口占》:

　　　　走六小时寂寞的长途,
　　　　到你头边放一束红山茶,
　　　　我等待着,长夜漫漫,
　　　　你却卧听着海涛闲话。

　　这一首诗怎样"含蓄",这里就不说了。单说"我等待着,长夜漫漫"这一句中的逗号,它加得太好了!这一个逗号,不仅使全篇的句式和节奏发生了变化,也极尽等待的漫长。可以说,正因为这个逗号,漫长的苦难、无尽的等待和沉默都被引入了这首诗中。这真是一个伟大的逗号。

在这方面,策兰更是一个伟大的例证。我们知道,《死亡赋格》问世后在德语世界广被接受、消费的情况引起了他的警惕,甚至"刽子手"们(当然这不一定是指那些杀了人的刽子手)也在欣赏这首诗,这使他深感羞耻。他不想再给苦难押韵。所以他在后来拒绝人们将《死亡赋格》再收入各类诗选。他的创作也在变,变到后来,正如阿多诺所指出的那样:"在抛开有机生命的最后残余之际,策兰在完成波德莱尔的任务,按照本雅明的说法,那就是写诗无需一种韵味。"

阿多诺这样来评价,是因为在这个消费主义一统天下的世界上,他从策兰的后期诗歌中看到了某种"抵抗性潜能",某种不屈从于公众的审美趣味而是谋求艺术自身尊严的"隐秘的驱动力"。在阿多诺看来,在一个充满了"交流的虚假性"的社会里,"艺术只有拒绝追逐交流才能保持自己的完整性",才有可能忠实于它自身的法则。而策兰的"密封",正是对文化消费时代的一种有力抵抗。

不独策兰的诗如此,他的翻译也如此。比如说他对莎士比亚十四行诗的翻译。在他那令人惊叹的翻译中,他不想复制莎士比亚的优美(纵然那会给他带来更多的读者),而且要使它变得困难;不想重现莎士比亚的自信,而且要使它变得吃力;不想模仿莎士比亚的流畅,而是拦腰把它切断,亮出词与词之间的深渊。这就是他与莎士比亚的"对话"。他曾对人讲在《死亡赋格》之后,他不会再那样"音乐化"了。当他翻译时，他也不再能"容忍"莎士比亚的流畅、优美和雄辩。因此他以他的"晚期风格"，对一位经典大师的"古典风格"进行了更冒险也更深刻的重写。

这种富有勇气的、带有自我修正性质的"重写"，我们在很多诗人和艺术家那里都感到了。比如说我们知道的钢琴家格伦·古尔德，在他49岁时，他毅然决定重新录制巴赫的《歌德堡变奏曲》。他第一次录制该曲时才23岁。这一次，他的节奏明显变慢了，早年的意气风发让位于一个步入生命之秋的人的深邃、谦卑和感恩，尤其是最后的咏叹调主题，那种无限的慢，那种深邃、超然而又揪心的音质，有许多次都让我无声泪涌。说实话，听了古尔德演奏的巴赫，马友友的就不想再听了，或者干脆说没法听了，因为他太"甜"，说不好听一点，简直是在"媚俗"。而古尔德呢，在他的职业生涯"如日中天"之时，他却毅然决定不再在舞台上演出了，因为他感到音乐大厅扭曲了他的演奏。他在那里不迎合听众还真不行。所以他宁愿回到"像母亲子宫一样黑暗"的录音棚里去工作。

以上我们谈到这些诗人和艺术家，这也说明，即使是在一个消费社会，诗歌照样会存在，甚至照样可以达到一个伟大、卓越的境界。所以不要埋怨生活对艺术抱着"古老的敌意"。世俗生活就是那个样子，任何时代都一样。问题只在于，我们这些从事诗歌和艺术的人是否具有足够的勇气和内在动力，或者说，能否从我们自己的生活中听到那更高的召唤。以上谈到策兰，这里我还想起茨维塔耶娃，这次我在布鲁尔雅那的书店里买到一本她的英译诗集《我的诗》，欣喜得一直带在身上看，回国的飞机上也在看，好啊，还是好啊，我仿佛又重新拥有了一个秘密。甚至，还再次令我满心羞愧。我们知道，独自带着两个孩子的茨维塔耶娃，在流亡国外期间几乎穷到要行乞的地步，回国后要找个洗碗工的工作也很难，但是你读读人家的东西！是不是有一个字在出卖自己？！"一切都磨损了，一切都被撕碎了，只剩下两张翅膀留了下来……"这是她对自己"破烂的衣服"的描写。别的不说，就凭这两张光辉的"翅膀"，她可以从她的苦难中奋飞了！

这才是我们永久的艺术榜样！说到这里，我还要讲讲苏联导演塔可夫斯基，谁敢于像他那样拍电影啊，像他的《安德烈·卢布廖夫》，像他的《潜行者》，那样冗长、沉闷，一般的观众不打瞌睡才怪。但明眼人一看即知，这才是伟大的、不同凡响的艺术。在他那里，我们不妨这样说，愈伟大便愈"沉闷"，愈"沉闷"便愈伟大。这样的艺术家是不会考虑什么观众或上座率的，他要不惜代价，完全彻底地实现他的艺术目标。这才是我心目中的艺术圣徒和"大师"。因为塔可夫斯基在瑞典哥特兰拍下了他生前最后一部电影《牺牲》，所以前两年我一到那个岛上，就去寻找那棵在《牺牲》中出现的枯死而又奇迹般复活的树，我们当然无法找到那棵树，但我却有了这样一首诗：

    一棵孤单的树，也许只存在于
    那个倔强的俄国人的想象里

一棵孤单的树

连它的影子也会背弃它

除非有一个孩子每天提着一桶

比他本身还要重的水来

除非它生根于

泪水的播种期

以上为全诗的后半部分。这首诗我写出后放了两年，直到今年夏天在修改它时，我才想出了"除非有一个孩子每天提着一桶／比他本身还要重的水来"这一句。有了这至关重要的一句，我想，好，这首诗站住了，成立了。

每天提着一桶"比他本身还要重的水"来！——伟大的艺术，不可能是对生活的屈从和迎合，它只能出自这样的非凡的努力。如果在我们这里也能出一些这样卓越的、坚定不移的艺术家和诗人，它就会是对我们的语言文化的一种提升。我们在今天最需要的，就是这样的"提升"。也只有这样的艺术提升才能给我们带来"不可能的光辉"，或者说，才能帮助我们战胜这个消费时代对我们的消费。所以，别再去炒作什么梨花体啦，那些东西愈炒作愈无聊，愈是使我们远离诗歌。谢谢！

（根据 2012 年 9 月 15 日《三联生活周刊》主办、尤伦斯艺术中心合作主办的"思想·广场"主题讲座整理）

"当人民从干酪上站起"

——读多多的几首诗

当人民从干酪上站起

歌声,省略了革命的血腥
八月像一张残忍的弓
恶毒的儿子走出农舍
携带着烟草和干燥的喉咙
牲口被蒙上了野蛮的眼罩
屁股上挂着发黑的尸体像肿大的鼓
直到篱笆后面的牺牲也渐渐模糊
远远地,又开来冒烟的队伍……

1972

从早年青春和语言的双重叛逆,到对盲目、黑暗命运的深度挖掘,到后来对家园神话的铸造,这就是诗人多多所走过的"里程"。这样一位诗人是以《当人民从干酪上站起》为起点的——它写于1972年,那还是"文革"后期。

首先,"当人民从干酪上站起"这个题目本身就很"怪异",并富有挑战性,人民不是从"土地"上站起而是从中国读者很陌生的"干酪"上站起,这不仅给人以极大的阅读困惑,也明显带上了一种"异国情调"。显然,诗人想要以此颠覆并置换那个时代诗的修辞基础。

而诗人这样写,和他惊人的早熟有关系,和他在那时满怀"犯罪感"所偷吃的禁果,如陈敬容译的波德莱尔、戴望舒译的洛尔迦、"供批判使用"的苏联"解冻文学"作家爱伦堡的《人,岁月,生活》(其中大量涉及曼德尔斯塔姆、茨维塔耶娃等诗人的创作和诗句)等等"禁书"也有很大关系。甚至可以说,这对多多成为一个诗人产生了决定性影响。也正是这种影响,使他一开始就确定了以陌生化和异质性的语言为自己的目标,并作为对那个"假大空"时代的反叛和疏离。

"歌声,省略了革命的血腥",如同该诗的诗题,诗的第一句也同样惊人。在一个全国人民尚在大唱"革命赞歌"的年代,它却一下子就点出了革命的血腥、暴力性质。不过,这里的"歌声",我们需要给予更多的留意,因为它具有多重指向,它不仅指向那个时代的"革命歌声",指向它对血腥的粉饰,也指向了诗人自身的歌声,或暗含了诗人自己要以诗的声音以摆脱历史噩梦的努力(对此,我们不妨想想诗人史蒂文斯的话:诗的可贵在于它"是一种内在的暴力,为我们防御外在的暴力")。总之,这第一句诗就具有了诗人一开始就追求的语言的"多义性",它让我们不得不反复思量这两种歌声的差异及同源性。

而接下来的"八月像一张残忍的弓",这是对革命年代北方暴烈的八月最"传神"的描述。很可能,这也是诗人对他在白洋淀插队期间结识的诗友根子的名句"四月是末日"的一种回应(据诗人讲,那时他和根子都还没有读到艾略特的"四月是最残忍的季节")。就是这一句诗,顿时使全诗拉紧了它的语言的张力。接着,便是"恶毒的儿子"的出场。"恶毒的儿子",显然,这也是对那被革命、造反和暴力所扭曲的一代人的一个隐喻。

正如多多的很多诗所表现的,诗人是一位北方之子,他对这片土地爱恨交加,他也从这片"食肉"的土地深处汲取了一种近乎神秘的能量。接下来诗的场景和细节,都取自革命年代的北方乡村,同时也都带上了隐喻的意味:它的儿子恶毒,喉咙干燥,牲口被蒙上了野蛮的眼罩,更使人震惊的,是"(牲口)屁股上挂着发黑的尸体像肿大的鼓"这一句,它"勾画"出一个野蛮、"肿大"、疯癫的时代,并隐喻了一种古老、蒙昧的命运。而这一切,接下来被诗人准确地称之为"牺牲"——现代造神运动中的荒谬牺牲。

至于全诗的最后两句,不仅很形象,富有动感,也再次强烈暗示了命运的循环性,诗人采用的手法,就如同电影镜头的推拉,又把我们置于那不可抗拒的"冒烟的队伍"之中。

这就是一位诗人最初的发声。在今天看来,它不仅是对"文革"那个蒙昧年代的写照,它还包含了对过去和未来的倾听;它并没有"省略""革命的血腥",但却以其自身的力量远远超越了那个时代,甚至,它也明显有别于同时代早期朦胧诗中的那种二元对立叙事(诸如光明/黑暗、正义/非正义、人性/非人性,等等)。这也说明,多多一开始就把自己的创作建立在了一个更深刻,也更个人化的基础上,并从中获得了其声音的权威。

白沙门

台球桌对着残破的雕像,无人

巨型渔网架在断墙上,无人

自行车锁在石柱上,无人

柱上的天使已被射倒三个,无人

柏油大海很快涌到这里,无人

沙滩上还有一匹马,但是无人

你站到那里就被多了出来,无人

无人,无人把看守当家园——

这是诗人2004年归国后,在海南大学任教期间写下的一首诗。短短一首诗,一个时代的深刻写照,而且充满了让人难以阐释的东西。

首先来看诗中的意象,它们格外醒目而又耐人寻味。可以说这些意象有意无意间都暗含了某种对比,如果说"台球桌"、"巨型渔网"、"自行车"、"柏油大海"这类意象指向了现代文明,"残破的雕像"、"柱上的天使"、"马"等则显然是来自传统文明,并和诗最后的"家园"相联系。这样,这些意象的对比就折射了诗的主题,折射出我们这个处在所谓转型期、充满了各种冲突和危机的时代。而与这些意象相关联的动词,如"对着"、"架在"、"射倒"和"涌(来)"等等,也都强烈暗示着我们都已感到的现时代的混乱和野蛮。

但是这首诗并不单是意象的对照,它还上升到"有与无"的关系层面。诗的起句"台球桌对着残破的雕像,无人",一下子就定下了一种空荡的基调,接下来每一句中的"有"与"无"都耐人寻味,或是隐喻着世界的物化,存在的空虚,正义的缺席,精神的失落,或是指向"家园"所受到的巨大威胁("柏油大海很快涌到这里,无人"),甚或提示着个体存在的"剩余"——"你站到那里就被多了出来,无人"。这直截了当的一句,让我们深感痛彻,我们甚至还有点不敢面对那种荒凉和寂静,你还需要走到那里吗?"你站到那里就被多了出来",而且是"被"多出来的!

但是更让人把握不定的,是前七句每句句末的"无人"及最后一句的"无人"。它可以读解成"没有人",但随着诗的层层递进,"无人"仿佛已由一种陈述("没有人"、"没有任何人")变成了一个"名词":你不能说那里没有人,因为"无人"就在那里,同样,你不能说没有人把看守当家园,因为"无人"正在那里。这样,诗达就到了对一种更高、更无形的存在的命名:无人。

这里我们不禁想到了多多所推崇的策兰。策兰在其诗中就多次运用了"无人"这一指称,如《赞美诗》中的"无人",如同有的研究者所指出的:"这里大写的'无人'(Niemand)仿佛已经由否定性的'没有人'变成了一个肯定性的'位格'(Person),'无人',如同多变的奥德修斯回答独眼巨人的问题:我是'无人'。"《赞美诗》中的一切,就向着这"无人"绽放。策兰写给巴赫曼的《日复一日》中,也有着这样一个结尾:"一个明日/跳入昨日,我们拿来,/丢失了那盏烛光,我把一切/扔进无人的手掌。"在这样的诗中,命运会从明日"跳入昨日",在这种跳跃中,丢失了那盏烛光,手掌也成了"无人"的手掌。

而多多的这首诗呢?那一连的"无人",虽然也可以读解为"没有人",但在"没有人"的"那里",依然有某种存在在见证着日渐荒芜的家园。正如在我们的研究生课堂讨论中刘思伯同学所指出的:这一连串的"无人""字面上都相同,但是如果深入到诗的语境中,'无人'的重复带来的绝不仅是单调的重复,更是一种逐渐深入的情感和力度,像一枚铁丁一点点深入地钉到我们的生命里,越是无人似乎越有一双诗人之眼在注视,使整首诗在看似单调的节奏中,隐现着多重层次、含义和视角"。

存在即是"色与空",诗人也许还受到这种佛家观念的影响。不过,无论我们怎么来看这首诗中的"无人",贯穿其中的基本情绪却可以被我们所感知。因为一层层的转换和递进,这首诗到最后不仅更沉痛,也更耐人寻味了:当我们以某种痛苦的视力面对这片大地,还有一个可以"栖居"的家园吗?有,依然有——那只能是诗的看守本身!这也正提示着在现时代作为一个诗人的责任,即把看守本身当家园,看守住我们残破的雕像,看守住那些未被射倒的天使,看守住沙滩上的"那匹马"(因为柏油大海很快涌到这里),看守住我们古老的语言,作为一个诗人,即意味着他已被永久地托付给了这种看守,因为——"无人"!

在课堂讨论中,王耀伟同学也正是这样来理解的:"在死亡的大屠杀之后,策兰试图重新创造一种语言……'无人'便成为策兰寻找诗歌语言的载体。而多多本人在经历上与策兰有诸多相似之处,他在80年代末离开自己赖以创作的故土,进入到异域并坚持用母语创作,最后定居海南,诗人回归母语却发现:'无人,无人把看守当家园'。因此,这'无人'便象征着多多老师向策兰致敬,并思考'家园'丧失后,'看守'已成'家园',只不过我们的一切都将从'无'开始。"

诗无定论,重要的是它能否激发我们去思,召唤我们去思。我们看到,多多近些年来的创作,既立足于当下的现实经验,又愈来愈趋向于一种玄学式的感知,他的这首《白沙门》,就让我们想到史蒂文斯所说的"本地的抽象"。也正是以这种"本地的抽象",诗人打通了"知性"与"感性"、"有"与"无"、"缺席"与"在场",等等。总之,这种"本地的抽象",已不是现实的简单"反映"了,如同那些伟大的艺术作品,它指向了一种"存在之诗"。

我始终欣喜有一道光在黑夜里

我始终欣喜有一道光在黑夜里
在风声与钟声中我等待那道光

在直到中午才醒来的那个早晨
最后的树叶做梦般地悬着
大量的树叶进入了冬天
落叶从四面把树围拢
树，从倾斜的城市边缘集中了四季的风——

谁让风一直被误解为迷失的中心
谁让我坚持倾听树重新挡住风的声音
为迫使风再度成为收获时节被迫张开的五指
风的阴影从死人手上长出了新叶
指甲被拔出来了，被手。被手中的工具
攥紧，一种酷似人而又被人所唾弃的
像人的阴影，被人走过
是它，驱散了死人脸上最后那道光
却把砍进树林的光，磨得越来越亮！

逆着春天的光我走进天亮之前的光里
我认出了那恨我并记住我的唯一的一棵树
在树下，在那棵苹果树下
我记忆中的桌子绿了
骨头被翅膀惊醒的五月的光华，向我展开了
我回头，背上长满青草
我醒着，而天空已经移动

写在脸上的死亡进入了字
被习惯于死亡的星辰所照耀
死亡,射进了光
使孤独的教堂成为测量星光的最后一根柱子
使漏掉的,被剩下。

1991

　　作为一个诗人,多多一开始就走在一条孤绝的语言之途上,到写这首诗时,他有了一次更令人惊异的诗的迸发。他所深入的精神的黑夜,他在异国他乡的那种经历,也把他带向了这"一道光"。

　　而这不是一般的光,是诗人要"逆着春天的光"走进的"天亮之前的光",是经历了太多的生与死才能迎来的照亮和启示,甚至是大地上留下的"最后一根柱子"所要去测量的光。

　　因此,这绝不是我们通常所看到的那种"光明与黑暗"的简单修辞。这是一场更神秘的风暴的聚集,它在打开我们所有的精神维度的同时,也势必会造成一种崩溃——寻常的语义结构的崩溃。

　　的确,要说出这首诗的含义是困难的。像多多这样的诗人,从来不是靠通常的理性而是靠一种诗的"本能"讲话的人。他的诗,也往往只能用悖论语言来勉力描述。我们只能说它的"关键词"是风,树,光,死亡,字/语言,等等,在这首诗中,这些词语和意象相互关联,而又相互揭示,一直把我们带到那启示的一刻。

　　风,一直在多多的诗中吹着,"在树上,十二月的风抵抗着更烈的酒／有一阵风，催促话语的来临"（多多《什么时候我知道铃声是绿色的》），在这首诗中，它变得更强劲了，当然，我们也看到一种同样强劲的角逐，如果说风被"误解为迷失的中心"，而人——语言的工具，就在这个迷失的中心与它周旋着："迫使风再度成为收获时节被迫张开的五指"。而"指甲被拔出来了"这个隐喻，也只能是语言本身的惨痛。在这场角逐中，诗所能捕捉的，只是一丝"风的阴影"，正像诗人在另一个地方曾说过的那样："在我们陈述时，最富诗意的东西已经逃逸……词从未在我们手中，我们抓住轮廓，死后变为知识。"

树，正是树"从倾斜的城市边缘集中了四季的风"。在这首诗中，这首先是诗人"在直到中午才醒来的那个早晨"所看到的树——而它的"最后的树叶做梦般地悬着"。随着"大量的树叶进入了冬天"、"落叶从四面把树围拢"，诗确定下了这棵生命之树。在诗人的倾听中，正是它在抵抗着风也在聚集着风。但诗人还要逆着风与光走下去，在那"天亮之前"的光里"我认出了那恨我并记住我的唯一的一棵树"，这是启示性的一刻，也是对生命的爱与恨的本原的最终辨认——正是这样一棵被"认出"的树，成为该诗的一个核心意象，它提示着一种生命的永在。

应该留意的，是这句诗中的"恨"字，如我们的全部语言文化传统所提示，它提示着一种情感的爱恨交加的强度、深度和纠结程度，可以说正是通过这种"恨"字，诗人"进入大地，属于大地"，他与这片他所反抗和背离的土地有了一种宿命般的联系。也正因为"恨"，所以"记住"。而认出了这棵唯一的"恨我并记住我"的树,一切都将复活,"在树下,在那棵苹果树下/我记忆中的桌子绿了……",就在那里"我回头,背上长满青草/我醒着,而天空已经移动",一位直抵存在本源和诗的创化之境的诗人,就这样在完成着生与死的置换,而那"写在脸上的死亡进入了字",也成为语言,被吸收为语言。

但是,还有光,那更高处的光;还有死亡,比生命更富有生命的死亡。正是在那被照亮的一刻,"死亡"也再次出现了,"死亡,射进了光",或者说,这光本身就吸收了死亡。这是死亡之光,这也是最终的度量。一切都消失了,正是这射进的死亡,"使孤独的教堂成为测量星光的最后一根柱子/使漏掉的,被剩下"。

这就是全诗最后留下的意象。它使人不由得战栗,但同时它也具有了启示录一样的效果。什么将"漏掉"?被"剩下"又意味着什么?诗人当然不会明说,也不可言说,但我们却可以设想,这是一场与死亡的徒劳角逐,也是一场与时间的最终赌注,而在这一场角逐中"漏掉"的,或许正是某种词语的幸存。

早在年轻时代,诗人就曾写道"八月像一张残忍的弓",现在,他的语言之弓依然是那么残忍,那么饱满。

还应留意的是全诗的节奏和语速,与开头从容徐缓的长句相比,诗到后来愈来愈短促有力,诗人以这种方式,最终达到了他的领悟和肯定。一位逆着风、逆着春天的光、走在一条孤绝的语言之途上的诗人,就这样把他所经历的一切,把风、树、光、死亡,如策兰在《带着来自塔露萨的书》中所写到的那样,一并写入"那伟大的内韵"。

"嘴唇曾经知道"
——策兰和巴赫曼

> 一条弓弦
> 把它的苦痛张在你们中间
>
> ——策兰《里昂,弓箭手》

保罗·策兰(1921—1970)和英格褒·巴赫曼(1926—1973)于1948年5月在维也纳相识并相爱。然而,维也纳对策兰而言只是一个流亡中转站,作为来自罗马尼亚的难民,他不能留在奥地利,只能去法国,而巴赫曼当时在维也纳大学攻读哲学博士学位。在后来的20年中,两人在文学上都获得引人瞩目的成就。策兰与巴赫曼,代表着德国战后文学史上的一个时代。

巴赫曼比策兰小五六岁,生于奥地利与斯洛文尼亚、意大利接壤的克拉根福特。她父亲曾参加过纳粹军队,这使她长期以来对犹太人有一种负罪感。她本人自童年时期就对纳粹历史深怀厌恶和恐惧,在一次访谈中她说:"就是那样一个确定的时刻,它毁灭了我的童年。希特勒的军队挺进克拉根福特,一切是那样的恐怖。从这一天起,我的记忆就开始了……那无与伦比的残忍……那疯狂的嚎叫、颂扬的歌声和行进的步伐——我第一次感到了死亡的恐惧。"[1]

这就是为什么她会和策兰走到一起,并始终和他站在一起。她和策兰认识的时候,已开始创作小说,同时撰写关于海德格尔哲学的博士论文。她是在策兰的激励下走上一条诗歌道路的(在她刚认识策兰时,策兰在她眼中已是一位"著名的超现实主义诗人"了,见巴赫曼给父母的信)。她也比其他任何人更能看到策兰身上那些不同寻常的东西。1952年,已在诗坛崭露头角的巴赫曼力荐策兰参加当年的西德四七社文学年会,为策兰在西德的成名起到了重要作用,在后来的"戈尔事件"中,她站出来为策兰辩护;1967年间,巴赫曼向自己的出版社推荐策兰做阿赫玛托娃诗歌的译者,后来,该出版社确定了另外的译者,是纳粹歌曲的作者,巴赫曼当即决定将著作出版权从该出版社收回。巴赫曼做了这一切。她深信作家卡尔·克劳斯的一句话:"每种语言的优势都根植于其道德之中。"

几年前德国出版界的一个重要事件是巴赫曼、策兰书信集的出版。书信集名为《心的岁月》,出自策兰《科隆,王宫街》一诗的首句,共收入两位诗人自1948年6月至1967年7月整整20

---

[1] 转引自巴赫曼:《巴赫曼作品集》,韩瑞祥选编,人民文学出版社2006年版,第6页。

年间的196封书信及电报、明信片。另外,还收入了策兰与巴赫曼的男友弗里希的16封信及巴赫曼与策兰妻子吉赛尔的25封信。这部书信集根据出版惯例,要到2023年才可以问世。为了满足研究者和读者的需要,苏尔坎普出版社征得双方亲属的许可,于2008年8月提前出版了。①

这些书信的重要意义在于,它们不仅是两位诗人富有戏剧性的爱情/朋友关系和人生、创作历程的记载,也是战后德国文学的见证,是与政治历史背景有广泛关联的个人档案。

在这"心的岁月"里,常常是巴赫曼不停地写信,而策兰保持沉默,或是只寄上"一小罐蓝"(策兰1953年3月在寄赠巴赫曼的诗集《罂粟与回忆》上写的赠言)。但他们从对方吸收的思想、激情和灵感,对彼此的创作和翻译都产生了重要的激励作用("我窃取了你的龙胆草,因此拥有金菊花和许多野莴苣",策兰致巴赫曼)。他们之间的关系,和他们各自的"存在与死亡"深刻相关。当然,这种痛苦、复杂、持续了一生的爱和对话,也带有一种悲剧的性质。对这种"爱之罪",对他们都感到那"不可表达"的一切,策兰自己有诗为证:"嘴唇曾经知道。嘴唇知道。/嘴唇沉默直到结束。"(《翘起的嘴巴》,1957)

这些书信首先见证了他们的相爱。"保罗,亲爱的保罗,我向往你及我们之间的童话。我可以比别人更能理解你的诗歌,因

---

① 巴赫曼、策兰书信集《心的岁月》,芮虎、王家新译,其部分中译见《世界文学》2009年第5期、《中西诗歌》2012年第3期,全译将在年内出版。

为我们曾经在里面相遇,从那以后,贝阿特丽克斯巷①就不复存在。我常常想念你,有时沉湎于其中,和你说话,将你陌生而黝黑的头抱在我的双臂间,想把你沉重的石头从你的胸口搬开……让你听到歌唱。"这是巴赫曼1949年5月底从维也纳写给策兰的一封信稿。

有别于一般的情爱,这个故事中的年轻男主人公向对方奉献的信物是"罂粟花"。这也许是因为从这奇异的花中可以提炼鸦片,而鸦片是一种麻醉、镇痛的物质。幸存者也想忘却历史,因为他们要活下来,不被奥斯维辛的死亡幽灵所纠缠。因而罂粟会成为策兰诗中重要的意象,为巴赫曼的生日,策兰还写下了《花冠》这首名诗:"从坚果里我们剥出时间并教它走路:/而时间回到壳中。"就在这个最隐秘的世界里,"我们互看,/我们交换黑暗的词,/我们互爱如罂粟与记忆,/我们睡去像酒在螺壳里,/像海,在月亮血的光线中……"

为纪念这种爱,策兰1952年在西德正式出版的诗集就叫《罂粟与记忆》。

《花冠》深受巴赫曼的喜爱,她这样回复策兰:"我常常在想,《花冠》是你最美的诗,是对一个瞬间的完美再现,那里的一切都将成为大理石,直到永远。""唉,是的,我爱你,而我那时却从来没有把它说出。我又闻到了那罂粟花,深深地,如此的深,你是如此奇妙地将它变化出来,我永远都不会忘记……"

---

① 策兰和巴赫曼在维也纳相爱时巴赫曼所居住的街道名。

为此,巴赫曼渴望去巴黎:"别问我为什么,为了谁,但是,你要在那里等我……带我去塞纳河畔,我们将长久地注视,直到我俩变成一对小鱼,并重新认识对方。"

但是,那些莫名的障碍和误解也一直存在于他们之间。策兰在 1949 年 8 月的信中写道:"你知道吗,英格褒,为什么去年以来我给你写得很少?不仅仅是因为巴黎将我逼到一个如此可怕的沉默中……更重要的是,我不知道你对我们在维也纳的那短短的几个星期持什么看法……也许我弄错了,也许就是如此,我们相互之间要回避的地方,恰好正是两人都想在那里相遇之地,也许我们两人对此都负有责任。不过,我有时对自己说,我的沉默也许比你的沉默更容易理解,因为,我所承受的黑暗更久远。"

的确,作为一个大屠杀的幸存者和流亡者,策兰"承受的黑暗更久远"。这在他于维也纳期间写给巴赫曼的《在埃及》一诗中就体现出来:

> 你应对异乡女人的眼睛说:那是水。
> 你应知道水里的事,在异乡人眼里寻找。
> 你应从水里召唤她们:露丝!诺埃米!米瑞安!
> 你应装扮她们,当你和异乡人躺在一起。
> 你应以异乡人的云发装扮她们。
> 你应对露丝、米瑞安和诺埃米说话:
> 看哪,我和她睡觉!
> 你应以最美的东西装扮依偎着你的异乡女人。

你应以对露丝、米瑞安和诺埃米的悲哀来装扮她。

你应对异乡人说：

看哪，我和她们睡过觉！

这首诗真是异常悲哀。异乡的爱情给诗人带来了安慰，使他感到了"水"，但也更深地触动了他的精神创伤。诗题"在埃及"，首先就喻示着犹太人的流亡。据《旧约》记载，犹太人曾在埃及为奴，后来在摩西的带领下出了埃及。诗中的三位女子，都是犹太女子常起的名字，其中露丝为策兰早年在家乡泽诺维奇的女友，曾帮助过策兰躲避纳粹的迫害。米瑞安为摩西的妹妹的名字。"你应从水里召唤她们"，这一句不仅富有诗意，而且震动人心。诗人试图在过去与现在之间保持平衡，但他做不到。而这是用一般的"不忘旧情"解释不了的。它不仅透出了一种丧失家园的流亡感，还透出了作为一个幸存者的至深愧疚。策兰的一生，就带着这种艰难的重负。

而巴赫曼，也一直试图帮助策兰摆脱，她在1949年11月24日的信中写道："我应该去看你……。我很害怕，看见你被滔滔的海水卷去，但是，我要造一条船，把你从绝望中带回来。为此，你自己也必须要做点什么，使我的负担不至于太沉重。时间和别的许多东西都在和我们作对，但是，它们不能将我们要拯救的东西毁灭。"落款是："我紧靠着你，/你的英格褒"。

后来，巴赫曼真的从维也纳去了巴黎，但策兰的精神重负也传给了她。她总是觉得在他们之间存在着一道阴影，她甚至"感到某种窒息"。这次旅行后她写的《巴黎》一诗,就传达出这种深深的迷惘。在此后的日子里还发生一件事,策兰要收回他送给巴赫曼的家传的戒指,这使巴赫曼很受伤,不过她也理解,她知道:"这个戒指的历史,——对我而言,这历史是神圣的……而我只能对你说,我可以面对死者的良知佩戴这戒指。"在信中她还这样请求:"请别忘记,因为你的诗歌我才写作;我希望,我们之间别的协议也不会由于我们的论争而受到伤害。"

也许,这就是命运:他们只能作为两个独立的诗人,甚至作为情人相处,但不可能生活在一起。策兰因为戒指一事而感到对巴赫曼"犯下了罪",巴赫曼也接受了这种命运。在获得博士学位后,巴赫曼在维也纳盟军电台"红白红"得到一个编辑职务,她以忘我的工作来打发时光,并开始创作广播剧,在通信中她只是请策兰多给她寄诗来,"有时,我只是通过它们来生活和呼吸"。

在巴黎度过最初艰难的几年后,1951年11月,策兰认识了后来的妻子、版画家吉赛尔,并于一年后成婚。1952年5月,他和巴赫曼一起参加了西德四七社文学年会(巴赫曼在信中嘱他一定要带上《死亡赋格》朗诵)。同年,他的诗集《罂粟与记忆》在斯图加特出版,其中《死亡赋格》一诗很快在德语世界产生广泛、重要的影响。

1953年也是巴赫曼重要的一年。这一年,她以《大货舱》等四首诗获四七社文学奖,作为一个文学新星成为西德"镜报"的封面人物,同年12月,她出版了第一部诗集《延期支付的时间》,之后她辞掉了电台的工作,和音乐家恒茨到意大利的伊夏岛居住。

1955年，策兰在西德出版了诗集《门槛之间》，1956年，巴赫曼的第二部诗集《大熊星座的呼唤》出版，他们各自将自己的创作推向了一个新的引人瞩目的高度。

这是战后德语文学"诗歌的十年"。1958年，在接受不莱梅文学奖所作的获奖词的最后，策兰这样说："我相信不仅我自己带着这样的想法，这也是一些年轻诗人的努力方向。"策兰所说的这些年轻诗人，主要包括了四七社诗人群，像艾希、巴赫曼、恩岑斯贝尔格，以及后来致力于小说创作的格拉斯等等。相对于在战后复出的表现主义诗人本恩的"绝对诗"与布莱希特的社会讽喻诗歌，策兰显然与上述四七社诗人有更多的共同点。艾希于1950年第一个获得四七社文学奖，他的成名作《清单》，成为战后文学清算和语言净化的一个重要标志。巴赫曼的"到期必须偿还延期支付的／时间已出现在地平线上"（《延期支付的时间》），带着一种紧迫感和警示感，已成为战后时代意识的一部分。恩岑斯贝尔格的诗则更多地带着一种历史反省和批判的锋芒，如《写进高年级的课本》（刘国庆译）："不要读歌赋，我的儿子，读一下航空时刻表：／它们更为准确。趁为时不晚，／打开海图。要警惕，不要唱歌。／……和你一起／（把）磨就的细细的致命粉尘／吹进权力的肺脏。"

策兰和巴赫曼一起，经历了这样一个激发着他们的诗的年代。1957年10月11日，策兰到西德乌培尔塔尔参加"文学联盟"年会（该文学联盟于1945年末成立，全名为"精神革新协会"），并在那里与巴赫曼重逢。在四年没有联系之后，他们顺从了他们之间的那种引力,恢复了他们的爱情关系。会议之后,他们一起来到科隆,住在邻近大教堂和莱茵河畔的王宫街的一家旅馆,该街区一带在中世纪为犹太人的居住地和受难地(不仅在纳粹时期,在中世纪发生的一场大瘟疫中,他们就曾作为祸因惨遭集体屠杀)。策兰后来写出了这首诗,并从巴黎把它寄给了巴赫曼:

心的时间,梦者
为午夜密码
而站立。

有人在寂静中低语,有人沉默,
有人走着自己的路。
流放与消失
都曾经在家。

你大教堂。

你不可见的大教堂,
你不曾被听到的河流,
你深入在我们之内的钟。

多么好的一首诗!诗一开始"心的时间",即给人一种平心静气之感,似乎诗人所经历的全部时间,把他推向了这一刻。接着是"梦者"的出现,他不是因为眺望星空而是因为"午夜密码"而站立——这种策兰式的隐喻,指向了历史和宇宙那黑暗的、解不开的谜。

接下来,由眼前所见延伸到历史的深处,"有人在寂静中低语,有人沉默,/有人走着自己的路",这是对王宫街周边喧闹过后的描述,但也可以说是对一个时代的隐喻,尤其是"有人沉默"这一句。但不管怎么说,"流放与消失/都曾经在家",这里的一切,都是那历史的见证!

于是诗人发出了他的追问:"你大教堂",句式很不寻常,而且在诗中单独成节,我们可以体会到当一个诗人在午夜面对宇宙的寂静和黑暗,面对那消失的苦难历史从而直接向"大教堂"发出呼喊时的那种内心涌动了!

诗写到这里,被推向一个高潮——"你大教堂",这就是诗人要追问和述说的一切,而接下来的,不过是它的回声。因此在全诗的最后一节,诗人所追问的大教堂、所凝望的黑暗河流和所倾听的钟声,被转入到一个更深邃、内在、不可见的层面,从而有了更深长的意味。

尤其是"你深入在我们之内的钟"这最后一句,它成为两位诗人再次走到一起("我们")的深刻见证。在后来给巴赫曼的信中,策兰自己也曾引用过这一句。它已成为他们之间的一种精神暗号。

诗歌和爱一起被点燃。《白与轻》是策兰回到巴黎不几天后寄给巴赫曼的。他在信中写道:"读吧,英格褒,读吧:给你,英格褒,给你——"

    镰刀形的沙丘,未曾数过。

    风影中,千重的你。
    你和我的
    赤裸着伸向你的胳膊,
    那失去的。

    光柱,把我们吹打到一起。
    我们忍受着这明亮、疼痛和名字。

而在诗的最后,诗人这样询问:

    你睡着了吗?

    睡吧。

    海洋的石磨转动,
    冰光和那未听到的,
    在我们的眼中。

爱情的复发带来了诗。接下来,在一连数日的信里,都是策兰写给巴赫曼的诗：《碎石驳船》、《翘起的嘴巴》、《万灵节》、《日复一日》、《一只手》等。对于这些接踵而至的诗，巴赫曼也有点不知所措，就干脆默默地承受着它们的冲击。

的确，现在，是巴赫曼在"承受更久远的黑暗"了。在该年10月28日至29日致策兰的信中她写道："我要感谢你，你把一切都告诉了你的妻子，为了使她'节省时间'，我却要说，即使她能减轻，也是更加负债了。……我必须说明理由吗？""当我必须想到她和那孩子（即策兰和吉赛尔之子埃里克，1955年生）时，——而我永远不可能避免这个问题——我就不可能和你拥抱。我不知道接下去会如何。"

这就是"爱之罪"。以下就是策兰的这首《翘起的嘴巴》：

翘起的嘴巴，可以感觉：
黑色的植物。

（需要它，不找寻光，留下
雪纱，留下
你的猎物。

两者都可以：
触摸，禁止触摸。
两者谈着爱之罪，
两者都想存在与死亡。）

叶片疤痕，嫩芽，密密睫毛。

在眼睛尽头，陌生的日子。

豆荚，真实而开放。

嘴唇曾经知道。嘴唇知道。

嘴唇沉默直到结束。

  但在策兰那里，也有一种深深的喜悦，在收到巴赫曼的上一封信后他这样回复："毁灭吗，英格褒？不，当然不。……不必抱怨那场暴雨，那场侵袭了我的暴雨——对我而言，无论什么后果，它都是幸福和喜悦。""你也知道，当我与你相遇之时，你对我来说既是感觉也是精神，两者都是。它们永远不能分开，英格褒。""想想《在埃及》。当我读它，就看见你步入其中：你是那生命的泉源，也正因为这样，你是我言说的辩护者，并且将继续如此。……然而，如果仅仅是言说，就什么都不是，我只是想即使和你沉默地在一起也好。""英格褒，如果生命不迁就我们，还等待它并为此而存在，对我们而言，这将是一种最错误的方式。存在，是的，我们可以，并且可能。存在——为了相互存在。"

  "存在——为了相互存在"，这话是多么坚定而富有激励性！就在接着的下一封信里，策兰还这样说："《科隆，王宫街》不是一首美丽的诗吗？……英格褒，通过你，通过你。如果你没有说过'做梦者'，它怎么会产生呢。只要你一句话，我就可以生存。而我现在耳边又响起了你的声音！"在信中，他还告诉巴赫曼他将在 11 月底去慕尼黑,"回到跳跃之处"。

就在策兰说的这个时间的稍后几天,策兰去慕尼黑朗诵诗歌后又与巴赫曼相会了。关于此行,策兰写下了《日复一日》,并把它寄给了巴赫曼:

你这焚烧的风。寂静
曾飞在我们前头,第二次
实在的生命。

我胜了,我失败了,我们相信过
昏暗的奇迹,那枝条,
在天空疾书,负载着我们,在月球轨道上
茂盛,留下白色痕迹,一个明日
升上昨日,我们拿来,
那盏烛光,我哭泣
在你的手掌。

就在写这首诗后,策兰还从准备出版的诗集《语言栅栏》里选出 21 首诗编为一卷送给巴赫曼,又从诗集《罂粟与记忆》里选出 23 首诗送给巴赫曼。在他那时的信中,他还充满激情地记下了巴赫曼与他在慕尼黑火车站惜别的情景,记下了火车上那"不同寻常"的一幕:火车启动后,不仅他拿出巴赫曼的诗集在读("仿佛一个沉溺者进入到一种完全透明的光中"),"当我抬起头来,发现坐在窗前的那位年轻女士正在拿出《音调》杂志,是最近一期,并开始翻页。她翻呀翻呀,我的目光可以跟随着她的翻页,我知道,你的诗歌和你的名字即将出现。于是,它们出现了,翻阅的手停留在那里……"

总之,巴赫曼已无处不在。她已占据了他的全部存在。

不过,这只能是短暂的爆发,而且会留下痛苦的伤口。就在巴赫曼与策兰相聚的时刻,她也在想着巴黎的吉赛尔,并因此而深深自责(虽然策兰告诉过她吉赛尔知道——也就是"默许"——他去慕尼黑与她相会)。另外,她也需要有自己稳定、安全的生活,因此,从1958年11月起,她开始与瑞士著名作家马克斯·弗里希同居(此后他们在一起过了四年)。也许正因为如此,策兰在1959年出版的诗集《语言栅栏》里,把上面这首诗的最后几行改为:

……一个明日

跳入昨日,我们拿来,

丢失了那盏烛光,我把一切

扔进无人的手掌。

看来命运是注定的,它会从明日"跳入昨日"。在这种跳跃中,丢失了未来,丢失了那盏烛光。手掌也成了"无人的手掌"。而他们都只能生活在一种致命的"缺席"里。策兰在1963年出版的诗集干脆就叫《无人玫瑰》。

在这之后,这两位诗人仍经常保持着联系,但他们都已理智多了。1959年5月，流亡、定居在瑞典的犹太女诗人内莉·萨克斯获得德国梅尔斯堡的文学奖。由于多年前最后一分钟逃离柏林的恐怖记忆，她不愿在德国过夜，决定住在瑞士苏黎世，然后绕道到梅尔斯堡领奖。于是策兰一家专程从巴黎到苏黎世看望萨克斯，并在那里见到巴赫曼和弗里希。这两位诗人之间的关系，也变得更为复杂、微妙了。

而在这前后，策兰与巴赫曼之间的联系，更多的是和一些文学事务有关，和海德格尔生日庆祝专辑以及持续多年的"戈尔事件"有关。巴赫曼和策兰都是海德格尔很看重的诗人，因此他请他们在自己生日时写一首诗。巴赫曼对海氏在希特勒时期的表现当然持批判态度，但也"始终看到他思想和作品的突破之处"，因此写信给策兰询问是否给海氏写诗，策兰拒绝了。拒绝的原因，不仅在于海氏本人，更在于他不想和庆祝专辑名单上某些在他看来"并不干净"的政治投机分子为伍。策兰的态度，最后促使巴赫曼做出了同样的选择。

至于"戈尔事件"（即戈尔的遗孀对策兰"剽窃"的指控），不仅是深刻影响策兰本人的一件大事，它也把巴赫曼深深卷入了其中。

1949年11月，策兰流亡到巴黎一年多后认识了超现实主义前辈诗人伊凡·戈尔，戈尔本人很看重策兰的诗歌才华，他请策兰将他的诗从法语译成德文，并在1950年2月的遗嘱中将策兰列为戈尔基金会的五位成员之一。

但是，戈尔逝世后，戈尔的遗孀克莱尔·戈尔对策兰的译文很不满,认为它们带有太多的策兰本人的印记,并阻止出版策兰的译作。这使他们的关系布下了阴影。1952年策兰的《罂粟与记忆》出版后在德语世界引起高度评价,这在克莱尔那里引发了强烈反应,从1953年下半年起,她就把指控策兰"剽窃"的"公开信"及相关"资料"寄给众多作家、评论家、出版社、杂志和电台编辑。她列举了《罂粟与记忆》与戈尔1951年出版的诗集中相似的句子和段落,但实际上,《罂粟与记忆》中除了一首,其他诗作均出自策兰1948年在维也纳出版的诗集《骨灰瓮之沙》(后来因印刷错误太多被策兰本人撤回),而且这本《骨灰瓮之沙》策兰也于1949年11月送给过戈尔本人。克莱尔的指控是很恶毒的,手法也很"精明",她把她丈夫遗留的德文诗歌及断片仿照《骨灰瓮之沙》的风格做了手脚,并通过戈尔法语诗歌遗作及自己的作品加以补充,她甚至将这些遗作的日期改为1948年前,并在西德出版,以置策兰于不利的地位。另外,她还盗用了策兰的未能出版的戈尔诗歌的德译,把它们作为自己的翻译。

这样,关于策兰"剽窃"的传闻不胫而走。1954年,在西德就有人指责策兰抄袭。1957年策兰在不莱梅朗诵时,听众中还有人问起了克莱尔的指控,使策兰愤而离席。更使策兰难以承受的,是对他个人的这种诋毁与在西德死灰复燃的反犹浪潮的某种"同步性"。1957年他在波恩大学朗诵时,反犹分子曾在他朗诵的教室黑板上写下恶毒的标语。更可怕的伤害还在后面:1960年春天,慕尼黑一家新创办的诗歌杂志以"爆猛料"的架势,以《关于保罗·策兰一些鲜为人知的事》为题,发表了克莱尔的信,并在编者按中声称拒绝"舔策兰先生的屁股"。几家西德著名的报刊不加任何考证和辨别,就直接引用了这些诽谤性的东西。这实际上使对策兰的指控达到了一个高潮。

纵然巴赫曼、恩岑斯贝尔格、延斯、斯丛迪等著名诗人和批评家都曾出来为策兰辩护,德国语言和文学学院、奥地利笔会都一致反驳这种指控(正是在克莱尔的信公开发表以后,德国语言和文学学院决定将该年度的毕希纳文学奖授予策兰)。但是伤害已经造成,以至于策兰很难从中走出。他不仅感到自己成为诽谤的对象,也感到自己成了新反犹运动的牺牲品,在1962年初写给阿多诺的信中他就这样称:"这整个事情是一桩德雷弗斯丑闻,卷入的还有其他所谓的思想界精英。"(但阿多诺并没有回复这封信,也许在他看来策兰过于敏感了。)在给朋友沃尔曼的信中,策兰还这样说:"此事根本不再是关于我和拙诗的问题,而是关系到我们全体尚能呼吸的空气。"在信的边缘他还补充写下:"人所不愿见到者,终究是诗。然而诗还是有的,因为荒谬……"[①]

策兰的内心的确十分苦涩,在承受伤害的同时,他的反应也日趋极端了(实际上,从克莱尔那里发出的恶毒能量,已破坏了他的生活,并加速了其最终崩溃),以至于他把文学圈里的人分为两种:仗义的朋友与敌人的同谋。策兰的英译者汉伯格在策兰诗选修订扩大版的后记中也谈到了这一点,他也曾收到克莱尔寄来的那些东西,他请她不要再寄,不过,因为他不曾公开站出来"表

[①] 转引自李魁贤:《德国文学散论》,台北三民书局,第123—124页。

态"，从此被策兰视为"叛徒、敌人，和摧毁者"。

这些，都体现在策兰与巴赫曼那几年的通信中。巴赫曼当然一直和策兰站在一起，为策兰做了她能做的一切，但她也在不断地劝策兰从中摆脱出来："关于新一轮戈尔事件：我恳请你，让这件事在你心中灭亡，这样，我认为它在外面也会死亡。对于我常常如此：那些迫害我们的东西只有在我们让它们迫害我们的时候才发生作用。……真实使你超越于其上，所以你可以从那上面将之拂去。"（1958年2月2日）

但是，巴赫曼的这种好心劝告，在策兰那里并没有起什么作用。这里还有一事，除了"戈尔事件"外，批评家君特·布吕克尔发表在1959年10月11日柏林《每日镜报》上对策兰诗集《语言栅栏》的评论文章，也引起了策兰的愤怒（该文称策兰的诗歌"缺乏实体的可感性，即使通过音乐性来弥补也无济于事。虽然，这个作者喜欢用音乐的形式来写作：比如名噪一时的《罂粟与记忆》中的《死亡赋格》……在这些诗歌中，几乎没有什么乐音发展到可以承载意义的作用"，等等）。他把这篇文章的复印件寄给了巴赫曼，以期听到反响，但是，巴赫曼在回信中仍是好心相劝，马克斯·弗里希在来信中则大谈"我们对文学批评究竟持什么态度"，这使策兰彻底陷入了绝望（他们可能没有想到，这样一篇"文学批评"，是怎样撕开了策兰的创伤）。策兰在1959年11月12日写信给巴赫曼，极其愤怒地说：

你还知道——或者是很多次：你曾经知道，我想在

《死亡赋格》里试着说什么。你知道——不,你曾经知道——而我现在却要提醒你——《死亡赋格》对我来说至少也是:一篇墓志铭和一座坟墓。无论谁对《死亡赋格》写了那些,像布吕克尔这种人所写的那些,都是对坟墓的亵渎。

我的母亲也只有这座墓。

在这封信的最后,策兰甚至要求巴赫曼和弗里希不要再和他有任何联系:"请求你们,不要把我置于要将你们的信件退还给你们的境地!"

不过,就在这封信发出去后,策兰又给巴赫曼去了一信,态度也缓和了一些:"我的求救的呼声——你没有听它,你没有进入你自己的内心(我期待你能够那样),你在想着……所谓的文学。而马克斯·弗里希,他用了这个词'事件'——其实是一次呼叫!——它却是文学的起源……"

就在巴赫曼因策兰的上一封"绝交信"而绝望时,她又收到了这封信,"感谢主。我又可以正常呼吸了"。她感到自己受到很大的伤害和委屈,同时她又抱着一线希望:"我必须谈谈我们。我们不能让它发生,我们得再次找到使我们走到一起的路,我们不能失败,——如果那样,会毁了我。你说我没有进入我自己的内心,而是在文学里!不,我请求你,不要有这种错误的想法。我是,永远在我所在的地方……"

1960年前后的那几年,他们就是在这种彼此伤害而又互相需要的情形下度过。巴赫曼,这位看上去坚强、理性的知识女性,实际上如她自己在给策兰的信中所说,也同样是一个"常常感到沮丧,在各种重负之下濒临崩溃,身上带着这样一个如此孤绝、充满自我解体和疾病的人"。在"戈尔事件"中她已为策兰做了很多,但她内心的"艰难",也只能留在这封她从1961年9月27日之后陆续所写的未寄出的长信中。该信的起因是策兰的电话,在通话中策兰又在抱怨"过得怎样糟糕,并处于怎样无助的状态",这使她深感沮丧,并感到"我没有更多的勇气再继续我们的友谊了":

……
亲爱的保罗,给你说这些,这也许又是不合时宜的时候,感到要说什么真是很困难。但是,正确的时候却不存在,不然,我早就讲出来了。我真的相信,在你自己的心中存在着巨大的不幸。从外部来的那些丑恶的事情,不需要你向我保证,那的确是真实的,因为我知道其中的大部分——会毒害你的生命,但是你可以穿过它们,你也必须穿过它们。现在,就全靠你,只有你才能正确对待它们。……当我听到你说话的声音,令我感到,好像一切都和去年那时一样,对你来说,许多人对此所做出的努力都毫无用处,只有那些肮脏的东西,那些恶意和愚蠢才产生作用。……
我到目前为止所遭受到的不公正和伤害,最严重的还是你施加于我的——因为我也不能以轻视或无所谓的态度加以回答，因为我不能在它们面前保护自己，因为我对你的感觉总是那么强烈，并使我自己处于不防备的状态。无疑，现在对你来说最重要的是对付别的事情，解决你的困境；但是，对我来说，要去处理那些问题，首先是要保证我们之间的关系，那样才可能谈到别的事情。……所以，我们应该开诚布公，不要失去对方。我也自己问自己，对于你来说我是谁，在这么多年之后？一个幻象，还是一个不再是幻象的真实存在？因为，对我来说，在经历了如此多的事情之后，我只是希望我作为我自己存在，今天，你是否真正看清了我是谁吗，今天？这个我也不知道，这令我绝望。有一段时间，在我们在乌培尔塔尔重逢之后，我相信了这个"今天"，我证实了你，你证实了我，在一种新的生命里，这对我来说就是这样的。我接受了你，不仅仅是和吉赛尔一起，还有新的发展，新的苦难和新的幸福的可能性，它在我们共同承受的岁月之后到来。

……

那就是你的不幸，我认为你比不幸更强大，而你却背道而驰。你希望自己成为受害者，但是，这取决于你，不去成为它……当然，它在到来，它将会继续到来，就从那外面到来，但是，是你批准了它来。这就是一个问题，你是否要批准它，接受它。但是，那就是你的事件，却不会是我的，当你让自己被它置于死地的时候。如果你对它做出激烈反应,你就接受了它。这就是为什么我一直不赞同你。你对它做出反应,就等于给它铺平道路。你想成为那人,被它撞沉,但是我却不赞成那样,因为你可以改变这种状况。你想要他们因为你的毁灭而良心不安,而我却不能够阻止你的这种意愿。你还是理解我一次吧……

我常常感到心酸,当我想到你的时候,有时我不原谅自己,因为自己竟然不恨你,为了你所写下的那些诗,竟然指责我犯有谋害罪。你越指责爱你的人犯有谋害罪,你是否就越没有罪了呢?我居然不恨你,那简直是不正常;如果你想要挽回并使事情朝好处发展,那就应该也从这里开始……

在这封长信的最后,巴赫曼还谈到了吉赛尔:"我为吉赛尔想得太多……不过我真的想着她,并为她的伟大而坚强而感到钦佩,而你却缺乏这些。现在你必须原谅我,但是我相信,她的自我牺牲,她的美丽的骄傲和忍耐对我来说,比你的诉苦更重要。她跟着你并在你的不幸中从未抱怨,但是如果她有什么不幸你却不会这样。我期待一个男人的方方面面通过我得到证实,但是,你却不给予她这样的权利——多么不公平!"

巴赫曼的长信无疑是一份重要文献。它揭示了两人关系中更真实、更深刻的一面,也触及策兰的一些"症结"所在。但是,她仍没有完全"设身处地"地体会到策兰已被伤害到什么程度。

策兰并不是不想"超越",实际上除了信件和与人交谈外,他本人并没有正式出面反驳对他的诽谤和指控。他在给朋友的信中也说他不想"与那些死灰复燃的戈培尔势力搅在一起"。实际上呢,那黑暗中的"戈培尔势力"却又太强大!正如吉赛尔(这的确是一位伟大的女性!)在1960年12月发给巴赫曼的求助信(她请巴赫曼和其他作家"尽快行动,谴责那些谎言和诽谤")中所写到的那样:"英格褒,我再对您说一遍,保罗已经经受不起了。他每时每刻都在等待邮件的到来,等待报纸的刊出,他的头脑里全部是这些东西。对于别的东西已经没有位置了。——经历了七年之后怎么还会有别的东西呢?"

的确,策兰的反应并不能仅仅归结于其偏执和多疑。他也完全有理由把"戈尔事件"与对犹太人的迫害和仇视联系起来,和"死亡的追猎"联系起来(他曾在克莱尔"公开信"的以下这段话下面用双线重重地划出:"他悲哀的传说,他描述得如此戏剧性,使我们感到震惊:父母被纳粹杀害,无家可归,一位伟大的不为人理解的诗人,他正是这样无休止地重复道……"克莱尔的这段话真是恶毒,这也是典型的反犹主义者的口吻,好像对犹太人的大屠杀是被编造出来似的)。其实,不独是策兰,很多大屠杀的幸存者,如萨克斯,也不时地被一种"被追逐恐惧妄想症"所控制,萨克斯在1960年7月25日给策兰的快信中就这样写道:"保罗,我亲爱的,只快快写几行:一个纳粹主义联盟正用无线电报追捕我,他们老练得可怕,知道我的每件事以及我去过的每个地方。当我旅行的时候他们使用了神经毒气。他们秘密地在我的房间里,通过墙里的扩音器监听了好多年……"①

看来,一个没有策兰、萨克斯那样的经历的人,要进入他们所承受的"更久远的黑暗"还真难。即使是巴赫曼这样的"(策兰)言说的辩护者",在这些方面仍有着她的重重困难。

好在这一切对策兰的创作本身来说也是一种激发和造就。策兰曾受到俄国犹太裔思想家舍斯托夫的影响,舍斯托夫曾引证克尔凯郭尔的这样一句名言:"至于我,年轻时便被赐予肉中刺。若非如此,早已平庸一生。"

读了策兰后期的几部诗集,我们就会真切地感到这"被赐予的肉中刺"。也许正是因为这"肉中刺",这不肯愈合的伤口,使策兰后来的诗作更尖锐,更有深度,在艺术上也更令人惊异了。1963年9月21日,策兰几乎是满怀喜悦地重新给巴赫曼写信:

> 这几年我过得很不愉快——"已经过去了",正如人们所说。
>
> 再过几周,我将出版一部新的诗集——编入的东西多样化,仿佛事先规定好的,我间或走上了一条正确的"远艺术"的道路。是一次危机的档案,如果你愿意,——也可以说是诗歌,会不会是太极端了的诗歌?

---

① Paul Celan.Nelly Sachs: *Correspondence*,Translated by Christopher Clark,The Sheep Meadow Press,1995.

策兰所说的诗集,为《无人玫瑰》(1963),在这之后,他又陆续出版了《换气》(1967)、《线太阳群》(1969)、《光之逼迫》(1970,死后同年出版)、《雪部》(1971)、《时间农庄》(1976)等。不仅在数量上惊人,策兰的"无与伦比"更在于:他忠实于他的创伤,挖掘他的创伤,并最终以他的创伤飞翔——正如他在献给茨维塔耶娃的长诗《带着来自塔露萨的书》(1962)中所写的那样:

来自那座桥

来自界石,从它

他跳起并越过

生命,创伤之展翅

——从这

米拉波桥……

就在写出这首诗的七八年后,1970年4月20日夜,策兰自己果真从那座桥上跳了下去。对此我们只能说:他可以那样"展翅"了。他的全部创作已达到了语言所能承受的极限,他的创伤也变得羽翼丰满了:它将携带着他在人类的痛苦中永生。

就在这令人震动的消息传来后不久,巴赫曼在自己的长篇小说《玛丽娜》的手稿中添加道:"我的生命已经到了尽头,因为他已经在强迫运送的途中淹死,他是我的生命。我爱他胜过爱我自己的生命。"

这里的"强迫运送",指的是纳粹对犹太人的"最后解决"。

在巴赫曼看来，策兰的自杀是纳粹对犹太人大屠杀的继续（加缪也称策兰之死为"社会谋杀"）。巴赫曼完全有理由这样认为。在策兰之前，不止一个奥斯维辛的幸存者都这样做了。的确，在这种意义上，策兰的纵身一跃也可视为一种终极抗议，是"在现实的墙上和抗辩上打开一个缺口"。（策兰《埃德加·热内与梦中之梦》）

策兰之死无疑也加深了巴赫曼的痛苦和精神抑郁（多年来，她一直靠药片来缓解她的抑郁症）。1973年5月，巴赫曼到波兰巡回朗诵，特意拜谒了奥斯维辛集中营犹太人受难处——她在那里是否想到了策兰？肯定。就在同年9月25晚，巴赫曼死于她自己在罗马寓所的一场无法解释的火灾，年仅47岁。

德国诗歌史上一个双星映照的时代，就这样结束。

而在这之前，1970年5月12日，也就是策兰下葬那一天，莎克斯在她的病床上痛苦地离世（她死前也许已知道了从巴黎传来的消息）。次年秋天（具体日子无法确定），策兰生前最好的朋友、富有才华的批评家彼特·斯丛迪以和策兰同样的方式在柏林郊外跳湖自杀。他留下的最后一部未完成的著作是：《策兰研究》。

2010.4初稿，2012.8修改、增写

阿多诺与策兰晚期诗歌

策兰两首晚期诗歌

在策兰生前编定、死后出版的诗集《雪部》（1971）中，有这样一首《你躺在》：

你躺在巨大的耳廓中，
被灌木围绕，被雪。

去普韦尔，去哈韦尔河，
去看屠夫的钩子，
那红色的被钉住的苹果
来自瑞典——

现在满载礼物的桌子拉近了，
它围绕着一个伊甸园——

那男人现在成了筛子,那女人

母猪,不得不在水中挣扎,

为她自己,不为任何人,为每一个人——

护城河不会溅出任何声音。

没有什么

停下脚步。

"在最基本的层面上,这首诗在说什么?"著名作家 J.M. 库切在其关于策兰及策兰研究的文章《在丧失之中》①中这样问。"直到人们获知某些信息,某些策兰提供给批评家彼特·斯丛迪的信息。成为筛子的人是卡尔·李卜克内西,在运河里游的'母猪'是罗莎·卢森堡。'伊甸园'是一个公寓区的名字,该公寓建在1919年这两名政治活动家被枪杀的旧址上,而'肉钩子'指的是哈韦尔河边普罗成茨监狱的钩子,1944年想要暗杀希特勒的人被绞死在那里。根据这些信息,该诗是作为对德国右翼一连串残忍谋杀行为和德国人对此保持沉默的悲观的评论而出现的。"

的确,获知这些资讯后,这首诗变得对我们"敞开"了。不过,并不是库切说的这些信息是由策兰本人提供的,而是由斯丛迪直接提供给我们的。作为策兰的朋友、柏林自由大学教授斯丛

---

① J. M. Coetzee: *In the Midst of Losses*, The New York Review of Books, July 5, 2001.

迪在他的《策兰研究》①中专门有一篇文章《伊甸》介绍策兰这首诗的创作。据斯丛迪的叙述，策兰这首诗写于1967年12月22日—23日圣诞节前夕，在这之前，策兰抵达柏林朗诵。1938年11月9日深夜，策兰曾在从东欧前往法国读医学预科的路上经过柏林安哈尔特火车站，正赶上党卫军和纳粹分子疯狂捣毁犹太人商店、焚烧犹太教堂的"水晶之夜"（策兰后来在诗中回顾了使他身心震动的那一刻："你看见了那些烟／它已来自明天"），因此，这应是策兰第二次也是生前最后一次访问柏林。白天，策兰的一个朋友陪他看雪中的柏林，带他参观普罗成茨监狱，还去了圣诞市场，在那里，策兰看到一个固定在红漆木头上的由苹果和蜡烛组成的圣诞花环。当晚，策兰则向斯丛迪借书看，斯丛迪给了他一本关于罗莎·卢森堡和李卜克内西的书。接下来的一天，在接策兰去德国艺术研究院的路上，斯丛迪开车边给策兰指路边的"伊甸园"公寓，它在老旅馆"伊甸园"的废址上重建，1919年1月15日，带有犹太血统的德国左翼政治家罗莎·卢森堡和李卜克内西就是在那里被受到当局纵容的极端民族主义分子杀害。现在，"伊甸园"公寓一带的商业区，已充满了圣诞购物的节日氛围。再过去不远处，就是兰德威尔运河。就在路上，他和策兰不禁感叹地谈到那两个人物是怎样在一个叫作"伊甸园"的地方被害。而策兰这首诗中接着出现的细节则来自斯丛迪借给策兰的书：在当局

---

① Peter Szondi: *Celan Studies*, Translated by Susan Bernofsky with Harvey Mendelsohn, Stanford University Press, 2003.

对凶手的所谓"审判"中,当法官问及李卜克内西是否已死了时,证人的回答是"李卜克内西已被子弹洞穿得像一道筛子";当问及罗莎·卢森堡的情况时,凶手之一、一个名叫荣格的士兵(正是他在"伊甸园"旅馆里开枪击中罗莎·卢森堡,并和同伙一起把她的尸体抛向护城河)这样回答:"这个老母猪已经在河里游了!"

对于这件震动一时的政治谋杀事件及所谓"审判",汉娜·阿伦特在她的《黑暗年代的人们》中也有专文叙述,阿伦特这样称:"卢森堡的死成为德国两个时代间的分水岭。"①

就是顺着这条罗莎·卢森堡的尸体曾浮动其间的运河,20日夜里,策兰独自重访了他近三十年前曾转车经过的安哈尔特火车站。这座饱经历史沧桑的老火车站已在战火中被毁,"它的正面还留在那里撑立着,像某种幽灵",斯丛迪在他的叙述中最后这样说。

就是由这些看上去互不相干的材料,策兰写出了这首诗。它的沉痛感撞击人心。它的主题是记忆与遗忘。它"最苦涩的核心词"(斯丛迪语)是"伊甸"这个词以及它后面的破折号。正是这个词,使这首诗的分量和意义远远超出了它自身。正因为如此,斯丛迪对于这首诗会这样说:

诗歌停下来了,因为没有什么停下脚步。因为没有什么停下来这样的现实,使诗歌停下来了。

---

① 汉娜·阿伦特:《黑暗年代的人们》,王凌云译,江苏教育出版社2006年版,第31页。

"没有什么/停下脚步",因为人们都在"向前看"啊。人们不愿也不敢面对过去的黑暗历史,人们至多是在"清结历史"(这一说法在战后由德国历史学家赫尔曼·海姆佩尔首先提出来,并广被接受,"清结"有"战胜、了结"之意,与过去达成协议,目的是"与历史做出了断"),而不是在从事真正彻底的"清算"。这就是这首诗为什么会如此沉痛。沉痛感,这正是策兰写这首诗及其他许多诗的内在起源。

库切可能没有读过斯丛迪的文章,不过,仅仅经由费尔斯蒂纳在其策兰传[1]中的一些转述,他已被这首诗触动了。他也承认要读懂这首诗"对读者要求的太多",但是,他继续说:"有了这样一段历史……有了20世纪反犹迫害的累累罪行,有了德国人和西方基督教世界普遍想要摆脱这段可怕历史梦魇的'太人性'的需要,我们还能问什么记忆、什么历史知识要求得太多了吗?即使策兰的诗是完全不可理解的,它们仍然会像一座坟墓,屹立在我们的必经之路上,这是座由一位'诗人,幸存者,犹太人'(这是费尔斯蒂纳策兰传的题目)建造的坟墓,坚守着我们还隐约记得的存在,即使上面的铭文可能看上去属于一根无法破解的舌头。"

库切还提到了德国哲学家伽达默尔对策兰的解读。和斯丛迪不一样,伽达默尔认为任何有德国背景、头脑开放的读者,在没有背景资料帮助的情况下也能读懂策兰诗中最重要的东西,他指出背景资料是次要的,重要的是诗歌本身。在这里,库切不同意

---

[1] John Felstiner, *Paul Celan: Poet, Survivor, Jew*, Yale University Press, 2001.

那能够给诗歌"解码"的信息是次要的。不过,他也认为伽达默尔提出的问题是有意义的:"诗歌是否提供了一种不同于历史所提供的知识,并要求一种不同的接受力?在没有完全弄懂它的情况下,有没有可能响应甚至翻译策兰的这种诗歌呢?"

当然有可能。这也就是为什么策兰自己在把这首诗编入诗集时去掉了曾落上的写作地点和时间:"柏林,1967,12,22/23"。他不能忘怀那苦难的历史,但我想他同样相信诗歌会提供一种"不同于历史所提供的知识",他向读者要求的,也正是一种"不同的接受力"。我想,在读了这首诗,并了解了它的创作经过后,我们的良知不仅受到刺伤,我们还不禁感叹策兰那作为诗人的异乎寻常的艺术感受力和创造力!在早年,他在艺术上追求的是"陌生与更陌生的结合",现在,他的"诗歌糅合力"变得更令人惊叹了,他甚至直接把刽子手的语言(它邪恶得甚至超出了邪恶)像"母猪"之类用在了诗中,而又产生了多么强烈的一种力量!

库切也很敏锐地看到了这一点,那就是:"策兰顶住了要求他成为一个把大屠杀升华为某种更高的东西也就是所谓'诗'的诗人的压力,顶住了20世纪50年代和60年代初期把理想的诗歌视为一个自我封闭的审美对象的正统批评,坚持实践真正的艺术,一种'不美化也不促成诗意的艺术'。"

这就是策兰后期诗歌的力量所在。我想,仅仅是"母猪"一词的运用,就体现了一种多大的艺术勇气!这大概就是策兰在给巴赫曼的信中曾说的"远艺术"了,但也比任何艺术更能恢复艺术语言的力量。的确,读了这首诗,最刺伤我们的,也正是那在护城河中上下挣扎的"母猪"这个意象。它永远留在我们读者的视野中了。

这就是策兰的《你躺在》。其实,在这之前,策兰在一首《凝结》的诗中也写到了罗莎·卢森堡,它收在诗集《换气》(1967)中。它不仅同样感人,它还会告诉我们什么是策兰式的"诗歌糅合力",什么是一种叫作诗的"凝结物":

还有你的
伤口,罗莎。

而你的罗马尼亚野牛的
犄角的光
替代了那颗星
在沙床上,在
滔滔不绝的,红色——
灰烬般强悍的
枪托中。

读了《你躺在》后,再读这首《凝结》,我们已有了一些线索。题目"Coagula"(德文、英文都是同一个词),意思是凝结,尤其是指伤疤的凝结;"罗莎"一词,会使我们想到罗莎·卢森堡(在该诗的一个早期版本里,确实出现了"罗莎·卢森堡"的全名),但为什么这首诗中出现了"罗马尼亚野牛"呢?沃夫冈·埃梅里希在其《策兰传》[①]中帮我们找到了出处（其实，读过罗莎·卢森堡狱中通信的读者，都有可能记住那一段难忘的文字）：1918年12月，还在监狱中的罗莎·卢森堡写信给一个朋友，向她描述了她以前看到的作为"战利品"的罗马尼亚公牛遭到士兵虐待的情形："鲜血从一头幼兽'新鲜的伤口'中流淌而出，这野兽正（望向）前方，乌黑的面庞和温柔乌黑的眼睛看上去就像一个哭泣的孩子……我站在它的面前，那野兽看着我。泪水从我眼中淌下——这是它的眼泪。震惊中，我因着这平静的痛而抽搐，哀悼最亲密兄弟的伤痛的抽搐也莫过于此。美丽、自由、肥美、葱郁的罗马尼亚草原已经失落，它们是那么遥远，那么难以企及。"此外，卡夫卡小说《乡村医生》中的那个遭到残忍虐待的女仆也叫罗莎，而且这个故事是有关一个青年人的"伤口"。还有，在策兰的布加勒斯特时期，他曾有一位名叫罗莎·莱博维奇的女友。我们还不能忘的是，策兰在1947年以前基本上是持罗马尼亚国籍。因此，那"罗马尼亚野牛"乃是他自己土地上的野牛，是和他自己血肉相连的生命。

对于该诗，我们还是来看诗人自己的说法，在策兰写给他布加勒斯特时代的朋友彼得·所罗门的一封信里，他这样说："在诗集《换气》第七十九页上，罗莎·卢森堡透过监狱栏杆所看到的罗马尼亚公牛和卡夫卡《乡村医生》中的三个词汇聚到一起，和罗莎这个名字汇聚到一起。我要让其凝结，我要尝试着让其凝结。"

[①] 沃夫冈·埃梅里希：《策兰传》，梁晶晶译，倾向出版社2009年版。

"我要让其凝结,我要尝试着让其凝结"——这是多么悲痛的诗歌努力,这已近乎一种呼喊了!

因为这种诗的"凝结",不是别的,乃是以血来凝结,以牺牲者的血来凝结!正如埃梅里希所指出:"(在)'伤'这个符号中,许多互不相干的地点、时间和人物被结为一体,在想象中被融合,继而被'凝结'成诗的文本质地。……一道想象中的线将一切聚合起来,这是一条牺牲者的子午线,它们正是诗的祭奠所在。两种'Coagula'——真实的血凝块和文字的凝结——是同一物的两面。"

这里,还有一个翻译的问题,原诗中的最后一个词"kolben",在德语中含有棍棒、活塞、柱塞、枪托、烧瓶、蒸馏器等义,但目前我看到的三种较有影响的英译均为"alembic"或"retort",它们只有烧瓶、蒸馏器之义。德国著名哲学家波格勒也认为这样的诗包含了策兰的"炼金术"(alchemical)主题,虽然在这样的诗中"炼金的艺术是一种副业"。[1]

不过,根据罗莎·卢森堡狱中通信和策兰写给彼得·所罗门的信,我更倾向于"枪托击打"这样的译解。我想,策兰创作这首诗,很可能是首先出自罗莎·卢森堡狱中通信对他的触发。尤其是那一段对受虐动物的描述,撕开了他自己良知的创伤!"还有你的/伤口,罗莎",策兰总是欲说又止的。他没有去写罗莎自己的伤口,而是把诗的视线投向了承受暴打的受虐的罗马尼亚野牛。然而,诗中不仅有着对苦难的承受。请注意这句诗"你的罗

---

[1] Paul Celan: *Breathturn*, Translated by Pierre Joris, p261, Sun and Moon Press, 1995.

马尼亚野牛的/犄角的光/替代了那颗星"(那颗星,也许就是策兰早期带有浪漫、神秘情调的诗中一再写到的"星"),我想这正是全诗的一个中心点。是的,被伤害的罗莎从监狱的栏杆里朝那里看,写这首诗的诗人还有我们每个读到这首诗的人也都在朝那里看:那是一些最无辜、无助的受虐动物,但那也是最后的人性之光,在残暴的击打中,替代了那颗星,照耀着一位诗人。

从"晚嘴"到"晚词"

　　策兰的这两首诗,显现了策兰一生所走过的从美文的"编织"到苦难的"凝结"这个创作历程。这种苦难的"凝结"本身,在某种意义上,就是策兰对他自己早年的"纯诗"的一种调整。它不仅唤起了我们的人性良知,也比任何形式主义更能恢复语言的力量。

　　对策兰的后期诗歌,对他自《死亡赋格》之后创作上的深刻演变,我们还可以换一个角度来看,比如在他中后期诗中出现的"晚嘴"(spaetmund)、"晚词"(spaetwort)这类他自造的词或意象。这是怎么一回事?我们先来看《门槛之间》(1955)中的《收葡萄者》一诗,该诗中第一次出现了"晚嘴"的意象:

　　　　他们收获自己眼里的酒,
　　　　他们榨取所有的哭泣,这也:
　　　　是夜的意志,

夜，他们屈身倚靠的，墙，
被石头所要求，
石头，越过他们拐杖的声音落入
回答的沉默——
他们的拐杖，曾经，
曾在秋天里叩响，
当这一年肿胀至死，如一串，
言说着穿透哑默的葡萄，
坠入沉思的凿井。

他们收获，他们榨取着酒，
他们压榨时间如压榨他们的眼睛，
他们窖藏哭泣渗出的酒，
他们在太阳的墓穴里准备着
以在黑夜里变强的手：
而一张嘴会对此饥渴，晚——
一张晚嘴，就像他们自己的：
弯曲向盲目和残废——
一张嘴，伸向那从底部涌起的酒沫
的同时
天堂下降于蜡封的海，
而反光从远处，像蜡烛的尽头，
当嘴唇最终变得湿润。

策兰的任何用词都是深思熟虑的，"晚嘴"这样的词更是如此。据费尔斯蒂纳提示，策兰的"晚嘴"乃出自荷尔德林《面包与酒》一诗："可是朋友！我们来得太晚了。诸神虽活着，/但却在高高的头顶，在另一个世界……"对于荷尔德林，"来得太晚"意味着生活在神性隐匿的"贫乏时代"；对于策兰呢，"奥斯维辛"后的写作更是一种幸存的"晚嘴"的言说！

的确，对"晚嘴"及整个《收葡萄者》一诗的读解，需要联系到荷尔德林。从诗歌史的角度而言，可以说，策兰一生是以荷尔德林为其主要对话对象的（按布莱希特的说法，荷尔德林就是德语诗歌的红衣大主教，而这个大主教是海德格尔树起来的）。在荷尔德林时代，人们收获葡萄酒（荷尔德林的家乡劳芬即是南德著名的葡萄酒产地）和充满神性的诗歌，那么现在呢——"他们收获自己眼里的酒，/他们榨取所有的哭泣，这也：/是夜的意志，/夜，他们屈身倚靠的，墙……"

这里出现了"墙"，这是一面怎样的墙呢？很可能，那就是大屠杀的被害者们行刑时屈身倚靠的墙！这应该就是策兰这首诗的"背景"。可以说，几乎在策兰的每一首诗背后都有一个由千万亡灵组成的合唱队，甚至在他的翻译的背后也是如此，比如美国诗人艾米莉·狄金森的一首诗：

Let down the bars, Oh Death——

The tired Flocks come in

Whose bleating ceases to repeat

Whose wandering is done——

放下栅栏,哦,死神——
让疲倦的羊群进来
它们的咩咩声不复相闻
它们的漫游完成——

而策兰是这样来翻译的:

Fort mit der schranke, Tod！
Die Herde kommt, es kommt,
Wer bloekte und nun nimmer bloekt,
Wer nicht mehr wandert, kommt.

推开这栅栏,死神！
羊群涌入,它们涌入,
它们咩咩叫过但现在不再咩叫,
它们也不会漫游了,涌入。

这是在翻译吗?这是在以狄金森的名义书写"奥斯维辛"！因此策兰在"死神"的后面加上了一个惊叹号,因为那是"来自德国的死亡大师"(见《死亡赋格》),同样,原诗中那个咏叹性的"哦"也去掉了(一个大屠杀的幸存者怎么会容忍这个"哦"),轻柔的"放下"变成了强力的"推开","它们咩咩叫过但现在不再咩叫,/它们也不会漫游了,涌入"(策兰有意强调了这个"涌入"),这是在入圈吗?这是在进入"奥斯维辛"的毒气室!①

这样,在"奥斯维辛"之后,策兰还可能像荷尔德林或里尔克那样写作吗?再那样写作,如按阿多诺的说法,那就是"野蛮的",甚至是可耻的。这就是策兰:他只能试着用一张"晚嘴"讲话(并且往往是"结结巴巴"地言说),并以此来"湿润"自己那灰烬般的"嘴唇"。

的确,"晚嘴",这就是策兰后期对自身创作的历史定位。不仅如此,作为一个荷尔德林、里尔克之后的诗人,他还需要有相应的"晚词",以构成他存在的地质学,构成他诗歌世界的修辞场域。可以说,自《死亡赋格》之后,对他本人来说(当然不仅仅对他本人)更具有诗学意义的,便是他对"晚词"的实践。我们来看他的《闰世纪》一诗(收入《逼迫之光》,1970):

闰世纪,闰——
分秒,闰——
生日,十一月了,闰——

---

① 克劳斯·费舍尔在《纳粹德国:一部新的历史》中曾这样描述奥斯维辛毒气室:"受害人一旦被推进可以塞满800人的毒气室,大门就紧闭,毒气从屋顶的通气孔中释放出来……通过门的窥视孔可以发现,离通气孔最近的人立刻被杀死,剩下的人摇摇晃晃,开始尖叫,拼命地呼吸空气。但是,尖叫很快就变成了死亡的呻吟声。20分钟之后,再也看不到任何动静了。"

死。

储存在蜂槽里,
"bits
on chips"

这来自柏林的大烛台诗,

(非隔离的,非——
档案的,非——
福利照料的?一种
生活?)

阅读之站台,在晚词里,

从天空中
救下火焰的舌尖,

梳理在火炮下,

感觉,结霜的——
心轴,

冷却发动——
以血红蛋白。

策兰生于1920年11月份,那一年为闰年。似乎策兰每到生日前都要写一首诗,如他在这首诗之前所写下的《太阳穴之钳》和《顺着忧郁的急流》("四十棵被剥皮的/生命之树扎成木筏"),而这一次的"闰——死",同样令人震动。的确,这是一种承受了太多死亡的人才可以写出的诗。

正因为对死亡的体验以及承受,"晚词"出现了。请注意这首诗中出现的词语:闰世纪、闰——死、"bits /on chips"(新出现的英文计算机用语,意为"单元在储存卡里")、"非隔离的,非/——档案的,非/——福利照料的"、越战火炮的"舌尖"、"结霜的——/心轴"、"以血蛋白"来启动的"冷却发动"等等,这一切都是"晚词"——以前的诗歌中从不曾出现的"晚词"!

正如"你的罗马尼亚野牛的/犄角的光/替代了那颗星",在策兰的后期诗歌中,还出现了大量"无机物"的语言、遗骸的语言、地质学、矿物学、晶体学、天文学、物理学、解剖学、植物学、昆虫学的冷僻语言,这一切构成了策兰的"晚词"。他就写作并"阅读"于这些像矿物碎片或地下水痕迹一样的"晚词"里。这构成了策兰后期诗歌的"地质构造"。他不仅以此构成了一个又一个新奇而独异的诗歌隐喻,如费尔斯蒂纳所说,他还要"以地质学的质料向灵魂发出探询"。

这说明策兰是一个具有高度羞耻感和历史意识的诗人,在死亡的大屠杀之后再用那一套"诗意"的语言,"美"的语言,不仅过于廉价,也几乎是等于给屠夫的利斧系上绶带。甚至可以说,在"奥斯维辛"之后,他不仅要质疑他的上帝,他也几乎不相信"人类的"语言了。人们所使用的那些文学语言,在他看来,也快成了"意义的灰烬"了。所以,在《死亡赋格》之后,他不仅要从诗句的流畅和音乐性中转开,也坚决地从人们已经用滥了的那一套"诗意"的语言中转开,"早年悲伤的'竖琴',让位于最低限度的词语"——正如费尔斯蒂纳所说。

在这方面,策兰1958年创作的重要长诗《紧缩》,是一个标志。"驱送入此/地带/以准确无误的路线"、"青草,/青草,/被分开书写",这一次,如策兰自己所说,他真正屈身进入到"自己存在的倾斜度下、自己的生物的倾斜度下讲述"了。它是对"美的诗"的更彻底的摒弃。语言的压缩,形的解构,几乎是残骸一般的无声的语言,在永不结束的"最后解决"的运送途中和现实的核威胁中,他真正进入到"晚词"的领域中了。

也正因为如此,意大利著名诗人安德烈·赞佐托会这样说:"对任何人,阅读策兰都是一种震慑的经历";"他把那些似乎不可能的事物描绘的如此真切,不仅是在奥斯维辛之后继续写诗,而且是在它的灰烬中写作,屈从于那绝对的湮灭以抵达到另一种诗歌。策兰以他的力量穿过这些葬身之地,其柔软和坚硬无人可以比拟。在他穿过这些不可能的障碍的途中,他所引起的炫目的发现给对于20世纪后半期以来的诗歌是决定性的"。[①]

[①] Andrea Zanzotto: *For Paul Celan*, *Paul Celan: Selections*, Edited by Pierre Joris, University of California Press, 2005.

阿多诺与策兰

近半个世纪以来，策兰的诗不仅在一般读者和诗人中产生了广泛影响，也受到了包括海德格尔、伽达默尔、阿多诺、哈贝马斯、波格勒、列维纳斯、德里达、布朗肖、拉巴尔特、阿甘本等在内的著名哲学家和思想家的关注。在这些论述中，我认为阿多诺的论述——哪怕不是针对策兰的——应给予特殊关注。的确，要了解策兰诗歌尤其是后期诗歌对我们这个所谓后奥斯维辛、后集权、后工业文明和大众文化消费时代的意义，也应把他和阿多诺联系在一起。

阿多诺（1903—1969），战后产生广泛、重要影响的德国哲学家，生于美因河畔法兰克福一个已融入基督教社会的犹太裔家庭。纵然如此，他和他的父亲在纳粹肆虐的年代都曾遭受到迫害。1933年，阿多诺因犹太裔身份被剥夺了大学里的教职，1934年起流亡英美。阿多诺后来的哲学思想包括他对"奥斯维辛"的批判都与他的这种经历有关，1956年，他对哲学家霍克海默说过这样一句话："哲学本来是用来兑现动物眼中所看到的东西的。"

实际上，人们也经常把策兰与阿多诺联系在一起，有不少人就认为策兰的诗是对阿多诺提出的"奥斯维辛之后写诗是野蛮的"的"反驳"。其实，这样的看法十分表面，也脱离了问题的上下文。1949年，流亡美国、即将返回法兰克福任教的阿多诺在《文化批判与社会》接近结尾处提出了这个说法。该文收入文集《棱镜》（1955）在西德出版后，这个断言很快引起了人们的关注，可以说，它已成为战后西方思想界的最具有广泛、持久影响的命题。无论这个断言在后来是怎样引起争议，它都提出了一个重要问题，不仅提出了战后西方诗歌、艺术的可能性问题，更重要的，是第一次把"奥斯维辛"作为一个西方心灵无法逾越的重大"障碍"提了出来。

奥斯维辛人人皆知，它素有"死亡工厂"之称。不仅大规模的屠杀令人难以置信，其技术手段的"先进"程度和工业化管理程度都属人类历史上前所未有。身为人类却又制造出如此骇人听闻的反人类暴行，产生过巴赫、歌德的文明高度发达的民族却又干出如此疯狂野蛮的事，这一切，都远远超出了人类理性所能解答的范围。它成为现代人类历史上最残酷的一个谜。可以说，对于西方文明和西方心灵，它都是一个"深度撞击"。它动摇了文明和信仰的基础。面对这场几乎是不可追问的、不仅是"历史学"上的、更是"存在论"意义上的灾难，法国哲学家利奥塔就曾这样问："如果一场地震摧毁了一切测量工具，我们又如何测量它的震级？"①

正因此，"奥斯维辛"成为了一个具有划时代象征意义的事件，经由人们从哲学、神学、历史、政治、伦理、美学等方面所做出的审视和追问，它不仅成为大屠杀和种族灭绝的象征，它还伴随着人们对现代集权社会，对专制程序，对国家或种族意识形态，对现代社会的异化形式，对西方文化，对工业文明和种族、

---

① 转引自克劳斯·费舍尔：《德国反犹史》，钱坤译，江苏人民出版社2007年版。

信仰问题的思索和批判。可以说，正是伴随着这种绝对意义上的追问，"奥斯维辛"照亮了人们长久以来所盲目忍受的一切。

而对于阿多诺这样的思想家来说，"奥斯维辛"之恐怖，不仅在于大规模屠杀的野蛮，还在于在这个过程中所表现出来的"理性"和文化的可怕变异。他正是从"文化与野蛮的辩证法"这个角度来看问题的，在他看来，西方文化传统及其代表的事物虽然有隐秘的人性化的一面，但它"倾向于隔离自然地界定自身，以便绝对地统治自然"，当这"隐秘的一面"被压抑，文化便会"退回野蛮"，甚或成为大屠杀的同谋。对此，阿多诺曾举过一些例证。不过，我想阿多诺可能还不知道，荷尔德林的抒情诗当年也曾伴随过这种"野蛮"的行进声！在荷尔德林出生地劳芬的纪念馆里，展出的荷尔德林诗集下面就有一行文字，注明它在二战期间被印了10万册，主要送到东部战场，以鼓励德国士兵的"爱国主义激情"！我当时站在那里，真是倒抽了一口凉气！

这说明了什么？这就是"文化与野蛮的辩证法"！写诗是文明的，但也可能是"野蛮的"，或者说，它会转变、催生出野蛮。阿多诺在他的贝多芬论著[①]中就曾写下过这样的札记："希特勒与第九交响乐：我们拥抱吧，亿万生民。"他还指出"贝九"之所以能够被利用，是因为"第九交响乐这样的作品能有哄诱力（Suggestion）：它们结构上的力量跃变为左右人的影响。在贝多芬之后的发展里，作品的哄诱力，当初是从社会借来的，弹回社会

[①] 阿多诺：《贝多芬：阿多诺的音乐哲学》，彭淮栋译，联经出版公司2009年版。

里,成为鼓动性的、意识形态的东西"。

这就是为什么希特勒会以死亡的狂热拥抱贝多芬的音乐,一个个纳粹迫害狂们会吹着瓦格纳的曲调杀人……他们,有的是"文化"啊。

因此,"奥斯维辛"之后写什么诗?阿多诺并没有说"奥斯维辛"之后就不能写诗。"奥斯维辛"之后写诗的前提应是彻底的清算和批判——不仅是对凶手,还是对文化和艺术自身的重新审视和批判!——这就是我对阿多诺的理解。

埃默里希在策兰传中这样说:"大屠杀之后,只有由此织出的织物,只有源自这一'基础'的文本结构,才具有合法的身份;一切立足于哀悼,立足于眼泪之源,这是1945年后的文学创作无法逾越的前提。"

阿多诺当然要更彻底,也更冷峻,因为悼念受害者的艺术也有可能极其"媚俗"。阿多诺对勋伯格著名的合唱曲《华沙幸存者》(为朗诵、男声合唱及乐队而作,1947)的美化形式就曾毫不留情地批评过,认为它其实是"对牺牲者的侵犯"。在谈到"老迈的新音乐"时,阿多诺还引用了克尔凯郭尔的一个比喻:"在曾经裂开了一道可怕深渊的地方,如今伸出了一座铁路桥,旅客们从桥上可以舒适地向下俯瞰那深渊。"[①] 的确,难道"奥斯维辛"之后的艺术就是为了让人们"从桥上可以舒适地向下俯瞰那深渊"吗?

[①] 转引自爱德华·萨义德:《论晚期风格——反本质的音乐和文学》,阎嘉译,三联书店2009年版,第15页。

我想，正是阿多诺所提出的问题及其彻底的文化批判立场，在很大的程度上促使了策兰在《死亡赋格》之后重新审视自身的创作。他要求一种"更清醒、更事实化的语言"和一种"不美化也不促成'诗意'"的写作，在某种意义上，就是对阿多诺的一个正面回应。在1967年出版的《换气》书页留白处，他还这样写下："奥斯维辛之后不写诗（阿多诺语）：这儿把'诗歌'想象成什么了？胆敢从夜莺或是鸫的角度，用假设和猜想的方式来观察或报道奥斯维辛，这种人狂妄之极。"我想这并不是在"反驳"阿多诺，而是在写下由阿多诺所引发的思考：奥斯维辛之后不写诗？问题是什么样的"诗"，如果在奥斯维辛之后好像什么也没发生，依旧像夜莺那样婉转地歌唱，或是以为用"假设和猜想的方式"就可以轻易地讲述奥斯维辛，那就是"狂妄之极"！

实事上，策兰一直在阅读阿多诺并寻求与阿多诺对话。1959年，因为一次已约好的未竟的相会（这也是由彼特·斯丛迪安排的），策兰写下了与阿多诺进行想象性对话的散文《山中话语》。作为回报，阿多诺把他的关于瓦雷里的文章收入《文学笔记》第二辑（1961）时，加上了"给保罗·策兰"的题献。在1966年出版的《否定的辩证法》中，也许正因为策兰，阿多诺还修正了他以前的说法，认为经受日复一日的痛苦的人有权利表达，正像饱受酷刑折磨的人要喊叫一样，因此"说在奥斯维辛之后你不能写诗了，这有可能是错的"。但是在同时，他也将"文化与野蛮的辩证法"表述得更尖锐了：只要招致文化"退回野蛮"的条件"实质上一如既往"的话，"文化就潜在地是意识形态。谁主张维系极其有罪、破败不堪的文化,谁就成了帮凶,而拒斥文化的人正在直接地催生文化催生出来的那种野蛮"。①

这就是说,在"文化"尤其是"文化工业"(这一直是法兰克福学派的批判对象)的一片喧哗声中,阿多诺坚持要人们去听的,仍是那被忘却和掩盖的奥斯维辛死者的无声呼喊……

但是,在这个消费主义和资本的逻辑一统天下的世界上,总有一种"隐秘的驱动力"在谋求符合人的尊严的秩序。也许,正是从策兰的后期诗歌而不是在《死亡赋格》(阿多诺从未提及这首已被广泛"消费"的诗)中,阿多诺看到了这种"抵抗性潜能"。在其《美学理论》中,他称策兰为伟大诗人并阐述了策兰后期诗歌的意义:"艺术作品与经验现实的完全隔绝问题已被提到有关密封诗歌的话题上来了。这类诗歌的最佳产品——如保罗·策兰的一些诗作——引发出它们到底在多大程度上是密封的疑问。如彼特·斯丛迪所指出,密封隔绝并不一定意味着晦涩难解。"阿多诺当然是从肯定的意义上来为"密封诗歌"辩护的。不过,更值得我们注意的,是阿多诺同时指出了策兰诗歌与马拉美以来"密封诗歌"的深刻区别:

> 在保罗·策兰这位当下德国密封诗歌最伟大的代表性诗人那里,密封诗歌的体验内容已经和过去截然不同。

---

① 格尔哈特·施威蓬豪依塞尔:《阿多诺》,鲁路译,中国人民大学出版社2008年版,第188页。

他的诗歌作品渗透着一种愧疚感，这种愧疚感源于艺术既不能经历也无法升华苦难这一实情。策兰的诗以沉默的方式表达了不可言说的恐惧，从而将其真理性内容转化为一种否定。它仿效一种潜藏在人类的无能为力的废话中的语言——它甚至潜藏在有机生命层次之下。这是一种死物质的语言，一种石头和星球的语言。在抛开有机生命的最后残余之际，策兰在完成波德莱尔的任务，按照本雅明的说法，那就是写诗无需一种韵味。策兰采取了极端的方式，为之不断地努力，这便是他成为一位伟大诗人的原因所在。在一个死亡失去所有意义的世界上，非生物的语言是唯一的慰藉形式。这种向无机物的过渡，不仅体现在策兰的诗歌主题里，而且也体现在这些诗歌的密封结构中，从中可以重构出从恐怖到沉默的轨道。①

的确，策兰的长诗《紧缩》"以准确无误的路线"和那种看上去是"无机物的语言"所重构的，正是"从恐怖到沉默的轨道"。在奥斯维辛之后，在宇宙的无限冷寂中，人们可获得的"唯一的慰藉形式"，也许就在策兰这样的"去人类化"的诗中：

---

① T.H.Adorno: *Aesthetic Theory,* translated by.C.Lenhardt, p444, Routledge and Kegan Paul, 1984.

可听见（在破晓？）：一个石头
把其他石头做了它的目标。

——《夜》

　　石头的语言，灰烬的语言，无机物的语言，也许这就是奥斯维辛之后"可吟唱的剩余"（Singbar Rest /Singable Rest，这是策兰后期一首诗的题目）。不仅如此，策兰这种"去人类化"或者说"晚词"的实践，和他要写出的"人类之外的歌"有关（策兰晚期有一首《线太阳群》，该诗的最后是："人类之外 / 那里依然有歌 / 被唱"——这不正是对阿多诺那个著名说法的一种回答？）。这里的"人类之外"，在有的研究者看来，是"在传统的人文主义美学的范畴之外。策兰的写作就朝向这样一种后美学、后人文主义"。的确，这是一种后奥斯维辛的诗学尺度，它已不同于荷尔德林的或海德格尔的尺度了。

　　但阿多诺主要是从文化批判的角度来谈策兰的。如果说"同一性"的文化和哲学是导致"奥斯维辛"的深层祸因，阿多诺在策兰后期诗中探寻的，正是"非同一性"的痕迹，并从策兰诗中认识到真正能超越人类中心主义和传统西方美学的，正是"无机物的语言"（阿多诺在谈音乐时，也不时把音乐作为无机矿物世界来描述，例如他避开"主观抒情"这类通常的对舒伯特音乐的理解，而把它描述为"岩浆喷发后白色光芒下的寂静"）。而策兰的"密封"，不仅以其与现实所保持的紧张关系和悲剧性的经验内涵改变了传统的"密封诗"或"纯诗"的内涵，同时又是对文化消费时代的一种有力抵抗。阿多诺就这样深刻揭示出策兰后期诗歌对于我们这个"后奥斯维辛"时代的意义。

"晚期风格"

正因为拒绝被消费，正因为要以"晚词"重构出"从恐怖到沉默的轨道"，策兰的后期诗必然是极其艰涩的，甚至是令人"不舒服"的。这一切，构成了他的"晚期风格"：

> 太阳穴之钳，
> 被你的颧骨制成眼。
> 在它们咬阖之处
> 发出银色瞪视：
> 你以及你的睡眠之剩余——
> 很快
> 将是你的生日。

此诗写于1963年11月8日，再过半个月策兰即将度过他的43个生日。

诗一开始运用了"钳子"的隐喻，这出自死亡将我们紧紧钳制住的经验。伽达默尔在解读这首诗[①]时说它"几乎产生冷静客观的有如解剖学的效果"。这里还有一个"资讯码":在十年前,策兰的长子福兰绪出生几日后即死于助产钳造成的夹伤。

然而应当留心的还在下面:谁在这首诗中讲话?是诗的叙述者还是另一个自己?是谁在那铁钳与骨肉的咬阖之处"发出银色瞪视"?那是一种更高的自我?或是一个已快被钳杀的存在?总之,他作为说话者此时睁开了眼神:"你以及你的睡眠之剩余"。这里,"睡眠之剩余"乃生命之剩余,因为人一过中年,那就必得要用减法了……

"很快"在诗中单独成为一行,加强了时间的力量和诗中嘲讽的语调,伽达默尔说:"这是一个反讽的绝好例子,它闪耀着不可理解的微光,提升了诗歌的表现能力。……但这是谁的存在呢?想要正确的感知我们就必须这样理解:这是那些知道他们自己、接受自己,以及完全意识到自身限度之人的存在。成熟即是一切。"

因为"成熟"这个字眼,我联想到里尔克那首在中国最有名的《秋日》一诗(北岛称它为里尔克最伟大的诗作,至于里尔克晚期的两部代表性作品《献给奥尔甫斯的十四行》、《杜依诺哀歌》,北岛则认为"都被西方世界捧得太高了"[②])。该诗大家都熟悉,一开始就写秋日将至时的空旷感和紧迫感,正是在这样的关

[①] 《"隙缝之玫瑰":迦达默尔论策兰》,《新诗评论》2009年第2辑,王家新等译,北京大学出版社2009年版。

[②] 北岛:《时间的玫瑰》,中国文史出版社2005年版,第74页。

头,诗人对他的"主"发出了他的恳求:在秋风刮来之前,"让最后的果实长得丰满",再给它们两天南方的气候,"迫使它们成熟,/把最后的甘甜酿入浓酒"。生命就是这样一种转化和奉献。显然,这"最后的果实"不仅是自然界的果实,它意味着生命的实现和精神劳作的"完满"。

这首诗自有一种人生警策的抒情力量,冯至对它的翻译也几乎到了"一字不易"的完美境地。但是我们要记住:这只是里尔克早期的一首抒情诗。当一个诗人经历了他的全部人生、真正步入"成熟"之境后,他还会这样写吗?

多年来,阿多诺一直想好好写写策兰,因为在他看来策兰和贝克特一样都是他那个时代最重要的作家,但他一直犹豫不决,没有动笔。不过,他后来关于贝多芬的论著[①]却可以帮助我们理解策兰晚期的诗。在他的论著中,有两三章都是在谈贝多芬的"晚期风格",阿多诺这样指出:

> 重要艺术家晚期作品的成熟不同于果实之熟。这些作品通常并不圆美,而是沟纹处处,甚至充满裂隙。它们大多缺乏甘芳,令那些只知选样尝味的人涩口、扎嘴而走。它们缺乏古典主义美学家习惯要求于艺术作品的圆谐。

[①] 阿多诺:《贝多芬:阿多诺的音乐哲学》,彭淮栋译,联经出版公司 2009 年版。

阿多诺在这里所说的,不正可以用来描述策兰的晚期作品吗?

的确,策兰晚期的"成熟",正是苦涩的成熟,是需要一个诗人付出巨大代价才能达到的成熟,甚至是阿多诺意义上的"灾难般"的成熟("在艺术史上,晚期作品是灾难")。

深受阿多诺影响的萨义德也曾有过一部专论《论晚期风格——反本质的音乐和文学》[1],对"晚期风格"进行了阐发:它反映了一种"特殊的成熟性",它不是和谐,而是不妥协、不情愿和"尚未解决","在人们期盼平静和成熟时,却碰到了耸立的、艰难的和固执的——也许是野蛮的——挑战"。"晚期风格并不承认死亡的最终步调;相反,死亡以一种折射的方式显现出来,像是反讽",等等。

不过,我们最好还是直接去读阿多诺。正是从"晚期风格"入手,他不仅使我们真正感到了贝多芬晚期的伟大,也感到了他的"现代性"之所在。贝多芬晚期所重获的那种颠覆的、批判的、嘲讽的艺术精神,是他前行的动力,也正是现代消费社会最缺乏的,因此阿多诺会说:"贝多芬从不过时,原因可能无他,是现实至今尚未赶上他的音乐。"

耐人寻味的是,关于贝多芬的晚期音乐,阿多诺还这样说:"在这音乐上的去神话过程里,在抛弃和声表象之中,看得见希望的表现。在贝多芬的晚期风格里,这希望欣欣发展,非常接近弃

---

[1] 爱德华·萨义德:《论晚期风格——反本质的音乐和文学》,阎嘉译,三联书店2009年版。

绝,然而不是弃绝。我想,认命与弃绝之间的这个差别正是这些作品整个奥秘所在。"

这使我想到了策兰晚期的这样一首诗:

以歌的桅杆驶向大地
天国的残骸航行。

进入这支木头歌里
你用牙齿紧紧咬住。

你是那系紧歌声的
三角旗。

对这首诗,伽达默尔这样解读:"短短的三节诗描绘出一场海难的情景,但它从一开始就转变成另外一种事故。它是天国里的船只失事。这样的船只事故在我们的想象中总是意味着某种隐喻:所有希望的粉碎。这是一个古老的主题。在这首诗里,诗人也祈求着那些粉碎了的希望。但是作为天国里的船只失事,那却是完全不同的一个范围。它的残骸的桅杆朝向了大地而不是处在其上。由此,一个人会回想起策兰在《子午线》演讲里所讲过的一句深奥的话:'无论谁以他的头站立,就会看到天国是在他下面的一个深渊'。"

《子午线》是策兰的毕希纳文学奖获奖演说,在演说中策兰提到毕希纳的以歌德时代的诗人棱茨为原型的小说《棱茨》的开头:"1月20日这天,棱茨走在山中……让他苦恼的是,他不能用头倒立着走路。"然后策兰由此发挥:"女士们,先生们,无论谁以他的头倒立着走,就会看到天空是在他下面的一个深渊。"

棱茨当年没有做到的,策兰做到了。可以说,是"奥斯维辛"帮助他一下子就完成了这个天翻地转的逆转。

"一件事很清楚:这些桅杆发出了歌声。它们是歌,但不是那种朝向'之上'或'之外'性质的歌……一个人不再从天国寻求帮助,而是从大地。所有的船只都遇难了,然而歌依然在那里。现在,生命之歌依然重新唱起,当那桅杆移动着朝向大地。所以诗人会用他的牙齿紧紧咬进这支'木头歌'里……这里,再一次,在诗人和人类存在之间没有什么区分,人类存在,是一种要以每一阵最后的力气把握住希望的存在。"对这首诗,伽达默尔最后这样说。

这就是策兰的这首晚期诗。用阿多诺的术语来讲,他"认命"了,但还没有"弃绝",从"你是那系紧歌声的/三角旗"这样的诗句中,我们感到的,不仅是一种艰难逆境中极度的努力,还是他在他那个时代对"诗人何为"这类提问的回答。他要系紧的歌声,我们今天还要尽全力去系。

不过有人也许会问:那策兰最后的自杀又怎样解释?我想我只能这样回答:这也是他"晚期风格"的一部分。

在贝多芬研究的结尾,阿多诺最后提到了犹太神秘教的"草天使"(Grasengel):"这些天使被创造,存在片刻,随即殒灭于圣火之中。……他说他们的短暂、倏忽即逝,就是歌颂。……贝多芬将这一形象提示到音乐的自觉层次。他的真理是殊相的变灭。他作曲以结束音乐的绝对短暂。他严禁哭泣,他的音乐要从人的灵魂里撞出火来,那热情,那火,是'烧掉火(自然)的火化'。"

对此,阿多诺让读者去看肖勒姆所译的犹太神秘主义的《光辉之书》。犹太思想家和翻译家肖勒姆不仅是阿多诺和本雅明的朋友,也一直是策兰的阅读对象。但是关于神秘主义,我们最好不要把它想得那么神秘,这里是肖勒姆的一句话:"神秘主义作为历史现象,只能是危机的产物。"

是的,贝多芬的"成熟"以及策兰的"成熟",都只能是"危机的产物"。在一个充满危机的年代,我们也不可能拥有别的成熟。在这样一个年代,"圆满"、"和谐"、"大师"、"走向世界"等等之类,皆为虚荣。

这里仍是阿多诺:"最高等艺术作品有别于他作之处不在其成功——它们成了什么功?——而在其如何失败。它们内部的难题,包括内在的美学的问题和社会的问题(在深处,这两种难题是重叠的),其设定方式使解决它们的尝试必定失败……那就是它的真理,它的'成功':它冲撞它自己的局限。……这法则决定了从'古典'到晚期的贝多芬的过渡。"

这法则同样决定了策兰从早期到晚期的过渡。策兰诗的匈牙利文译者,2002年诺贝尔奖获得者、犹太裔作家凯尔泰斯曾这样谈论他自己的作品:"它的主题是关于奥斯维辛的胜利;奥斯维辛的胜利是这部'小说的精华',而这个世界也与这部小说相仿,其精华也是关于奥斯维辛的胜利。"[1]

让我们记住这样的话,并向这样的作家、诗人致敬——在策兰谢世 40 周年即将来临之际。

2010.2

(据在上海开闭开诗歌书店的讲座整理)

---

[1] 凯尔泰斯·伊姆莱:《另一个人》,余泽民译,作家出版社 2004 年版,第 84 页。

谈对希姆博尔斯卡两首诗的翻译

可能性

我喜欢电影。

我喜欢小猫。

我喜欢沿着瓦尔塔生长的橡树。

我喜欢狄更斯甚于陀思妥耶夫斯基。

我喜欢令我喜爱的人甚于人类。

我喜欢手头留着针线,以备不时之需。

我喜欢绿颜色。

我喜欢不去论证理智应为一切负责。

我喜欢例外。

我喜欢早早动身。

我喜欢跟医生说点别的。

我喜欢老式的插图。

我喜欢写诗的荒谬甚于

不写诗的荒谬。

我喜欢爱情的非周年纪念

以便可以天天庆祝。

我喜欢道德主义者,

他们从不承诺我什么。

我喜欢狡黠的好心甚于过于天真的好意。

我喜欢平民的土地。

我喜欢被征服国甚于征服国。

我喜欢有所保留。

我喜欢喧哗的地狱甚于秩序井然的地狱。

我喜欢格林童话甚于报纸的头几版。

我喜欢没有花朵的叶子甚于没有叶子的花朵。

我喜欢没被剁去尾巴的狗。

我喜欢淡颜色的眼睛,因为我是深色的。

我喜欢桌子抽屉。

我喜欢很多在此没有提及的事物

甚于很多我也没有说出的事物。

我喜欢不受约束的零

甚于后面那些列队的数字。

我喜欢萤火虫甚于星星。

我喜欢敲在木头上。

我喜欢不去管还有多久以及什么时候。

我喜欢把可能性放在心上:

存在自有它存在的道理。

（李以亮 译）

维·希姆博尔斯卡(1923—2012)，波兰著名女诗人，1945年发表第一首诗《追寻文字》，1957年随着诗集《呼唤雪人》出版，突破官方模式，风格向个人化方向转变，1996年因"以精确的讽喻，让历史学和生物学的脉络得以彰显在人类现实的片段中"获得诺贝尔文学奖。2012年2月1日在克拉科夫家中于睡眠中故去。

生活在一个"强求一律"的社会里，诗人通过这首诗，对自己的价值观和个人趣味做了机智而又相当坦率的表白。从头到尾，女诗人娓娓道来，既显示出存在的种种可能，又委婉地表达了她的态度和选择。诗人曾称她的每一个字词都在天平上量过，这首诗尤其如此，它微妙的语感、精确的讽喻、丰富的暗示性等等，既召唤着翻译又对翻译构成了挑战。

关于这首诗的汉译，这里首先要提到的，是林洪亮的译本。林洪亮从波兰文中直接译出的《呼唤雪人》（漓江出版社，2000），对于全面了解希姆博尔斯卡的创作，有着不可替代的重要作用。就翻译而言，他作为希氏大量诗作的初译者，也为一些后译者提供了有益的参照。如果对照不同的译文，我们也会发现他在许多地方比其他译者更忠实些。但是遗憾的是，他所译的这首诗，在许多地方却不尽如人意，甚至有很大的问题，如他所译的这一句"我喜欢写诗的笑话/胜于不写诗的笑话"（请对照 Stanislaw Baranczak 和 Clare Cavanagh 的英译 "I prefer the absurdity of writing poems/to the absurdity of not writing poems")。林先生当然是从波兰文译的,但我想在原文中也一定会是"荒谬"("absurdity")这个词。对诗人及这首诗来说,这是多么重要的一个词!当年我读李以亮的译本,正是因为"我喜欢写诗的荒谬甚于/不写诗的荒谬"这一句,才真正领略到希氏的"了不起"的。的确,在当今,如果一个诗人要对世界做出回答,还有什么比这更睿智也更令人精神一振的回答呢?没有。

诗人李以亮近些年来一直倾心于翻译波兰诗歌(从英译中转译),曾编印过一本《波兰现代诗选》(2006)。他翻译的扎加耶夫斯基、米沃什、希姆博尔斯卡等人的诗,受到许多人的注意和喜爱。他的这个译本,充分注意到对语感的把握,在理解上和用词上也更会心一些,如"我喜欢手头留着针线,以备不时之需"中的"留着",就比"我偏爱在手边摆放针线"(陈黎、张芬龄译本)中的"摆放"要好;同样,"我喜欢跟医生说点别的",也比"我宁愿和医生谈论别的事情"(林译)更亲切,这种微妙的传达,到了能使我们如见其人、如闻其声的程度。希氏是一位技艺娴熟、分寸感强、对语言极其敏感的诗人,在她那里也一直有对任何空洞言词的抵制,她曾这样说"动物不是辞世,只是死了而已"。我相信正因为充分了解这一点,李以亮才会这样来译。

不仅在语气和用词的微妙上,李以亮对一些句子的翻译也更直接、到位,往往达到了一种格言式的隽永和简练,如"我喜欢爱情的非周年纪念/以便可以天天庆祝"(对照林译:"我喜欢爱情的非整数的纪念年/宁可天天都庆贺"),"我喜欢写诗的荒谬甚于

/不写诗的荒谬"等等。在他的译文中，像"我喜欢敲在木头上"这类看似不起眼的句子，如果和"我偏爱敲击木头"（陈、张译本）相比，也更能传达出一种诗感。作为一个诗人，李的翻译有时还带上了一种他自己的改写，如把"I prefer the time of insects to the time of stars"这一句译为"我喜欢萤火虫甚于星星"，如果对照陈、张更忠实的译文"我偏爱昆虫的时间胜过星星的时间"，我们便知道李译已与原文有很大出入。但是，它也恰好传达了原作的精神，或者说这也是一种忠实：通过背叛达到的忠实。

现在，我们来看李译中那一连串的"我喜欢"，它更口语化一些，更合乎人们说话的习惯，而台湾诗人陈黎、张芬龄的"我偏爱"，虽然有点书面化，但可能更接近原作的精神及"prefer"这个词的意味（我想他们依据的都是同样的英译），因为希氏的这首诗，就是一首要有意道出个人的偏好和个人选择的诗。此外，陈、张译本中的有些句子，也更好、更耐人寻味一些，如"我偏爱狡猾的仁慈胜过过度可信的那种"（"I prefer cunning kindness to the over-trustful kind"）、"我偏爱混乱的地狱胜过秩序井然的地狱"，等等；这里，前一句译出了一句名句，后一句中"混乱的地狱"也比李译"喧哗的地狱"更有意味；尤其是"我偏爱及早离去"这一句，译得太好了！"及早"而不是"早早"，用词的微妙恰好传达了诗人的语感和诗的丰富暗示性。至于该诗的最后一句，陈、张译为"存在的理由不假外求"，与原诗在字面上有出入，但也似乎有如神助，一下子找到了这首诗真正要表达的东西！

的确，这首诗最根本的一点，就是不屈从于任何外界权威而从自身中发掘"存在的理由"。它从对存在的可能性敞开开始,最后达到了这种坚定。在当年,它是对波兰社会体制下那种"编了码的愚蠢"(诗人霍卢布语)的一种消解和嘲讽,在今天看来,它也依然闪耀着智性的光芒。

以上我们对照了李译与陈、张译本。一般来说,大陆的译诗语言更口语化、更有活力一些,台湾的译诗语言更典雅、更有文化内涵一些。但是陈黎的许多译诗都会改变人们的这种简单印象。作为台湾目前很有影响的诗人和翻译家,可以说他的译诗兼具了汉语言文化的功底与当下的活力和敏感性。他译的这首诗还比较一般,但他译的希氏其他的诗,如《未进行的喜马拉雅之旅》等等,无论是在对语感的把握上,还是在词语的运用和意象的营造上,都令人无限喜悦。就这首《可能性》来说,他把"I prefer the earth in civvies"译为"我偏爱穿便服的地球",不仅准确,也创造了一个新鲜动人的意象,而李以亮却在这一点上卡住了,他译为"我喜欢平民的土地",这种属于不够细心造成的误译,顿使原诗减色不少。我们可以体会到,"我偏爱穿便服的地球"这一句,不仅见出诗人的性情,这对当时那个"穿制服"的波兰社会,又是多么有针对性的一击!

译本的对照,不仅见出各自的优长,也使我们有了更丰富的、不同的享受,但同时,我们也再次知道了"翻译是一门遗憾的艺术"。如李译本的"我喜欢没有花朵的叶子甚于没有叶子的花朵"、陈、张译本的"我偏爱不开花的叶子胜过不长叶子的花",这都是"对"的翻译,但都未能完美地传达出它们所依据的"I prefer leaves without flowers to flowers without leaves"的音节之美，也未能"历历在目"地传达出那种希姆博尔斯卡式的"讽喻的精确性"。也许，这受制于汉语自身的特性和差异性。也许，把这一句译为"我更喜欢无花的叶子甚于无叶的花朵"会更好一点？但似乎也不太理想。

这种在两种语言之间的转换上所受的折磨，让我不禁想起了策兰在翻译波德莱尔深感绝望时说出的一句话："诗歌就是语言中那种绝对的唯一性。"

策兰的这句话，出自他翻译时的沮丧，但也正好向我们提示了诗歌翻译的一个至高目标："绝对的唯一性"。它恰恰是在打开语言的多种可能性的同时为我们展现这一点的。所以在我看来，翻译就是对"纯语言"的发掘，就是聆听"语言的教诲"，就是把我们不断奉献给语言本身那永无休止的要求。

在某颗小星下

我为把巧合称作必要而向它道歉。
我为万一我错了而向必要道歉。
请幸福不要因为我把它占为己有而愤怒。
请死者不要因为我几乎没把他们留在记忆中而不耐烦。
我为每一秒都忽视全世界而向时间道歉。
我为把新恋情当成初恋而向老恋情道歉。
原谅我，远方的战争，原谅我把鲜花带回家。

原谅我，张开的伤口，原谅我刺破我的手指。

我为小舞曲唱片而向那些在深处呼叫的人道歉。

我为在早晨五点钟睡觉而向火车站的人道歉。

原谅我，被追逐的希望，原谅我一再地大笑。

原谅我，沙漠，原谅我没有带一匙水奔向你。

还有你，啊游隼，这么多年了还是老样子，还在同一个笼里，

永远目不转睛地凝视同一个点，

宽恕我，即使你只是标本。

我为桌子的四脚而向被砍倒的树道歉。

我为小回答而向大问题道歉。

啊真理，不要太注意我。

啊庄严，对我大度些。

容忍吧，存在的神秘，容忍我扯了你面纱的一条线。

不要指责我，啊灵魂，不要指责我拥有你但不经常。

我为不能到每个地方而向每样事物道歉。

我为不能成为每个男人和女人而向每个人道歉。

我知道只要我还活着就没有什么可以证明我是正当的，

因为我自己是我自己的障碍。

不要见怪，啊言语，不要见怪我借来笨重的词，

却竭尽全力要使它们显得灵巧。

（黄灿然 译）

诗人黄灿然翻译的希姆博尔斯卡这首诗，两年前读到时就很有印象，一直难忘，去年我在应约为一出版社编选一部翻译文学选集时，特意找出这首诗并把它放在了该选集译诗部分的最前面。

"总是在日落之后，那只蜘蛛出来，并等待金星"，记得当年我在译卡内蒂《钟的秘密心脏》译出这一句时，曾深感战栗。而希氏的这首诗（林洪亮译为《在一颗小星下》），并不着意写人与宇宙的神秘关系，在浩瀚无穷的星空中，她选择了一颗小星，只是作为她对自身卑微存在的定位。作为一个一直回避任何高调的智慧女性，她面向这颗小星的抒情，与其说是在扩展自身，不如说是在限定并拷问她自身的存在。

但这却是一颗属于自己的星，因而诗人会很动情，她内心里的很多东西都被调动了起来。我想这就是为什么黄灿然会从希氏的诗中挑出这首来译。他喜欢，他感动，而且他从中找到了一个中国诗人与一个东欧诗人最隐秘的汇通点，而这往往就是译出好诗的前提。从他对这首诗的翻译来看，虽然有一些不完美和可商榷之处，但从总体上看十分动人，尤其是在语感、音调和节奏的把握上，明显比其他译本要好。他找准并确定了一种抒情语调，并使它形成了一种贯穿全篇的感染力，而这是一般的译者很难做到的。

我想这已涉及翻译更内在的奥秘了。美国诗人洛威尔在谈翻译时就曾引用过帕斯捷尔纳克的这句话：一般所谓可靠的译者只能传达出字面意思，无法传达出语气，而在诗歌中，语气毫无疑问就是一切。

现在我们来看这首诗具体的翻译。该诗同诗人的其他诗一样，密度很大，一句是一句，每一句都很耐读，正因此，也给翻译提供了诸多的可能性。黄灿然对开头两句的翻译，有一种直接把人带入的力量，但他把"My apologies to chance for calling it necessity/My apologies to necessity if I'm mistaken, after all"这两句中的"necessity"都译为"必要"，我觉得还可以再考虑。我想还是译为"必然"为好。希氏不是一位一般的抒情女诗人，而是一位有着哲学头脑、长于把人生经验提升到形而上的层面来观照的诗人。这开头两句也很重要，它既表达了对错把个人存在的偶然机遇当成必然而对偶然本身的歉意，又委婉地表达了对"必然"的敬意。这也反映了诗人的两个方面：一方面，"我喜欢例外"（见《可能性》），另一方面，又时时感到人受制于自身的生物规律和历史规律。人生，便同时受"偶然"与"必然"的这种交互作用，她就是从这样的视角来打量她的一生的，这也构成了她这首诗的起点和基础。

接下来诗人一句一句表达了她的致歉，有些是真道歉，有些则是正话反说，带有一种反讽的张力和更丰富、微妙的意味，"请幸福不要因为我把它占为己有而愤怒"（"Please, don't be angry, happiness, that I take you as my due"），黄对这一句的翻译，充满感情，不拘泥于原作的句式而又很有张力（对此可对照李以亮的直译："请不要气恼，幸福，如果我把你攫为己有"），虽然"愤怒"一词稍感过了一些，因为"angry"在这里也可译为恼怒、生气等等；但接下来的"请死者不要因为我几乎没把他们留在记忆中而不耐烦",就过于平实了,主要是"May my dead be patient with the way my memories fade"中的那个"fade"未能充分留意到,它所包含的"褪色""枯萎""变弱"之意也未能译出,在这一句上,李以亮的"请死者宽恕我逐渐衰退的记忆"显然要好一些。

至于"我为把新恋情当成初恋而向老恋情道歉"这一句,当然译得很准确,也是一句好诗,不过,我更喜欢林洪亮的"我为把新欢当成初恋而向旧爱道歉",像"My apologies to past loves for thinking that the lates is the first"这样的诗,在翻译时会给我们提供一个充分开发汉语资源的机会,为什么不利用一下呢。附带说一下,这样一句堪称名句的诗,不一定是个人的自白(事实上希氏也很少把她的个人生活直接带入诗中),用艾略特在评价叶芝晚期的诗"那位姑娘站在那里,我怎能关心西班牙的政治"(大意)时所说的,这是"为人类说话"。这表现了诗人对人类本性的洞观,也表现了她的幽默。

幽默归幽默,到了"原谅我,远方的战争,原谅我把鲜花带回家","原谅我,张开的伤口,原谅我刺破我的手指",我们就感到那更严肃的东西了。对后一句,我们还可以对照一下林译:"请原谅我,敞开的伤口,我又刺破了手指头",林本来为学者型译者,但这里的"敞开"比"张开"更妥帖,一个"又"字,也运用得非常之好。

道歉到这里,那更能引发诗人不安的一面就显现出来了,面对她的小星——其实那也正是她天赋良知的一种折射,她不能不为她的小步舞曲唱片而向另一些在深渊中呐喊甚至呼救的人致歉。

米沃什就曾谈到有一次当他和朋友从一个狂欢聚会上回来,在夜半的街上正好遇上被秘密逮捕的人们被推上囚车的经历,说正是那样的经历促使他后来做出了脱离波兰的决定。希氏或许还没有这样的直言真实的勇气,但她的道歉同样出于一种感人的内省:"原谅我,沙漠,原谅我没有带一匙水奔向你"(李译"沙漠啊,原谅我一小匙水也没有带来",可能要更好些)。接下来诗人的目光由自身投向了一只游隼标本,也使我们感到了一阵刺疼:"还有你,啊游隼,这么多年了还是老样子,还在同一个笼里,/永远目不转睛地凝视同一个点",诗人因自身的自由而向这样一种可悲的存在致歉,而译者对这两句诗动情的翻译,其纯熟、流畅而又充满张力的语感,也使它的力量更为感人了。

这也正像谁说的:无论你歌唱的是什么,你歌唱的是自由。

至于接下来的"我为小回答而向大问题道歉",这一句已成为名句,经常被人引用。这既真实地表现了诗人对存在之谜、历史之谜的谦卑,同时,也带着一种微妙的反讽,对那个爱提"大问题"的时代的反讽。然后就是诗人直接的抒情:"Truth, please don't pay me much attention./Dignity, please be magnanimous","啊真理,不要太注意我。/啊庄严,对我大度些",黄灿然所译的这两句,从容有度,语调更好,用词也更为直接,而不像其他译本那样拖泥带水,他在"真理"、"庄严"前所加上去的"啊",也带出了一种更感人的抒情的力量,虽然这里的"Dignity"是译为"庄严"还是"尊严",还可以再考虑。

这样的翻译,也再次给我们以昭示。诗不仅是隐喻,是意象,从内里来看，它也是一种"讲话"，是一种发音的艺术，是一种精神乐器的演奏，因此其语气和音调就成为决定性的、需要一个译者尽力去把握的东西。就拿以上这两句诗的语调来说，就包含着远比字面上更丰富的意味，这里既有对自身的辩护，又有良心的愧疚，既是对"不要太注意我"、"对我大度些"的请求，但同时，又更加表现了真理和尊严的那种逼人的力量。

希姆博尔斯卡是一位善于结尾的诗人，尤其是那种"必然而又意外"的结尾，这首诗又是一例。该诗的最后部分，诗人由"容忍吧，存在的神秘，容忍我扯了你面纱的一条线"，层层递进，最后落实到她作为一个诗人的存在：

不要见怪，啊言语，不要见怪我借来笨重的词，
却竭尽全力要使它们显得灵巧。

这样，诗人最终回到对她所终生侍奉的语言讲话。"笨重的词"不过是一个隐喻，诗人以它最终道出了生活本身的沉重性质（我以为还是将"weighty words"译为"沉重的词"为妥），并表达了未能表达出其沉重而是使它显得灵巧的愧疚。这种愧疚，折射出一个诗人在现实承担与艺术规律之间的那种"两难"，全诗因而获得了更深刻感人的力量。

但不仅是愧疚，这最后一句，诗人的用词仍是很微妙的："then labour heavily so that they may seem light"，黄译精确地传达了这一点："使它们显得灵巧"，而不是真的变"轻"了。诗人当

然不得不承担生命之重,这对希姆博尔斯卡来说也是一个道德律令,但却要以艺术自身的方式,在诗人的另一首诗《特技艺人》中,她就耐人寻味地写到要跨越惊险的高空,他就必须"比体重更轻灵"。显然,这不是通常的轻,而是一种"费劲的轻巧",是一个诗人要"竭尽全力"才能达到的"轻"。

遗憾的是,在林译中不仅未能传达出这一点,也完全不对。他的这首译文,前面都还不错,如以上已列举过的,一些句子甚至比其他译者译得更好,但就是在最后这两句最关键的地方"掉了链子":"言语啊,请不要怪罪我借用了庄严的词句,/以后我会竭尽全力使它们变得轻松",在这里,"重与轻"的重要对照被取消了,"以后我会竭尽全力使它们变得轻松",这也有点像将功补过式的表态,却完全不合乎诗人的原意及其语感。

也许,林先生这样译,和原文中也有一个类似于"then"(见以上英译)这样的副词有关。但是,这个"then"在这里却不能理解为"以后"或"后来",而只能理解为"而又"。

至于另外一个译本的"语言啊,不要怪我借来了许多感人的辞令,/我要尽心雕琢使它们变得活泼轻盈"(张振辉译),这里就不谈了,因为天知道这样的"辞令"是谁的辞令。它已和希姆博尔斯卡这样的诗人无关。

看来翻译的问题并不仅仅在于是否精通外语,更在于能否进入到诗的内在起源,能否与一颗诗心深刻相通。黄、李之所以能够那样译(李以亮对这首诗的结尾译得也不错),是因为他们深谙创作之道,而且他们作为一个中国诗人,对该诗最后所显现的那种心灵的"两难"也都有着深切的体会。幸而有这样的诗人译者,一首堪称伟大的诗(虽然它以"低姿态"出现),在另一种语言中找到了再现和重写它的手。

2012.2

"只有镜子能梦见镜子"

——读诗札记

只有镜子能梦见镜子

只有寂静能维护寂静

——阿赫玛托娃

在"北极光的炉旁"

——读特朗斯特罗姆《水手长的故事》

水手长的故事

没有雪的冬天,海是山的亲戚
披着灰羽毛蹲着
短瞬发蓝,长时间和惨白如山猫的波涛
在沙滩上徒劳地寻找栖地

这样的天气沉船就会走出海面,寻找
城市的警报里静坐的船主,沉没的水手
被吹向比烟斗的烟更细的陆地

(北方有长着尖爪和梦游眼睛的
真正的山猫。北方,那里
岁月昼夜都居住在矿里

那里,唯一的幸存者必须坐在
北极光的炉旁,聆听
冻死者的音乐)

(李笠 译)

作为一个诗人,特朗斯特罗姆一开始就显示了其优异的诗歌天赋。他以一种新奇、敏锐的诗性感受力和想象力,不仅完全改变了人们对北欧诗的印象,也刷新了那个时代的诗歌语言。诗人阿多尼斯就曾这样赞叹:"如果说,意象是'话语的黎明'——正如加斯东·巴什拉所言,那么,托马斯·特朗斯特罗姆的诗歌呈现的便是这样的黎明。"(阿多尼斯《在宇宙的怀抱中》,薛庆国译)

该诗出自诗人早年的《诗十七首》,它以故事传奇的叙事策略,书写北欧冬天里的山与海、生与死,书写一种刻骨铭心的生命记忆。它并没有一个通常意义上的故事,但却以奇异的想象和玄思,使全诗充满了一种令人猜不透的魅力。

"没有雪的冬天,海是山的亲戚",诗一开始就赋予了海与山这样的关系,这不仅突兀,也令人感到亲切。紧接着说在无雪的冬天,海"披着灰羽毛蹲着,短瞬发蓝",我们所熟视无睹的海便一下子需要我们刮目相看了;"蹲着"这个词用得也很大胆,它喻示了海的那种生命的爆发力和捕获力(它对船只和水手的吞噬!);而接下来的波涛"惨白如山猫",不仅形象生动,也进一步喻示了海与山的亲缘关系。

这里所写的,都是"喑哑世界里搏斗的形象",它们被诗的语言命名,它们到来、显形,刷新着我们对事物的认知。

当了第二节,"这样的天气沉船就会走出海面",故事的主角就开始出场了。不是人们在寻找沉船,而是沉船走出海面寻找它的主人,这种生与死的置换,不仅想象奇绝,也令人感动。沉船通过遇难和死亡获得自己幽灵般的生命,而船主却在"城市的警报里静坐"——也许是永恒地、死一般地静坐着！这着实有些奇异。而在这语言的间歇中还起了风——"沉没的水手／被吹向比烟斗的烟更细的陆地"，也许，这就是他们灵魂的还乡？总之，诗让这一切发生。"比烟斗的烟更细"这一细节也令人难忘，在此，作者所擅长的超现实的表现手法与意象的精确融为一体。

而接下来的两节都加上了括号，它表现的是另一种相关联的生与死。"北方有长着尖爪和梦游眼睛的真正的山猫"，这是对诗一开始的波涛"惨白如山猫"的一种更有力的回应；同时，把北方和它的"长着尖爪和梦游眼睛"的山猫联系起来，以这样的指代彰显整体，也道出了北方真正的精神。读到这里，让我还不禁想起了洛尔迦《梦游人谣》中的名句："山像野猫似的耸起了／它的激怒了的龙舌兰"（戴望舒译），那些天赋的诗人，就是这样来感知生命的真精神的。

这样一种"长着尖爪和梦游眼睛"的山猫，堪称北方的精灵，也许正是它在掌控着那片荒芜的领地。值得留意的，是诗的后两节都出现的"那里"，它不仅标志着地理上的区别，也喻示着与现实世界的脱节——当诗的叙述者说"那里"，他便由他所处的海边朝向了远山，更具体一点，由波罗的海朝向了远方的斯堪的纳维亚延绵的山脉，甚至也可以说，是朝向了他的生命的记忆——的确，"那里"正是一个记忆的远方！"那里，岁月昼夜都居住在矿里"，那正是记忆的深深洞穴；"那里，唯一的幸存者必须坐在／北极光的炉旁……"一遍遍地听着"冻死者的音乐"。

而那个"唯一的幸存者"是谁呢？我们已不必问了。他就是所有生命记忆的保存者，是一个追忆者，或用诗人在另一首诗中的一个说法，他"受雇于记忆"，坐在了"北极光的炉旁"——这又是一个奇异的，而且只能来自北欧寒冷的天空下的隐喻！

那个唯一的"受雇于记忆"的幸存者，就是写下这首诗的诗人。

"心灵深处的长柄勺"

——读帕斯捷尔纳克《起航》

起航

盐从天上滴落,絮语间
隐约传来机轮的轰响。
我们起航,向货栈驶去,
悄悄把港湾落在身后。

海面像展开的白桦树皮,
海水闪耀着苍白的粉色,
一浪又一浪,痛苦地奔涌,
连连击溅中别无回响。

毕毕剥剥,虾类骨骼碎裂,
桦皮燃烧,发出萧萧嘶声,
空间愈发辽阔,大海也为
它的增长而战栗。

一片云杉林隐没在岸上——
孱弱的外表并不美观。
大海,一副忧郁懒散的模样,

俯视着过往的旅人。

那布满云莓的小树林
也从海上淡去了身影,
拍击声扩散开来,
隆隆喧响,震颤着船舷。

依稀可见,依稀可见的是
远处的岸,连同斑斑点点的
道路——但它已非同寻常,
就像是灾难,没有尽头。

一个可怕的九十度转弯,
顷刻间,桅杆掉转目标,
一齐闯进海的大门,
闯进它敞开的胸怀。

这就是海洋!满怀着
未来新气象的甜美预想,
海鸥像一把长柄勺,
石头般坠入覆灭的深渊。

(王嘎 译)

帕斯捷尔纳克（1890—1960），俄罗斯著名诗人，生于莫斯科一个画家家庭。十月革命前出版过抒情诗集《云雾中的双子星座》和《在街垒上》，1924年出版诗集《生活，我的姐妹》，进一步奠定了他作为一个杰出诗人的地位。1957年冒险在国外发表《日瓦戈医生》。1958年获得诺贝尔文学奖，迫于国内的巨大压力，他不得不拒绝接受这项奖金。他的最后一本诗集《到天晴时》在他因患癌症逝世前出版。

1922年夏末，诗人偕同新婚妻子经由海路，从彼得格勒起航，前往德国看望此前离开故土一去不返的父母。在旅途中，诗人写下了这首名诗。

"盐从天上滴落，絮语间／隐约传来机轮的轰响"，全诗以这种看似平静的叙述性语调开始，它不仅把我们置于一种带有嗡嗡机轮声的诗的现场，细细体会"盐从天上滴落"这一句，诗人还为我们展现了一个怎样的诗性宇宙！

似乎诗人特别爱用"滴落"这个词，如《麻雀山》中的"透过树影，浮现出正午、漫步与圣灵节……仿佛云朵滴落在印花布上"，而这首诗中的"盐从天上滴落"，滴落得更为恰到好处！这是从大海和天空的元素中提取的"盐"，而诗人的艺术职责就是"吸收"（"某些现代派人士想象艺术如喷泉，其实它却如同海绵。他们断言，艺术应当喷涌而出，其实它却应当不断吸收并达到饱和。"帕斯捷尔纳克《几点原则》，1918），就是接受生活和大自然的慷慨馈赠，并将它吸收在诗中。

至于"絮语间／隐约传来机轮的轰响"，不仅使我们如闻其声

(帕氏特别擅长在诗中写各种声音,他要做到使自己的全部感官向生命敞开),也还带有某种隐喻的意味:这隐约传来的轰响来自诗人乘坐的船,但也可以联想为来自这首诗的内部:它成为叙事的动力,推动着这首诗的进展。

接着的第二节,诗人那种奇特的比喻能力就展现出来了:"海面像展开的白桦树皮",多么新鲜、独到、"俄罗斯式"的比喻!而"海水闪耀着苍白的粉色",也体现了一种敏锐、精微的视觉感受力(顺带说一下,帕氏也同样擅长描述他感受和想象到的色彩,如冬日的曙光"比公鸭的羽毛还要蓝",夕阳"吧嗒一声摔向冰面,就像摔一条绯红的鲑鱼","他回家,从冰川的蓝色中归来"等等)。如果我们细心体会,这闪耀的苍白粉色不仅由于被照耀,还隐含着一种内在的燃烧(请注意下面"桦皮燃烧"的诗句)。的确,离开了这种内在的燃烧,诗歌就不会成为"冒烟的良心",诗人也不可能"在烟雾中推进"并"寻找出路"。(《致茨维塔耶娃》)

就在这闪耀的苍白粉色中,大海"一浪又一浪,痛苦地奔涌……"诗人就这样道出了大海的也是他自己的内在燃烧和战栗。而从翻译的角度看,"一浪又一浪,痛苦地奔涌,/连连击溅中别无回响"已译得很好,甚至不可能更好了,但是如果我们直接读俄文原文,我猜,我们可能会更多地体会到一种声音的"磁性"和魔力。因为很显然,像帕氏这样的诗人,不可能不运用大海的奇异声响来为他的这首诗押韵。

回到这首诗,到了第三节的后两句,一种更伟大的境界就为我们展现出来了:"空间愈发辽阔,大海也为/它的增长而战栗",

诗人没有言说自己如何，而是想象大海为它自身生命的展开而战栗，这不能不说是一种很高明的写法。多年之后，布罗茨基在美国滞留时也这样写道："我的回乡之途仍太遥远，/当我们在此消磨时间，亲爱的海神，/它仿佛是延伸扩展的空间"（《奥德修斯致忒勒玛科斯》），角度当然不同，但我们依然可以从中听出一种对帕斯捷尔纳克的回响。

诗由此展开了更开阔、延伸的空间，诗人看上去什么也没有说，但我们却可以深切感受到他在面向这样一个世界时的"战栗"。这种"战栗"，如用庞德的一句话来说，那就是"在伟大作品面前突然成长的感觉"！

对此，如果我们更多地了解这首诗的上下文即诗人此前的生活与创作，就会有所领会。诗人写此诗时32岁，新婚，进入人生的成年，这次是再次前往他青年时代曾留学的德国，而且经由的是漫长的海路。

了解了这些，我想我们可以更深入地触及这首诗的主题：前往与告别，生命的展开和成熟，对未来的预感等等。接下来几节，诗人进一步写他的途中所见和感受，一方面，大海"俯视着过往的旅人"，诗人也在接受这种"俯视"，并倾听它对船舷不断拍击的喧响声；另一方面，远处的岸仍依稀可见，"道路——但它已非同寻常，/就像是灾难，没有尽头"，这有点突兀，道路本身并非灾难，但它通向的可能是灾难——那就是他在俄罗斯大地上的、经过了革命和内战暴力践踏后的生活，而他仍将回到那里。但帕斯捷尔纳克和"十月革命"后那些流亡者不同，他的态度是承担，是"照单全收",是"不断吸收并达到饱和",这就是为什么在他的诗中,一个天赋诗人的敏感、孩童般的稚气与大丈夫的气概经常混合在一起,这也就是为什么这首诗写到后来,那机轮的隐约轰响声骤然变得增强了:

> 一个可怕的九十度转弯,
> 顷刻间,桅杆掉转目标,
> 一齐闯进海的大门,
> 闯进它敞开的胸怀。

这里的"九十度转弯"和"闯进",看上去略嫌夸张,但如果我们了解航程是从涅瓦河口开始,进入芬兰湾,继而进入波罗的海——与大西洋连通的水道,就可体会到由于空间的转换诗人终于触及真正的海洋之时的那种心情,"闯进它敞开的胸怀",便表现了诗人进入一个新世界的勇气,而这,也和他一贯的对"生活姐妹"的拥抱相一致。

好在这首诗还有着它更出人意料的一笔。如果说这次漫长的旅途像是一场成人礼(这当然不是指那种通常意义上的年过十八的"成人礼"),诗人以全诗的最后一个意象完成这个仪式:"海鸥像一把长柄勺,/石头般坠入覆灭的深渊"。

多么陡峭、多么有分量的一笔!首先来看"海鸥像一把长柄勺",它不仅很形象,如果我们联想到帕氏早期诗中那句曾为茨维塔耶娃所深深赞叹的诗"啊,童年!心灵深处的长柄勺",还可以更多地体会出这个比喻的意味。的确,以"长柄勺"来比喻童年,可谓意味深长,它道出了生命的重心所在(曾受到帕氏影响的瑞典著名诗人特朗斯特罗姆,也有过生命是一道拖长尾巴的彗星而童年"是其决定性的头部和内核"的比喻)。

然而此刻,就在这场通向未来的行旅中,从一只海鸥那里,诗人看到它"石头般"——它也必须具有这种分量和速度——一头栽进了大海的深渊。

这是一首诗再好不过的结束,也是人生的某种结束。但它也是一种开始,诗人由此进入了他的更开阔和茫然的成年。

"那似乎是冰在焚烧,而又生出更多的冰"
——读叶芝《寒冷的天穹》

寒冷的天穹

突然我看见寒冷的、为乌鸦愉悦的天穹
那似乎是冰在焚烧,而又生出更多的冰,
而想象力和心脏都被驱赶得发了疯
以至这样或那样偶然的思绪都
突然不见了,只留下记忆,那理应过时的
伴着青春热血,和很久以前被勾销的爱;
而我从所有情感和理智中承担起全部责备,
直到我哭喊着哆嗦着来回地摇动
被光穿透。呵!当鬼魂开始复活
死床的混乱结束,它是否被赤裸裸地
遣送到道路上,如书上所说,被上苍的
不公正所打击,作为惩罚?

(王家新 译)

W.B. 叶芝(1865—1939),爱尔兰著名诗人、剧作家,早年在都柏林大都会美术学院学习期间开始发表诗作,1889年出版诗集《乌辛之浪迹及其他诗作》,同年结识了茅德·冈,一位神秘而充满激情的女性。叶芝后来曾多次向她求婚,均遭到拒绝,尽管如此,他们仍保持着密切联系。

1896年,叶芝结识了格雷戈里夫人,参与创建都柏林剧院,推动爱尔兰文艺复兴运动。在随后的十多年里,出版有诗集《苇丛中的风》、《在那七片树林里》等。1913年,叶芝在伦敦结识了庞德,转向一种更敏锐的现代主义,这种变化体现在诗集《责任》、《柯尔庄园的野天鹅》中。

在20世纪20年代前后,叶芝无可避免地受到时代的动荡局势的影响,他一方面坚持对一个永恒世界的塑造,而又始终以现实的苦汁为营养。1916年复活节起义失败后,他写下了史诗般的作品《一九一六年复活节》。1923年,因为"以其高度艺术化且洋溢着灵感的诗作表达了整个民族的灵魂",荣获该年诺贝尔文学奖。

1925年,叶芝出版了神秘主义著作《灵视》,他相信他自己和他的民族保有一份"灵视的天赋"。此后出版有诗集《塔堡》、《旋梯及其他》、《新诗》。1939年1月28日,诗人在法国曼顿逝世。他的最后一首诗作是以亚瑟王传说为主题的《黑塔》,充满了一种海风狂吹、令"老骨头"不停战栗的力量。他的墓志铭是:"投出冷眼/看生,看死/骑士,策马向前!"

在叶芝的一生中,他都为茅德·冈写过不少诗篇,这已成为文学史上的"佳话"。关于此诗,据说是叶芝闻讯茅德·冈与他人成婚,在精神上经受重创后所作,叶芝则自述此诗"是一种尝试,去描绘寒冷而具有超然之美的冬日天空在他身上激起的感情"。但无论创作背景如何,这首诗正如爱尔兰著名诗人希尼所说"是对意识的震颤,对斯蒂文斯所说的'精神的高度和深度'的全部尺度敞开的一瞬间的生动记录。诗行间的震荡戏剧化了刹那间的觉悟。没有藏身之所,人类个体生命在巨大的寒意中得不到庇护"。(西穆斯·希尼《欢乐或黑夜:W.B.叶芝与菲利浦·拉金诗歌的最终之物》,姜涛译)

希尼的看法是有穿透力的。叶芝的天穹不仅显现出一种"巨大的寒意",诗人在那强烈的一瞬间还看到了"冰在焚烧,而又生出更多的冰"。这种焚烧、急剧融化而又增生的冰的意象,是死亡的征兆,但也是"原初生命"的映现。因此,它在诗人那里唤起了一种更高"认可"的冲动。

这种天穹深处"焚烧着的冰",使生与死、寒冷与燃烧融为一体。它是诗人叶芝一生中所创造的最令人难忘的启示性意象之一。它到现在仍令我们惊异。诗人是以一种怎样的冲动、怎样的眼光从天穹深处看到了这一切?是不是正因为命运的打击,使他在他自己身上发现了他所拥有的这份"灵视的天赋"?

诗的后半部分,写出了在致命一击下的那种被穿透感,其情感的强度几乎超出了语言所能承受的限度。在那一瞬,诗人成为一个赤裸的被上苍的不公正所打击的"哭喊着哆嗦着来回地摇动"的灵魂。而在语言上,这种"连哭带问"式的表达,看上去语无伦次,但却极富撼动力,它最终使这首诗成为对"'精神的高度和深度'的全部尺度敞开的一瞬间的生动记录"。

爱的更多的一个
——读奥登《爱的更多的一个》

爱的更多的一个

仰望那些星辰,我很清楚
为了它们的眷顾,我可以走向地狱,
但在这冷漠的大地上
我们不得不对人或兽怀着恐惧。

我们如何指望群星为我们燃烧
带着那我们不能回报的激情?
如果爱不能相等,
让我成为爱的更多的一个。

我想我正是那些毫不在意的
星辰的爱慕者,
我不能,此刻看着它们,说
我整天都在思念一个人。

如果所有的星辰都消失或死去,
我得学会去看一个空洞的天空
并感受它那绝对黑暗的庄严,
尽管这得使我先适应一会儿。

(王家新 译)

奥登(1907—1973)，1907年生于英国约克，上大学前即开始写诗，入牛津校园后崭露头角，以其创作的活力和锐气，继艾略特之后，给英语诗歌带来新的声音和方向。1939年，奥登选择了移居美国，并随后皈依了基督教，由此他的创作被分为前后两个时期。因为他在30年代的诗充满了对公共事务的热忱，他被视为"左翼诗人"。但奥登的诗并非那么简单，正如英国批评家约翰·凯里所指出："他的诗歌理想是绘制一幅世界版图——当然不是指地理层面，而是指我们的内心世界，我们生活中每天所经历的恐惧和欲望。为了表达这样一个世界，他创造了一系列随时间变化的风景。"

奥登一生笔耕不辍，"靠耕耘一片诗田/把诅咒变为葡萄园"（见《悼念叶芝》，穆旦译），生前出版了二十多本诗集。他在20世纪30年代前后的诗，曾对当时世界上包括中国的诗人产生了重要影响，至于他晚期的诗，也并没有因为他对信仰的复归而沦为说教，相反，它们不仅在思想上更为深邃、成熟，在诗艺上也往往达到炉火纯青的程度。现在，他已被公认为20世纪的英语诗歌大师之一。

《爱的更多的一个》（*The More Loving One*）为奥登的晚期之作，最初附在奥登给朋友的信中，后来未加改动收在1960年出版的诗集《向克莱奥女神致敬》中。

在奥登一生的创作中，"爱"一直是一个重要主题，并且它往往和诗人对生与死的思考、对自我的认识、对信仰的漫长复归联系在一起。在对"爱"的书写中，诗人有时充满了至深柔情："在白日,从一个房间到另一房间穿行/是通向内心安宁的最长旅程/怀着爱的坚贞、爱的柔弱"(《一个自由人》),有时则带着一丝冷峭的反讽:"放低你沉睡的头,我的爱/放在我不忠的手臂上"(《摇篮曲》),有时则带出更深的觉悟——在这方面,他在1939年9月1日德国大举进攻波兰、第二次世界大战全面爆发这一天写下的《1939年9月1日》仍是一个耐人寻思的例证,在该诗中,原有着"我们必须相爱或者死"("We must love one another or die")的诗句,但在多少年后,它被改为"我们必须相爱并且死"("We must love one another and die")。这就是说,诗人当初还以为他可以选择,但到了后来,他明白他已别无选择——"相爱并且死"——这就是一切!纵然奥登本人仍不满足于这一改动,但这种改动本身,就显示了知天命的诗人所听到的某种更高意志的召唤。

《爱的更多的一个》,正是晚年的诗人面对星空、面对宇宙的浩瀚和黑暗所再一次听到的"爱的戒命"。"仰望那些星辰,我很清楚/为了它们的眷顾,我可以走向地狱",诗一开始就很感人,在宇宙巨大的寒意中,它犹如第一阵"贯穿肩胛骨的战栗",决定了全诗的音调,也决定了一种承担——在这片不得不对人或兽怀着恐惧的冷漠大地上,对那来自更高处的"眷顾"的回应和承担。我们在这里可以体会到,这种承担已不再是那种英雄式的(像早年那样),而只是出于一个人更内在的感恩。

也许正因为这种感恩之情,接下来,诗人迸发出了在他的后期诗作中少见的激情:"我们如何指望群星为我们燃烧/带着那我们不能回报的激情?"这种激情,因出自一种内在的拷问,显得真切而有张力。的确，爱是需要回报的，否则一切都将成为荒漠。这样的诗句把我们引向内省。而紧接着，诗人又向前跨了一步——这同样是决定性的："如果爱不能相等，/ 让我成为爱的更多的一个。"在此，诗人选择了一种无条件的，甚至带有自我牺牲意味的爱——他站在了那"爱的更多"的行列。

这的确是一种存在的提升。或者说，诗人在此听从了他不能抗拒的召唤。

一向以冷峭面世的奥登写出这样的诗，我想，这和他真实经历的一场痛苦的爱有关。我们知道，奥登有着同性恋取向，移居美国后不久，他爱上了比他年轻十多岁的切斯特·卡尔曼。为表示对这场给他的灵魂以深深激荡的爱的忠诚，他甚至给自己戴上了婚戒。然而，这是一场并不对等的爱。一年之后，切斯特便开始外出寻欢。在这场艰难的、折磨人的爱中，奥登最终还是选择了包容，或用他自己在《悼念叶芝》中的诗来说，选择了"在他岁月的监狱中，教自由人如何赞颂"。

而这一切，或许都是因为"头上的星空"和"爱的戒命"的存在。因此在诗的第三节，诗人再次朝向了星空——他那心灵的属于，他与他的上帝之间至高无上的契约。正因为它的存在，它一次次的"眷顾"，使他学会了在一种更伟大的尺度下来看待他个人的爱。

这就是奥登后期，他在完成他的信仰的回归，但同时，他也达到了他"思想的彻底"。到了全诗的第四节，诗思又有了转折和递进，以完成最终的敞开："如果所有的星辰都消失或死去，/ 我得学会……"在这里,诗思一抑一扬,诗人不仅以其心智的成熟,准备好了去接受一个空洞的天空,一个爱燃烧后的天空,而且要去感受它那最终显现的"绝对黑暗的庄严"。

这里,我们还得留意全诗最后一句的语气:"尽管这得使我先适应一会儿"。我想,正是以这种委婉的语气和"降温的技巧",诗人不仅表现了面对存在的黑暗本源的勇气,也挽回了他最看重的作为一个人的全部"诚实"。卞之琳先生在评价奥登时就曾这样赞叹说:"不作豪言壮语也可以表达崇高境界……冷隽也可以抒发激情。"(《重新介绍奥登的四首诗》)

呼唤雪人

——读希姆博尔斯卡《未进行的喜马拉雅之旅》

未进行的喜马拉雅之旅

啊，这些就是喜马拉雅了。
奔月的群峰。
永远静止的起跑
背对突然裂开的天空。
被刺穿的云漠。
向虚无的一击。
回声——白色的沉默，
寂静。

雪人，我们这儿有星期三，
ABC，面包
还有二乘二等于四，
还有雪融。
玫瑰是红的，紫罗兰是蓝的，
糖是甜的，你也是。

雪人，我们这儿有的
不全然是罪行。

雪人,并非每个字
都是死亡的判决。

我们继承希望——
领受遗忘的天赋。
你将看到我们如何在
废墟生养子女。

雪人,我们有莎士比亚。
雪人,我们演奏提琴。
雪人,在黄昏
我们点起灯。

那高处——既非月,亦非地球,
而且泪水会结冻。
噢雪人,半个月球人,
想想,想想,回来吧!

如是在四面雪崩的墙内
我呼唤雪人,
用力跺脚取暖,
在雪上
永恒的雪上。

(陈黎、张芬龄 译)

维·希姆博尔斯卡（1923—2012），波兰著名女诗人，1945年发表第一首诗《追寻文字》，1957年随着诗集《呼唤雪人》的出版，突破官方模式，风格向个人化方向转变，随后她的创作不断深化发展，出版有诗集《一百种乐趣》、《巨大的数目》、《桥上的人们》等。1996年因"以精确的讽喻，让历史学和生物学的脉络得以彰显在人类现实的片段中"获得诺贝尔文学奖。

《呼唤雪人》（又译为《呼唤叶提》）是希姆博尔斯卡作为一个诗人真正找到自己声音的标志。收在该诗集中的《未进行的喜马拉雅之旅》，即是在想象中与传说生活在喜马拉雅山的雪人——诗中又称他为"半个月球人"——的对话。这种奇特的想象引发了不同寻常的诗思，它就像"精神的跳板"，带来了一次令人惊异的诗的跨越。"啊，这些就是喜马拉雅了"，诗的第一句，诗人一下子就找到了自己的音调。接下来对雪山的描绘，一气呵成，每一句又都耐人寻味。诗人有意运用了一些强烈的富有动感的词，如"奔月"、"起跑"、"背对突然裂开的天空"、"刺穿"等等来形容这"永远静止的起跑"，这"对虚无的一击"。这样的描绘不仅很精彩，它还暗含了一种隐喻：它隐喻着人类对永恒的渴望和"乌托邦冲动"。而这付出了巨大代价的"对虚无的一击"留下的是什么呢？是一串更需要我们去倾听的"回声"——"白色的沉默/寂静"。

我想，这就是我们读解这位东欧女诗人的一个重要思想线索。如果那时的苏联和东欧社会没有一定程度的"解冻"，如果诗人本人对历史的狂热和意识形态的虚妄没有一种清醒的反省，这首诗也就不会有这样一个开头。

现在,我们来看诗人与雪人的对话。雪人,传说中半人半熊的怪物,在英语中为"abominable snowman",字面意思为"可恶的雪人",也的确有人在解读这首诗时把雪人与邪恶,甚至与斯大林主义联系起来。但是希氏的雪人不可能是"邪恶的"。在这首诗中当然有政治(正如希氏说过的"非政治的诗也是政治的诗"),但却没有这类附加的政治影射。

因此诗人会首先用一种童话般的、初级识字课本般的语调向雪人介绍我们这个尘世,介绍这个有点可笑的("我们这儿……二乘二等于四")但又为诗人所爱的世界。在如此简单的语言描述中,还插入了"还有雪融"这一耐人寻味的意象。而在介绍"(我们这儿)玫瑰是红的……糖是甜的"之后,紧跟着还来了一句"你也是",这不仅显示了诗人的循循善诱,也使诗的语调更为动人了。

雪人不仅"也是甜的",在诗人的设想中,他可能也是紧张的,逃避这个可怕的世界的,因此诗人会接着这样说"我们这儿有的/不全然是罪行。/雪人,并非每个字/都是死亡的判决"。对一个深知"奥斯维辛"(诗人所生活的克拉科夫就距奥斯维辛集中营不远)和斯大林主义的灾难的诗人来说,这不是对现存秩序的辩护,更不是对官方谎言的默认,而无非表明了诗人对人性和文明的至深信念——在经历了太多的罪行和死亡的威胁之后。

我想,这种对美丑与善恶并存的尘世有条件的、委婉的肯定,也表明了诗人与那种绝对的理想主义者的不同。茨维塔耶娃当年的名句是:"母亲从幻想中醒来——孩子,是痛苦的散文。"而对希氏来说,是学会进入一个相对的世界,是接受这种"痛苦的散文",并尽可能地把它变成诗。我想,正是这种从一个绝对的世界的"后撤",使希氏成为一个"我们这个时代的诗人"——她至今仍是!

而接下来,在"我们继承希望——/ 领受遗忘的天赋"这样的自白中,道出了诗人对她所属的人类德行的自我辩护,当然,它同时也伴有一丝微妙的反讽:我们在继承世代相传的希望的同时,也接受了遗忘的"天赋"。遗忘什么?苦难、羞辱、历史的残暴,甚至自身的不光彩等等,只是要活——"你将看到我们如何在 / 废墟生养子女",这一句不仅很形象,也令人震动。这其实也是战后东欧人民生活的真实写照。顺带说一句,译者对全诗语调的把握极其出色,用词大都也很精当,但这里的"生养子女",如能译为"生儿育女"就更好了。

接下来诗人向雪人介绍我们人类的文明,"雪人,我们有莎士比亚",这简单的一句,已足以挽回人类的自尊,或显示人类所能拥有的慰藉。为什么不提别的而是提到一位诗人,在希氏看来,存在之链伟大的一跃,就是"一个哺乳动物突然手握一支鹅毛笔"!不仅如此,我们还会拉提琴,在黄昏还会点起灯——还需要介绍更多吗?这已构成了呼唤雪人回归的全部理由。诗人于是呼唤雪人回归,回归这个虽非完美但却温暖的尘世,而对那个"高处",那个"高处不胜寒"的世界,诗人只用了这样一个细节:"泪水会结冻"。这是多么机智、多么惊人的一笔!

希氏的诗中经常蹦出这些让我们意想不到的句子,这已成为

她的"拿手好戏"。这种优异的、往往出奇制胜的诗艺,让我们想起了她所描绘的"特技表演者":

> 你可看到
> 他多么灵巧地让自己穿梭于先前的形体并且
> 为了将摇晃的世界紧握在手
> 如何自身上伸出新生的手臂——

当然,对雪人的呼唤不会有回音,但诗人已表达了自己,而接下来的结尾也再好不过:诗人再次回到了雪山下的情景中,在"四面雪崩的墙内"(多么奇绝的意象!而这有赖于译者杰出的翻译),她呼唤雪人,并且不得不"用力跺脚取暖"——在雪上、永恒的雪上。这里,雪再次成为某种死亡的象征。

一首诗就这样结束了。它的想象奇特,语调动人,诗情充沛而又克制,不时有惊人之笔。这的确是一首"奇诗",是一篇精心的制作。正因为这样的诗,给诗人带来了一次决定性的艺术突破,或许更重要的,是通过这样的创作,诗人从此确定了她看世界的眼光、基本态度及策略。

半个多世纪过去了,这首诗读来依然让我们感到亲切。在中国历代诗人那里,一直有着"入世"与"出世"的矛盾,在西方诗人那里,我们也感到了这一点。但对希姆博尔斯卡来说,她的选择首先仍是尘世生活本身——"我总是第一个向它鞠躬"。理由就一点,在那高处"泪水会结冻"。她的简单,就是她的伟大和智慧。她在对生活的"鞠躬"中找到了她的诗的角度和立足点,也找到了她应对生活(这当然也包含了政治)的智慧。的确,这是一位了不起的智者。

"胡萝卜的光荣"

——读谷川俊太郎《胡萝卜的光荣》

胡萝卜的光荣

列宁的梦消失,普希金的秋天留下来
一九九〇年的莫斯科……
裹着头巾、满脸皱纹、穿戴臃肿的老太婆
在街角摆出一捆捆像红旗褪了色的胡萝卜
那里也有人们在默默地排队
简陋的黑市
无数熏脏的圣像的眼睛凝视着
火箭的方尖塔指向的天空
胡萝卜的光荣今后还会在地上留下吧

(田原 译)

谷川俊太郎(1931—),日本当代著名诗人,1952年出版了处女诗集《二十亿光年的孤独》,被称为昭和时期的宇宙诗人。之后相继出版了七十余部诗集。其诗既表达了对现代生存的个人感受,也往往透出一种东方的智性与空灵。

这是诗人在苏联解体后访问"一九九〇年的莫斯科"后写下的一首诗,该诗的第一句"列宁的梦消失,普希金的秋天留下来",以其历史眼光和高度的艺术概括性,一下子就扣动了我们的心弦!它既指向苏联的让人感叹的历史,又让我们思索什么是短暂与永恒。

从第二句开始,诗一下子变得具体,像镜头的聚焦一样,渐渐集中在一个在街角小摊上卖胡萝卜的老太婆那里,因为苏联的红色历史,诗人马上有了一捆捆的胡萝卜像"褪了色"的红旗的联想,这种联想形成了这首诗至关重要的隐喻和意象,它"无声胜有声",包含了对历史一切的感受和评价。而接下来的"简陋的黑市/无数熏脏的圣像的眼睛凝视着/火箭的方尖塔指向的天空",不仅更具体地描绘了嘈杂的黑市场景,也非常耐人寻味:一个产生圣像、崇拜圣像的国家,它的圣像已被时间的烟尘"熏脏",它的乌托邦之梦(见首句)也已破灭,但它们依然在凝视着天空,而那是一个什么样的天空呢?那并不是一个充满神迹的天空,而是冷战时代的"火箭的方尖塔"指向的天空!

应该说,这种对历史与现实的交叠描绘和暗示已是非常精彩的了,但更令人叫绝的是接下来的全诗的最后一句:"胡萝卜的光荣今后还会在地上留下吧"。在这里,好似灵机一动,诗人不仅回到了他所看到的"胡萝卜"那里,而且也通过它巧妙地表达了他对历史的态度:"胡萝卜的光荣"才是真正的"光荣",才是对人类最具有持久价值的东西,它看似不像火箭或纪念碑那样起眼,那就让它"在地上留下吧"。

这首诗的一切,写得都是这样巧妙。但这却不是一般的巧妙,而是透出了一种过人的眼光和智慧。它以"胡萝卜的光荣"作为人性的尺度来评判政治和历史，这不仅令人感到亲切，也会给我们的写作带来启示。因为诗人的这种艺术发现，"胡萝卜的光荣"和"普希金的秋天"从此一起留在我们的记忆中了！

那道无形的凝视

——读温茨洛瓦《侍女图》

侍女图

有九个或十一个人物,包括
小矮人,侍女,那面幽暗、敏锐的
镜子中的映像。还有那位尚未
开始作画的画家——四个世纪之后,

那幅画还在耐心地躲避着我们的
目光。傅科假设画家正在
画我们。不过,更确切地说,模特、
观者和画家兴许全都是一个原型的

片段。比任何时候都更充沛的
光穿过窗口(并且,就像在天堂
那样,它的善行照耀着

所有的不完美)。而那道无形的凝视,
停留于所有的凝视汇集之处,
画笔会教我们如何将它保存。

(高兴 译)

托马斯·温茨洛瓦（1937—），著名立陶宛诗人。出生于波罗的海海滨小城克莱佩达，曾在维尔纽斯大学任教，同时从事诗歌创作、评论和翻译。由于特殊的历史缘由，立陶宛语、波兰语和俄语都可视作他的母语。青年时期，温茨洛瓦曾长期生活在莫斯科和列宁格勒，结识了阿赫玛托娃、帕斯捷尔纳克以及更年轻的布罗茨基等俄国诗人。布罗茨基后来成为他终生的朋友。

1977年，温茨洛瓦不得不踏上流亡之路，在巴黎短暂逗留后，来到美国。由于波兰诗人米沃什的举荐，获得在加州大学任教的机会。在美国，他被认为是"布罗茨基诗群"的重要成员。现为耶鲁大学斯拉夫语言文学系教授。

温茨洛瓦在诗歌写作上偏重于古典的形式，但他的古典主义却充满了现代性和现实的疼感。其诗冷峻而又温和，苦难的记忆如影相随，但字里行间又充满了智性和心灵的慰藉。

该诗所写的"侍女图"，即西班牙17世纪画家委拉斯凯兹的著名油画《宫娥》。该油画是1656年应西班牙国王菲利普四世的要求画的。但画家并没有直接画国王与王后，而是让画面中央的一面镜子反射出他们的形象。处于画面中心的，是尊贵而又矜持的小公主马格丽特。她的身边，一个宫女跪下来奉上茶点，另一个则向她鞠躬行礼；画面右下角，是两个供宫廷取乐的侏儒和一条打瞌睡的狗，而公主后面还站着两个年长的仆人，他们好像在议论着什么又被突然打断。另外，画家居然也将自己置于画面之中，他手持调色板站在画板后，似要准备作画。小公主的出场，使整个画面发生了戏剧性变化，只有画家是那么镇定自若。不过，他和其他画面中的人物的眼神都朝向了前方,是什么吸引了他们的注意力?

这幅画完全打破了宫廷肖像固有的原则,没有把国王夫妇置于画面中心,而是用一面镜子来反射,这样的构图是很大胆的;画面上的人物也不再是呆板地排列在一起,而是戏剧性地处在一种瞬间状态之中;重要的还有"光"的运用:在背景上有一扇门打开着,从门口及侧窗射进来的光散布在室内每一个角落,有着微妙的光的层次与色的变化,似乎正是这道光把画面定格在了这一瞬间。

《宫娥》无疑对欧洲绘画史有着重要的意义,后来的许多画家包括毕加索在内还曾试图去解构这幅作品,以探究画面中隐藏着的"真理"。法国哲学家福柯在《词与物》一书中专门解读过这幅画,他建议"我们要假装不知道景深处的镜子到底反射的是谁,并在其存在的概念上质问这反射为何",并指出当我们这样来看这幅画,"主体与客体、观众与模特,都在无数次交换角色";这样,这幅画便指向了"一种本质性的虚无",导致了"相似性的基础的瓦解"和"主体的取消",总之,这是一个开放的"词与物"的关系被重新界定的空间。但也有人批评福柯人为地取消了《宫娥》的历史背景,指出正是通过那面镜子,国王恰恰成为无所不在者,国王既在自己看不见的位置上看着在场的所有人,同时也在画面背景的镜子中看着他们,这样的表现更突出了国王的无上绝对的位置。

了解了《宫娥》这幅画,我们再来读诗。它和那幅画当然有关联，但它并不是画的一个注脚，而是具有自己独到的视角和意义。首先，诗人强调了我们（观画者）与画中人物尤其是画家本人的"互看"，就在我们看这幅画的同时，那位手持调色板"尚未开始作画"的画家也正在观看我们——在相隔了近四个世纪之后，我们也许正是他等待要画的对象。这种"互看"不仅取消了时间，取消了古典绘画与现实的界线，而且形成了一种由它所达成的人类的"自我审视"，这就透出了"互看"或诗中所说的"凝视汇集"的最深的奥义。

另外，诗人特意描绘了"光"（他在这首诗中根本没有提到国王及国王的权力）。在诗人的感受中，它不仅比任何时候都"更充沛"（汉译中的这个词运用得多好！）地穿过窗口，它不仅好像是来自"天堂"，并以其"善行""照耀着所有的不完美"（我们得再一次感谢译者了！），它还是一道"无形的凝视／停留于所有的凝视汇集之处"。这就更耐人寻味了。我们可以体会，正是这道"无形的凝视"，取消了国王的权力，使所有的凝视汇集。它有着一种比任何权力都更神秘的力量。

就这样，这首诗最终成为一首"光的颂歌"，虽然它写得含而不露，冷静而又克制。从中我们感到的，是一种高超、娴熟的功力和技艺，从其结构布局到每一个字词，一切都恰到好处。与这种纯熟的手笔相应的，是诗中那种沉静而富有内蕴的语调，而那是一个智者的、经过多年的磨砺所形成的语调，更需要我们细心去听。

至于全诗的最后一句，不仅是点睛之笔，是对艺术的赞颂，还隐含了诗人对自身职责的认定。的确,这个世界不完美,我们也都经受了太多的苦难和时间的嘲弄,但如何感受到那道"无形的凝视"并将它保存在我们的语言中,这仍是一件决定性的事情。

一个诗人的"独步"
——读纪弦《狼之独步》

狼之独步

我乃旷野里独来独往的一匹狼。
不是先知,没有半个字的叹息。
而恒以数声凄厉已极之长嗥
摇撼彼空无一物之天地,
使天地战栗如同发了疟疾,
并刮起凉风飒飒的,飒飒飒飒的:
这就是一种过瘾。

纪弦(1913—),原名路逾,祖籍陕西,生于河北,长于江苏扬州,毕业于苏州美专,20世纪30年代曾与戴望舒、杜衡、徐迟等一起创办《新诗》杂志,并用笔名"路易士"发表诗作。1948年去台。1953年在台湾创办《现代诗》季刊。著有诗集《火灾的城》、《摘星的少年》、《饮者诗抄》、《槟榔树》等。

上个世纪30年代以来的现代派诗,虽然在中国大陆被冷落和遗忘,但在台湾五六十年代的诗坛上却得到了新的回应。纪弦创办的《现代诗》季刊,覃子豪等人创立的"蓝星诗社",张默、洛夫、痖弦所创立的"创世纪"诗社,构成了台湾现代诗运动的主要阵地。他们既倾心于对西方现代诗"横的移植",又整合了中国古典诗歌的传统和新诗的艺术经验。他们的艺术追求,摆脱了台湾当局的思想控制,为中国现代诗歌开辟了新的空间。

在评价台湾现代诗时,奚密曾这样说,"在他们最杰出的作品中成功地塑造了一种深入探索人类处境的独特语言",此诗即为一例。这是诗人的一首名诗。诗人以"我乃旷野里独来独往的一匹狼"自喻,但这已是一匹"存在主义的狼"了,它有一种孤绝的生命意识,又有一种李白式的狂放,还有着一种极"酷"的冷幽默,它不以先知自居,也不会发出浪漫主义的叹息,它所有的,只是"数声凄厉已极之长嗥",它所要"摇撼"的,也是"空无一物之天地",是一个虚无的、冷寂的宇宙,因而诗人也只能这样来形容它的"战栗":"如同发了疟疾",更令人叫绝的,是它还刮起了凉风,并且"飒飒的,飒飒飒飒的"——诗人写到这个份上,我们只能叹为观止了!

而诗的结尾"这就是一种过瘾"。这就是这匹"狼"所能拥有的"满足感"。它使贯穿全篇的反讽在此达到一种极致。

短短一首诗,我们不仅从中见出诗人的天才和个性,它在语言上的功力也令人叹服,它是从古典的精髓中锤炼出来的一种语言,绝非白话的浅显平易和散漫可比,但同时,它也引入了"飒飒的,飒飒飒飒的"和"过瘾"这样的活生生的口语,这样,在它的文言句法和口语的说话之间,就形成了一种独具的饱满的张力。以这样的艺术整合,诗人给新诗的语言带来了一种新质。在中国现代诗人中,李金发、卞之琳也有着类似的语言追求。但是纪弦先生的这首诗,更具有一种"当下"的活力与语感。还需要指出的，这并不是在"玩语言"，如"飒飒的，飒飒飒飒的"这句"名句"，诗人发明了一种拟声词，并有意把它拖长、断开，但这并不是无意义的语言游戏，细心体会吧，正是这种"飒飒的，飒飒飒飒的"，把我们引向了一种诗的倾听。

"玛丽娜在深夜写诗"

——读池凌云《玛丽娜在深夜写诗》

玛丽娜在深夜写诗

在孤独中入睡,在寂寞中醒来
上帝知道你是什么样的人,玛丽娜
你从贫穷中汲取,你歌唱
让已经断送掉的一切重新回到椅子上。
你把暗红的炭火藏在心里
像一轮对夜色倾身的月亮。
可是你知道黑暗是怎么一回事
你的眼睛除了深渊已没有别的。
没有魔法师,没有与大海谈心的人
亲爱的,一百年以后依然如此
篝火已经冷却。没有人可以让我们快乐
"人太多了,我感到从未有过的寂寞"
为此我悄悄流泪,在深夜送上问候。
除此之外,只有又甘甜又刺痛的漆黑的柏树
只有耀眼的刀尖,那宁静而奔腾的光。

这是一位中国女诗人献给俄罗斯天才的女诗人玛丽娜·伊万诺夫娜·茨维塔耶娃(1892—1941)的一首哀歌兼赞歌。

诗人一开始就勾画了茨维塔耶娃是一个"什么样的人",展开了对一种共同命运的辨认和对话。到了第三句,耐人寻味的东西出现了,玛丽娜一生孤独、贫困、不幸,但她竟可以从中"汲取"!这里,物质的贫穷、辛酸的人生被视为命运的馈赠。在一篇创作谈中,池凌云就曾这样坦言,说她的写作始于尼采所说的"饥饿"(而不是"过剩"),现在,当她免于饥饿,她仍需要"从贫穷中汲取"。我想,正因为这种对自身的忠实,使她和她的俄罗斯诗歌姐妹走到了一起,"献身诗歌,并属于诗歌"。

细细体会,这种"从贫穷中汲取",还意味着一种"内倾"("像一轮对夜色倾身的月亮",多么动人的意象!),意味着不依从于任何外界事物而从自身中发掘"存在的理由"。正因为如此,歌声获得了它真实而神圣的力量,它会"让已经断送掉的一切重新回到椅子上"。

这种对诗歌姐妹的赞赏,也正是对诗歌本身的赞美。而在现实中,"没有魔法师,没有与大海谈心的人",诗人一语就点出了现实的平庸、慰藉的缺乏。但是,对一个早已洞悉命运的诗人,这还用得着去多说吗?因此我们接着看到的是这一句:"亲爱的,一百年以后依然如此"!

这话是多么亲密,又是多么痛彻心扉!就凭这一句"暗语",玛丽娜要向她的中国姐妹诡秘地一笑了。

这种对命运的洞观,不仅使诗的对话变得更为亲密和默契,也意味着一种精神的承担。耐人寻味的是"篝火已经冷却"这一句,它隐喻着曾有的幻想、热情和青春的燃烧,但燃烧之后呢?

冷,的确,但似乎冷得还不够。在另一首《谈论银河让我们变得晦暗》中,诗人就这样写道:当"流动的光,最终回到黑色的苍穹",那眺望的人就必须转身向内,"某一颗星星的冷,由我们来补足"。这样的诗,不仅真正触及宇宙的巨大寒意,也转向了对自身内在热量的开启。这里,词语不得不因为寒冷而燃烧,诗人也不得不从篝火的灰烬中、"从(自身的)贫穷中汲取",她还能有别的指望吗?

于是我们在诗的最后部分,看到的是一种相互的慰藉,是对生命的更深的信念。篝火已经冷却了吗?篝火已经冷却,黎明时分的那一阵寒战已透入到"深夜写诗人"的骨髓。但正是在这样的孤独而深入的写作中,"暗红的炭火"被永久珍藏,甚至那棵漆黑的柏树也显得"又甘甜又刺痛",从我们汉语的刀锋上,涌出了宁静而奔腾的光。

正是通过这样的诗,一位中国女诗人来到了那些让她流泪、让她骄傲的精神亲人们中间。篝火冷却之后,她把自己的写作和人生都建立在了一个更可靠的基础上。

那被牵拽的马头

——读布罗茨基《来自明朝的信》

来自明朝的信

1

不久将是夜莺飞出丝笼,隐没踪迹
的第十三个年头。当暮色降临,
皇帝用另一个裁缝的血吞下
药丸,接着,倚上银枕,转视一只珠饰的鸟
它那平乏、单调的鸣叫催他入眠。
这就是我们这些天来在"人间天堂"庆贺的
这个单数,且不吉利的周年。
那面特制的用以抚平皱纹的镜子
一年贵比一年。我们的小花园为杂草窒息。
天空,也被塔尖刺破,像针插进某病人的
肩胛骨,他病情惨重,只可让我们望其脊背。
每当我对皇子谈论
天文,他便开始打趣……
这封你的野鸭,亲爱的,给你的信
是写在皇后恩赐的香水宣纸上。
最近,稻米匮乏,而宣纸却源源不断。

2

"千里之行,始于足下",此乃
谚语所云。可惜归途
不始于相同的起点。它超过十个
一千里,尤其当你从个位的零数起。
一千里,二千里
一千意味"你永不能
返回故里"。这种无意义,像瘟疫,
从言语跃上数字,特别落上了零。

风把我们吹向西方,如黄色的豌豆
迸出干裂的豆荚,在城墙屹立处。
顶风的人,形态丑陋,僵硬,有如惊惧的象形文字
有如人们注视着的一篇难解的铭文。
这单向的牵拽把我拉成
瘦长的东西,像个马头,
身子的一切努力消耗在影子里,
沙沙地掠过野麦枯萎的叶片。

(常晖 译)

布罗茨基于1972年定居美国后,进一步发展了他的反讽性

诗艺，其诗也容纳和整合了更深刻、复杂而强烈的人生感受，如他定居美国期间写下的组诗《言辞片断》中的一节："并非我在失控：只是倦于夏季。/日子荒于你伸手抽屉取衬衣之际"，这是多么精彩的瞬间感受！它达到的，乃是一种"诗的精确"。至于这节诗中的另一句"自由/是你忘记如何拼写暴君姓氏的时候"，每个人读后都不会忘记，它已成为诗人最常被人们引用的名句。

该诗大概是布罗茨基唯一的一首和中国有关的诗（虽然据说诗人爱吃中国餐）。诗的具体写作背景不明，但似乎是以一个在"明朝"为皇太子当老师的西方人的口吻写的。第一部分写对中国皇帝和宫廷生活的描述，充满了讽刺及感叹，第二部分写他自己返归故乡的无望、徒劳和艰难——显然，这暗含了布罗茨基自己作为一个流亡诗人的感受。

我们先看第一节诗，它可以说出自"对东方的想象"，也可以说是某种"帝国研究"的一部分。"帝国"，这一直是潜于布罗茨基诗中的一个主题。

诗一开始的"夜莺"是隐喻性的，可想象为那些挣脱"丝笼"的自由生灵；"第十三个年头"即下面所说的单数、不吉利的周年。"当暮色降临，/皇帝用另一个裁缝的血吞下/药丸"，暗示了这是一个残暴、腐朽、非理性的帝国。但是，到了"那面特制的用以抚平皱纹的镜子/一年贵比一年"，时间的力量就显现了。诗人以反讽的笔法来写时间的无情，富有张力。而"天空，也被塔尖刺破……"，这里的比喻不禁让人想起哈姆雷特"这是一个脱了臼的时代"的著名道白，它暗示着帝国的崩溃，不可救药。

但接着就出现了喜剧性的一转:"每当我对皇子谈论／天文,他便开始打趣……"这里,不仅显示了明太子的淘气,或许还包含了对东西方文化相互"错位"的讽刺。接下来"这封你的野鸭,亲爱的,给你的信",这里的句法有点"不正常"(句子中间穿插了一声"亲爱的"),但却道出了一种活生生的"语感"。"野鸭"显然是一种调侃性的代称,并和性有关,它暗示着故事后面的故事。

至于这一节的最后一句"最近,稻米匮乏,而宣纸却源源不断",对一种奇特的文明的讽刺真是到了家!它让人不能不为诗人的历史眼光和反讽诗艺所惊异。

诗的第二节一开始引用了中国谚语"千里之行,始于足下",这里显然还暗含了另一句中国古话:"失之毫厘,差以千里"。人已迷失在时间中,他已无法想起最初错在哪一步,他被存在的荒诞、命运的力量所左右,因而他永不可能"返回故里"。对此,可参照诗人的另一首诗:"我的回乡之途仍太遥远,／当我们在此消磨时间,亲爱的海神,／它仿佛是延伸扩展的空间。"(《奥德修斯致忒勒玛科斯》)

耐人寻味的是"一千里,二千里",这里有意模仿了一种数数的语感,为了使这类认真的推理最终达到一种荒谬,一种可笑的无意义。"这种无意义,像瘟疫,／从言语跃上数字","瘟疫"这种比喻不仅出人不意,而且极其有力。这是布罗茨基最擅长的手艺。

"风把我们吹向西方,如黄色的豌豆／迸出干裂的豆荚",这样的比喻新奇而又让人难忘。城墙是指中国著名的长城,在那里,顶风的人,被时间磨消的人,"有如惊惧的象形文字",已使人难以辨认和理解。这是时间对人的捉弄,也是命运和大自然的力量对人的书写。

而全诗最后的比喻达到了一种诗歌修辞的极致:一方面命运的强力牵拽使"我"变成了一个瘦长的像马头的东西,另一方面身体的挣扎和努力又只能徒劳地消耗在自身不断拖长、消失的影子里,并像一个怪物一样"沙沙地掠过野麦枯萎的叶片"。还有什么能比这更能道出存在的悲辛、荒谬和无奈!这或许是被放逐的人类最令人惊惧的写照之一!

一个幽灵般的声音

——读穆旦《在寒冷的腊月的夜里》

在寒冷的腊月的夜里

在寒冷的腊月的夜里,风扫着北方的平原,
北方的田野是枯干的,大麦和谷子已经推进村庄,
岁月尽竭了,牲口憩息了,村外的小河冻结了,
在古老的路上,在田野的纵横里闪着一盏灯光,
  一副厚重的,多纹的脸,
他想什么?他做什么?
在这亲切的,为吱哑的轮子压死的路上。

风向东吹,风向南吹,风在低矮的小街上旋转,
木格的窗子堆着沙土,我们在泥草的屋顶下安眠,
谁家的儿郎吓哭了,哇——呜——呜——从屋顶传过屋顶,
他就要长大了渐渐和我们一样地躺下,一样地打鼾,
从屋顶传过屋顶,风
这样大岁月这样悠久,
我们不能够听见,我们不能够听见。

火熄了么?红的炭火拨灭了么?一个声音说,

我们的祖先是已经睡了，睡在离我们不远的地方，
所有的故事已经讲完了，只剩下了灰烬的遗留，
在我们没有安慰的梦里，在他们走来又走去以后，
在门口，那些用旧了的镰刀，
锄头，牛轭，石磨，大车，
静静地，正承接着雪花的飘落。

1941.2

在中国新诗史上，穆旦（1918—1977）被视为最具有现代主义性质的诗人，他在20世纪40年代的创作，充分体现了新诗对"现代性"的追求及其成就，但穆旦同时又是深具民族忧患意识和时代批判性的诗人，该诗即是诗人在民族苦难加剧的时日写下的一首诗，它以北方寒冷的腊月的夜为背景，描述中国人在劳苦、混沌中周而复始的生存状况。在这首诗中，在无休止的凄厉的寒风下，北方枯干的田野和村庄成为一个"生死场"，在那里，历史一再重复，苦难没有尽头，因而诗中所描述的一切，具体可感而又指向了历史的纵深，它唤起了我们更悠远的对民族生存的记忆。

正因为诗人把对民族生存的悲悯与"超越时间的关照"结合为一体，这首诗的意义又超出了时间和空间的界限，具有了某种普遍性——人在历史的无意识中伸展卑微的意义，在生生灭灭的虚空中茫然追问，如同失去听觉——"风这样大岁月这样悠久，/我们不能够听见，我们不能够听见"。正如有人所说，这首诗的背后"真正的核心是对人的存在状态和人的悲剧性的拷问"。

至于这首诗的表现方式和视角，有两点我们需要留意：一是过去、现在与将来的并存，它们一起构成了一个"诗的当下"，像"我们的祖先是已经睡了，睡在离我们不远的地方"、"他（吓哭的孩子）就要长大了渐渐和我们一样地躺下"等等，这种过去、现在与将来的并存和贯通，将时间空间化了；另外就是对"声音"的描绘，这首诗有两种声音，一是在寒冷的夜里风的声音，它无处不在、无时不在，而且愈来愈大，大到"我们不能够听见"，一是在这样的风声中间或听到的轮子的吱哑声、从谁家传来的小孩吓哭了的"哇——呜——呜——"的声音、"火熄了么"这样一种神秘的询问的声音，此外，还有一个贯穿全诗的以"我们"出现的诗的叙述声音，而这样一种声音，在第一、第二节还带有叙述、追问的性质，到了诗的第三节，则几乎成为一种幽灵般的声音，并且愈来愈弱，到最后归于沉默。

这就是穆旦这首诗，它与诗人在同期写下的那些新奇玄奥、具有强烈而陌生的现代主义诗感的诗（如《诗八首》）在风格上有很大差异，但它们又同出一源，"在穆旦身上有几种因素在聚合"，穆旦在西南联大期间的同学、诗人王佐良当年就曾这样指出。有哪些因素在聚合？深沉的民族忧患与复杂的自我意识，现代的敏感性与历史的负担，抒情、叙述、象征与形而上的思辨等等，通过这种更具有包容性的艺术整合，穆旦展现了他作为一位大诗人的潜力，也揭示了爱的深沉和广大。读完全诗，我们满怀感动，就像门口那些"用旧了的镰刀，/锄头，牛轭，石磨，大车，/静静地，正承接着雪花的飘落"。

那逃掉的灰鹦鹉

——读策兰《那逃掉的》

那逃掉的

那逃掉的
灰鹦鹉
在你的嘴里
念经。

你听着雨
并猜测这一次它也
是上帝。

（王家新 译）

作为一个偏爱"以地质学的材料向灵魂发出探询"的诗人，在策兰后期的诗中也出现过几种鸟类，如云雀（"为了云雀的影子"）、翠鸟（"当翠鸟下潜，/瞬间发出嗡声"）、猫头鹰（"赌得一猫头鹰卵石——从睡眠的檐角"）、海鸥（"沙奴"）、寒鸦（"喉头爆破音/在唱"）等等，此外还有他自造的一种"鸟类"：乌鸦之天鹅。

这还是鹦鹉第一次（也是唯一一次）出现在策兰诗中。如果策兰要写一种鸟，那肯定会是鹦鹉。这不仅因为它是与人的日常起居生活最贴近的鸟类，我猜想它和我们的诗人还一定相互凝视过。它那精灵般的存在，它的"鹦鹉学舌"，还有它的"灰"，对策兰这样的诗人来说，都会构成一种不同寻常的关系。

想到这里，我不禁要这样想了：鹦鹉之于诗人，一个"他者"？

"那逃掉的灰鹦鹉"：逃掉，意味着它曾在那里（它一直就在那里）。这一次它逃掉了。一片语言的空白。

这真是一场令人惊异的游戏。这不仅是一种在与不在的游戏。那只惯见的灰鹦鹉不再立于枝头或处在笼子中了，正当你茫然于它逃到哪里去时，却发现它就在你自己的嘴里念经！

这不正是自我与他者的置换和同一？不管怎么说，在那一刻，鹦鹉被精灵化、被内在化了。

"lesen die Messe"这句德文，意为"作弥撒"，英译为"say mass"，这里译为"念经"。妙在我们的汉语似乎更着重的是"念"本身——鹦鹉那一声声单调而急切的声音不是在"念经"又是什么？它愈来愈像是在念经了。

诗的下一节回到"你"："你听着雨"。在策兰后期诗中出现更多的是霜、雪、雾，这一次又"开始下雨了"（《法国之忆》）。在策兰那里，雨或雨声的出现总是很特别，"主匆匆走近，他下着雨，他前来凝视"（《偶然的暗记》），等等。

而这一次没有更多的修辞，就这一句"你听着雨"。但它却让雨成为雨，让我们也和诗人一起去倾听，在鹦鹉的念经和一片雨声中去凝神倾听。这倾听，也是一种艰辛的辨认。辨认什么呢？"这一次它也 / 是上帝"！

不消说，这样一个结尾有点惊人，也颇出人意料。这就是策兰,你经常不知道他下一步要说什么。他如此"诡异",你也不可能捕捉住他。

不过这个"出位之思"的到来并非那么轻易。"这一次"提示着其他无数次,其他无数次没有当回事,但这一次不一样了。我们尤其要注意"这一次它也……"中的"也",策兰经常在诗中运用这个"auch"(也,同样,一样),而这一次的"也"体现了一种怎样的语气转折?怎样的内心活动?

还有,"这一次它也/是上帝"中的"它"指的究竟是什么?是那个逃掉的、转而在我们的嘴里念经的灰鹦鹉?还是诗人所倾听的雨?或是和这一切有关的另外一样事物?

显然,要理解这样的诗,我们遇到了难题,遇到了如策兰自己所说的"不加掩饰的歧义性"。我们面对的这位诗人,其痛苦超出了我们的想象,其"诡诈"也超出了我们的想象。

那就让我们再次回到这首诗所涉及的几种基本事物。

首先,仍是"鹦鹉"以及它之于一个诗人的关系。在浪漫主义的诗歌中,经常出现夜莺、云雀、天鹅之类,这都是那个时代诗人的自喻,是浪漫主义诗人自我神话的一部分。但到了我们这个时代,情形就变得不一样了:

我活着,像闹钟里的布谷,
不去羡慕森林中的小鸟。
人们上紧发条——我就咕咕鸣叫。

你知道，这样的命运
我希望只有我的仇敌
才能拥有。

这是阿赫玛托娃的一首诗（晴朗、李寒译）。策兰曾准备翻译阿赫玛托娃的诗，后来他未能动笔，但在他自己的诗中，出现了一只鹦鹉。而他所写的这只鹦鹉，也不同寻常，它会引发我们对于诗人身份和处境的审视。可以说，因为策兰的这只鹦鹉，我们得重新打量一下何谓"诗人"了。

与此相关，还有一个"词"、本源和意义的问题。这里的词是"太初有词"的词。人们对词的消耗和滥用，已使这样的"词"消失在词中。这就是说，我们已很难说出本源。我们的哀悼是"不可能的哀悼"。我们的家乡，不过是一张"童年的地图"。我们说出并听到的，永远是词的第二音，"每一次的第二和第二音"。（策兰《给词的洞穴铺上》）

也许，这就是为什么鹦鹉会在这首诗里出现。它就代表着"词的第二音"。

不仅如此，这只活灵活现的鹦鹉，还隐喻着意义的逃遁，隐喻着意义对一个诗人的捉弄。

这就是说，策兰的"词的洞穴"，依然是柏拉图的洞穴。我们仍生活并书写在一种"模仿的模仿"里。

这也就是为什么在他的诗中总是伴随着一丝反讽的音调。听听吧，鹦鹉就在你自己的嘴里念经！

现在，我们再来看"上帝"。因为诗最后出现的这个"上帝"，人们可以认为这样的诗指向的是"奥斯维辛"之后的信仰危机。该诗的思想背景，的确可以和这一点联系起来。有别于另一位犹太女诗人内莉·萨克斯的虔信，策兰也的确是一位"更彻底"的追问者。他的不妥协，他那痛苦的内在分裂和搏斗，从很多意义上，就是《旧约》中雅各与天使角力的继续。

不过，这首诗中的"上帝"，和策兰本人终生在黑暗中对话的那位"上帝"是不是一回事呢？我只能说，这只是在这首诗中才出现的"上帝"。阐释是有其边界的，我们只能在这首诗赋予的框架结构中来谈论这个"上帝"。就这首诗而言，我想，它代表着对意义的寻求、猜测和确立。

但是，对我本人来说，这首诗如此吸引我，并不在于诗中的事物各自代表着什么，而在于整首诗的生成方式：那意义的鹦鹉逃掉了，它真的不见了吗？不，它就在你自己的嘴里念经。它也是一种"不在者之在"。这个在又不在、百般捉弄着我们的灰色精灵，这个最让人惊异的学舌者、模仿者，在这一瞬，在沙沙的雨声中，也许就是"上帝"！

不过，说到这里，我们又要警惕了。真的有一个源词，一个原创者，一个上帝吗？有，也许有，但它们都永久地处在"回答的沉默"里。

我们能切实感到的，是一首诗的形成，是一个诗人在灰鹦鹉的念经声中，在雨声中，对那最不可言说者的领悟。在这一瞬，他感到了一种"在场"。

是什么"在场"？难以言说，也不可言说。

我们所能做的，也不是言说，而是倾听。

抬起头来，是这北京的灰蒙蒙的冬日天空，那个从策兰诗中逃掉的灰鹦鹉，就在我们的嘴里念经。

一个深似天空的粗布口袋
——读阿米亥《葵花田》

葵花田

成熟与枯萎的葵花田

不再需要太阳的温暖,

褐色和明智的它们,需要

甜蜜的阴影,死的

内向,抽屉的里面,一个深似天空

的粗布口袋,它们未来的世界:

一间幽暗的房屋最深处的幽暗,

一个人的体内。

(刘国鹏 译)

耶胡达·阿米亥(1924—2000),以色列著名诗人,他的诗溶入了个人生存经验与充满民族、宗教冲突的残酷现实,在艺术上则将古老传统和现代诗艺结合起来,在世界上享有广泛的声誉。以色列前总理拉宾曾这样推荐阿米亥:"我认为他是这片土地的桂冠诗人,他的作品深深领会这片古老的、产生了伟大信仰和文化的土地的价值,以及它的痛苦和迷误。"

阿米亥的诗歌主题同许多诗人的一样,无非是"生、死、爱",

但他的表现角度、方式和达到的感人程度,却为很多诗人所不及。如他的《雨下在战场上——怀念 Dicky》(李魁贤译)一诗"雨下在我朋友的脸上。/我活着的朋友,/用毯子覆盖着头部——/而我死去的朋友,/却没有。"寥寥数笔,近乎"白描",但却感人至深,让人读了就不能忘怀。

  同时,诗人又擅长运用隐喻,并富有思辨的色彩,只不过他的玄思从来没有脱离过人生的血肉和具体经验,该诗即为一例。成熟后的向日葵是褐色的,但又是"明智"的,诗一开始就透出不寻常的眼光。成熟即意味着"明智",它不再需要太阳的温暖,而是需要"甜蜜的阴影"(这里的"甜蜜",多么富有感情!),诗由此展开了"死的内向",或者说,展开了一种成熟生命的回归。使我们惊异的是接下来的"一个深似天空的粗布口袋"这个极其亲切而又极其玄奥的隐喻,在这个隐喻中,有限与无限、生与死、粗布口袋的语言质感和一种深邃无穷的透视被奇妙地结合为一体,其简练和深邃都让人为之惊异!

"书页和烈焰,麦粒和磨盘"
——读布罗茨基《阿赫玛托娃百年祭》

阿赫玛托娃百年祭

书页和烈焰,麦粒和磨盘,
锐利的斧和斩断的发——上帝
留存一切;更留存他视为其声的
宽恕的言词和爱的话语。

那词语中,脉搏在撕扯骨骼在爆裂,
还有铁锹的敲击;低沉而均匀,
生命仅一次,所以死者的话语更清晰,
胜过普盖的厚絮下这片含混的声音。

伟大的灵魂啊,你找到了那词语,
一个跨越海洋的鞠躬,向你,
也向那熟睡在故土的易腐的部分,
是你让聋哑的宇宙有了听说的能力。

1989

(刘文飞 译)

  这是布罗茨基在美国为纪念阿赫玛托娃写下的一首诗。布罗茨基一生尊崇阿赫玛托娃,称她为"哀泣的缪斯",就在《哀泣的缪斯》一文的最后他这样宣称:阿赫玛托娃的诗将永存,"因为语言比国家更古老,格律学比历史更耐久;实际上,诗几乎不需要历史,所有它需要的是一个诗人,而阿赫玛托娃正是那个诗人"。

该诗就贯穿了诗人的这种思想,并倾注了他对一位伟大诗人的感情,"书页和烈焰,麦粒和磨盘,/锐利的斧和斩断的发",诗一开始就把诗和诗人置于这些尖锐的命运"对立项"中,并由此把我们带入了诗的历史语境之中;虽然诗人宣称"诗几乎不需要历史",但是俄罗斯那苦难、残酷的历史却不由分说闯进了这首诗中——"那词语中,脉搏在撕扯骨骼在爆裂,/还有铁锹的敲击;低沉而均匀……",正因为如此,阿赫玛托娃作为"哀泣的缪斯"的意义才显现出来;也正因此,"死者的话语更清晰",因为诗人把它从遗忘和重重的谎言中带了出来,而那不仅是抗诉的声音,更是上帝要留存的"宽恕的言词和爱的话语",是神启的、几乎从天上响起的不灭的声音!

诗的最后一节上升为更激越的赞颂:"伟大的灵魂啊,你找到了那词语","是你让聋哑的宇宙有了听说的能力"。可以说,这面朝故国、跨越海洋的赞颂,不仅是献给阿赫玛托娃的,也是献给一切"伟大的灵魂"的。因为他们,聋哑的宇宙和沉默的历史发出了声音——而这,就是"我们的神话"(布罗茨基评论曼德尔斯塔姆时的用语),是诗和诗人存在最终的意义。

顺带说一下,这首诗,当年我在漂洋过海的时候曾带上它,现在我把它重新找出来,那纸页早已发黄了,而,命运依旧……

2008—2012

"卫墙"与"密封诗"

要读解策兰后期的诗,我们就会遇上"密封诗"这个概念。密封,其德文原词是"hermetisch"(英文为"hermetic")。这是一个在德国语境中人们谈论策兰诗歌时常用的概念,纵然策兰本人对这个说法很反感。策兰诗歌最早的英译者米歇尔·汉伯格在策兰诗选修订扩大版(Persea Books,2002)的后记中就谈到这一点:因为有人在伦敦时报文学增刊上发表的关于策兰诗集《换气》的评论中称策兰为"密封诗人",策兰猜测是汉伯格化名写了这篇文章,因此损坏了两人的关系。

策兰为什么坚决拒绝这个标签,因为在他看来这类认知完全建立在对他本人的创作无知的基础上。他曾对作家朋友阿尔诺·赖因弗兰克说道:"人们都说我最近出版的一本诗集是用密码写成的。请您相信,那里面的每一个字都和现实直接有关。不过,他们没有读懂。"看来,他之所以拒绝"密封诗"这个说法,主要就是因为那种认为他的诗与"现实"隔绝的偏见。

但是,且不说一般的读者,德国的评论家,从阿多诺到迦达默尔,在评说策兰诗歌时仍使用了"密封诗"这一概念。迦达默尔就称策兰《换气》中的诗为"密封性的抒情诗",并且这样发问:"每首诗在这本诗选中都有着它的位置,在诗选的特定语境中,每首诗也都达到了相应的精确——但是整本诗集却是密封的、编码的。它们在说着什么?谁在言说?"①

看来无论我们赞同与否,我们都绕不开"密封诗"这个概念(这里顺带说一下,有的汉译者在翻译这个概念时,把它译为"隐逸诗",这就偏离了德国诗特定的语境)。当然我们要做的,不是纠缠于这个概念本身,而是由此对策兰诗歌及其内在性质展开更深入的考察和读解,这才是更重要的。

问题还在于,策兰拒绝了"密封诗"这个标签,同时又拒绝了对自己的诗做出任何具体的解释,甚至,他在出版诗集时索性把一些诗作在发表时曾落下的、也许有助于读者阅读的写作时间和地点一概去掉。"一点也不密封,"他这样对人说,"去读!不停地读,意义自会显现。"

在《策兰诗文选》序言中,美国的策兰研究者费尔斯蒂纳曾谈到一次他在法国的经历,当他问策兰的遗孀吉赛尔策兰的诗是不是像他自己所说的那样都来自他的经历时,吉赛尔这样回答:"Cent pour cent"(法语"百分之百")。但当他又问怎样去找这些经历的出处时,吉赛尔的回答像策兰生前一样:你自己从诗中去找。

---

① Gadamer on Celan: *"Who am I and Who are you?" and other Essays*, Translated by Richard Heinemann and Bruce Krajewski, State University of New York Press, 1997.

那好，现在我们就来读策兰收在其诗集《无人玫瑰》（1963）中的一首诗《卫墙》。这首诗，"百分之百"是策兰一生的写照，而又用了一种不同寻常的，在一般读者看来"高度密封"的方式。

卫墙

拆除这呼吸的硬币吧，
从围绕着你与树的空气中：

如此
多的
索取，在心坎路上
希望向上与向下
要付出的——如此
多

就在拐弯处，
他遇上了面包之箭，
而它曾饮过他的夜酒，那
愁苦之酒，让国王不眠的
夜酒。

那双手没有来吗，带着它所守望的夜，

和幸福
浸入它们的苦杯深处
它也没有来吗?
那长睫毛的三月芦苇,
带着人类的声音,曾在那里发光的,
从那遥远处?

那只信鸽迷了路,她的脚环
被译解了吗?(所有围绕她的
云团——易懂。)鸽群
允许她吗?它们是否理解,
并接着飞,当她尚未归来?

屋顶石瓦之船台,——航行
已由鸽子的龙骨备下。血的讯息
从舱壁渗出。过期的日子
就那样年轻地下水了:

经由克拉科夫
你到达,在安哈尔特——
火车站,
你遇见了一缕浓烟,
它已来自明天。在

泡桐树下，

你看见刀锋林立，再一次

因距离而闪光。那里的人们

在蹦跳。（七月

之十四。另外再加九个多）

那横穿的，装蒜的，龇牙咧嘴的

全在上演。裹着

一条带铭文的绶带，吾主

也在人群中现身。他拍下

一张小巧的

纪念快照。

那自动快门，就曾是

你。

噢这份——

友情。但，再一次

你知道你所到之处，还是那

精确的

水晶。

　　首先，该诗的标题就很重要，并且耐人寻味。该诗原标题为法语 La Contrescarpe，指堡垒外的卫墙；临近巴黎拉丁区就有一处颇有名的带喷泉和咖啡馆的"卫墙广场"（Place de La

Contrescarpe），作家海明威在他的回忆录中曾写过这个地方，但对策兰来说，更重要的，是他母亲的弟弟生前就生活在附近一带（后来他作为法国犹太人被押送到奥斯维辛并死在那里），这也是他自己早年到法国留学期间会见舅舅的地方，就该诗后面的内容来看，"卫墙广场"很可能也是他于1948年7月从维也纳流亡到巴黎首先落脚的地方。策兰特意用这个法文词作为标题，作为一个德语犹太诗人流亡生涯的特殊标记。

重要的是，读完全诗，我们再来看"卫墙"这个标题，会感到它已成为一个诗的隐喻，一个尤其是和"密封诗"有关的隐喻。一道坚固的语言卫墙矗立在那里，既敞开又封闭，自成一个为一般读者所难以进入的世界。

现在我们来看诗的开头。按犹太人的习俗，在死者的嘴里会放入一枚银币，策兰在献给曼德尔斯塔姆的《一切，和你我所想的都不一样》中也有这样的诗句"银币在你的舌上熔化，/ 那是黎明的滋味，永恒的滋味"。但为什么在这首诗中要"拆除这呼吸的硬币"呢？这样的起句"很猛"，重要的是，它带出了诗人在回顾自己一生时所满怀的艰难苦恨。

诗的第二节不难理解，它凝聚了一个流亡诗人对其命运的至深感叹。但这里的"索取"，不仅是"拦路"的命运对人的索取（与此相关，策兰在诗中还曾用过"黑关税"、"过桥费"这类隐喻），也是诗本身对一个诗人的索取。在其他诗中，策兰都写到这种"索取"："当心，这夜，在沙的 / 支配下，/ 它会对我们俩 / 百般索取。"（《我们，就像喜沙草》）

而在接下来的一节，语言拐了一个弯："就在拐弯处，/他遇上了面包之箭"。我们可以想象这是诗人在"卫墙广场"拐弯处瞅见面包店时产生的一个奇特意象，但它也是个生死相依的隐喻。策兰诗中屡屡出现过与"箭"相关的隐喻，对此，迦达默尔曾这样解读："发送讯息的箭是死亡的必然性，它从不错过它的目标"，"它的射击突然撕裂一个目标，很相反，它是生命自身的拉力。……那种对每个人来说，经过箭之书写的突然打击，往往已被辨认出的生命"。

该节后面的诗句和第四节也都不难理解，夜酒、国王、苦杯这类隐喻，和一个诗人的苦难命运有关，只是"那双手"的出现有点突然，因为它没有主体，那是一双握着苦杯的手，但也可能更神秘。在策兰诗中经常出现眼、手、额、唇、嘴等等，它们是身体的一部分，但在某种"瓦解的逻辑"下，又往往像凡·高"赠给的耳朵"（见策兰《政权，暴力》一诗）一样，具有了自己独立的隐喻的生命。

诗的第五节出现了跳跃和转折，诗的空间因此再次拓展了："那只信鸽迷了路"，显然，这里的"信鸽"和第六节的"船台"都指向了"挪亚方舟"的传说，在《旧约·创世纪》中，挪亚从方舟中放出鸽子查看洪水是否消退，而在策兰这首诗中，鸽子并没有衔着橄榄枝回来，而是以它自己的龙骨作为了献祭。这是策兰作为大屠杀的幸存者对古老的神话所做出的最悲切的改写。

而在第五节，还写到个体与群体的关系。它暗含了诗人在族群中不被理解的痛苦。以信鸽的骨骸作为救赎的龙骨，这是一个惊人的想象，也是一种悲剧命运的写照，直到"血的讯息／从舱壁渗出"，更深刻的意象出现了，正是它把全诗推向了一个高潮。

而紧接着的"过期的日子／就那样年轻地下水了"，更动情，也更耐人寻味。在这样的诗句中，当过去与现在相互叠合，那难以忘怀的过去就是"当下"，它使诗人重新回到早年生命中那个决定性的时刻——接下来的那一长节诗，以一种"插入语"的形式错落出现在整体结构中，令人给予特殊的关注：

经由克拉科夫
你到达，在安哈尔特——
火车站，
你遇见了一缕烟，
它已来自明天。

这里记录了一个命定的历史时刻：1938 年 11 月 9 日，尚 17 岁的策兰遵父母之命前往法国读医学预科，"就那样年轻地"进入了命运的轨道。他乘火车从波兰的克拉科夫启程，穿越德国前往法国，经过柏林的安哈尔特火车站时——也许正出于命运的"友情"（如诗人在该诗后面所嘲讽的那样），正好遇上了纳粹分子疯狂捣毁犹太人商店、焚烧犹太教堂的"水晶之夜"（"Kristallnacht"）。因为策兰到达柏林时已是 10 日凌晨，那焚烧的夜刚刚过去，所以他这样写道："你遇见了一缕烟／它已来自明天。"似乎就在那一刻，那来自"明天"的焚尸炉的浓烟，已为他和他的民族升起来了。

耐人寻味的是诗的叙述角度:"你遇见了一缕烟／它已来自明天。"这里,似乎诗人永远将自己留在那个令他全身心震动的时刻了,更需要留意的,他遇到的"烟"仿佛不是来自昨夜,而是"来自明天"——这样的叙述,写出了对未来的可怕预感和洞见,或者说,它让我们联想到海德格尔在《存在与时间》中所说的那种"死亡的先行性"!

接下来泡桐树的出现也提示着诗人自身的命运。泡桐,Paulownien,该树名就和策兰自己的名字"Paul"有关,而在那里"刀锋林立",诗人再一次感到它"因距离"而闪射的寒光了。

问题是括号内那一组令人难以"破译"的"密码":"七月／之十四。另外再加九个多"。我曾请教过一位熟知法、德文学的法国翻译家朋友,她这样回复:"对这个问题,即使德里达也难以回答。"但是,从策兰自己的生活中,我们仍可以找到一些线索:该诗写于1962年9月,自1948年7月由维也纳流亡法国起,诗人在巴黎已度过14个7月了。另外,自1948年7月他流亡法国上溯至1938年11月他第一次前往法国留学,这其间有九年多的时间。这些,都是诗人自己不能忘怀的"记忆码"("Remembering Dates"),这一组奇特的数字在诗中被引入了括号,可以视之为是诗人在为其记忆"加封"。

这种对记忆的编码,加重了诗的"密封性",但它既隐藏又暴露,反过来说亦可。在这样的"暗语"里,恰如策兰自己在《示播列》一诗中所说"心:在这里暴露出你是什么"!

出人意料的，还在于接下来对排犹历史场面充满厌恶和嘲讽的描绘：那蹦跳的、横穿的、装蒜的、龇牙咧嘴的……这种策兰笔下的反犹狂热，让人联想到犹太裔女思想家阿伦特在评说纳粹恶行时所说的那种"平庸的恶"。不仅如此，在策兰这一节诗里，甚至对"主"的描绘都充满了嘲讽。当然，在戏谑和嘲讽之下，我们还可以体会到那种"本体论上的质疑"，它包含了一个"奥斯维辛"的过来人对"上帝之缺席"的沉痛。

而紧接着的"那自动快门，就曾是你"，那就是诗人对自己作为历史见证人的反讽了。这也说明，在策兰后期的创作中，他愈来愈多地把抒情与反讽等多种笔墨结合为一体，真正体现了如阿多诺在谈论"晚期风格"时所说的那种"苦涩"的、"不协调"的、"扎嘴"的"成熟"。

"噢这份——友情"，在一节长长的"插入语"之后，诗人以一个"噢——"，极尽嘲讽和解脱之意。这里，诗人的反讽语气及紧接着的转折（"但，再一次"），都是十分耐人寻味的。

而到了全诗的最后，"水晶"这个意象出现了！它不仅和开头的"呼吸"相照应，和诗中所描述的"水晶之夜"也有着更密切的关联。它是呼吸、记忆和词语的结晶。它无形而又精确，到最后，它就是"命运的可见性"，历历在目，而又有着一种逼人之力！

策兰在翻译波德莱尔时曾这样感叹："诗歌就是语言中那种绝对的唯一性。"就在这里，他找到并呈现了这个"绝对的唯一性"。

这是诗人对命运"友情"的一份回报。它本身就是一种奇迹般的语言的结晶。

它最终让我们感到——什么是策兰式的"痛苦的精确性"!

在1962年6月给早年的家乡朋友埃里希·艾因霍恩的信中,策兰曾这样写道:"我从未写过一句和我的存在无关的东西——你看,我是一个写实主义者,以我自己的方式。"

的确,策兰的诗,无论怎么看,都立足于他自身的存在,正如拉库—拉巴尔特所评论,它们是"作为经验的诗",都和他的生活、经历和命运深刻相关。

换言之,这样一位诗人是不可能"逃避现实"的。他的艺术良知不允许他这样,他那死于集中营的父母也不会允许他这样。只不过他对历史与现实的承担,如他自己所说,有他"自己的方式"。

为什么一个充满承担勇气、顶着现实全部压力的诗人会被视为"密封诗人",我想问题很可能就在于他这种写作方式。对策兰这样的诗人来说,问题早已不再是"要不要"与现实发生关系,而是"怎样"与现实发生关系。我想,这大概正是策兰与他的部分读者的区别所在。在回答不莱梅一位高中老师时,策兰曾这样很耐心地说:"对一首诗来说,现实并不是某种确立无疑的、已被给定的东西,而是某种处在疑问中的事物,是需要打上问号的东西。在一首诗里,真正发生的……是这首诗自身。只要是一首真正的诗,它便会是它自身(现实)发生的质询的意识。"[①] 在1958年《对巴黎福林科尔书店问卷的回答》中,他说得更为明确:

---

① John Felstiner, *Paul Celan: Poet, Survivor, Jew*, p118, Yale University Press, 2001.

真实,这永远不会是语言自身运作达成的,这总是由一个从自身存在的特定角度出发的"我"来形成它的轮廓和走向。现实并不是简单地在那里,它需要被寻求和赢回。①

策兰讲这些,都是"有感而发"的,都指向那种公众化的对存在和诗歌的认知。这也说明,策兰的后期诗歌之所以对一般读者来说变得那样困难,这不仅像有的批评家所解释的那样,和他所采用的神秘象征和复杂指涉有关,和他诗中所暗含的个人的、历史的资讯码有关,在我看来,更和他对现实的不断"质询"和深刻搏斗有关,和他深入自身的存在并寻求新的语言表现方式有关。在1958年所作的《不莱梅文学奖获奖致辞》的最后,策兰就曾这样说:

我相信不仅我自己带着这样的想法,这也是一些年轻诗人的努力方向。在一个人造之星飞越头顶,甚至不被传统的天穹帐篷所庇护的时代,人们便暴露在这样的未知与惊恐中,他们把这种存在带入语言,被现实压迫并寻找这现实。②

---

① Paul Celan: *Collected Prose*, translated by Rosemarie Waldrop, p16, Carcanet Press, 2003.

② ibid.

"被现实压迫并寻找这现实",正是以这种努力,策兰的写作日趋深化和陌生化,成为一个最"难懂"、最令人惊异但又最属于"我们这个时代"的诗人,这就像有人在论述策兰时所说:"经过漫长的歧途,诗歌分裂了自身,在内部产生了'自创的遥远和陌生'。"①

的确,正是经过策兰,我们迎来了一种后马拉美、后里尔克时代的诗歌。我们也只有刷新和深化我们对存在的认知,并且以一种新的、更尖锐的敏感性,才可以面对这样的诗歌。这就是为什么熟知荷尔德林、里尔克诗歌的海德格尔,在与人通信介绍策兰时会这样说:他一直留在那里,却又远远走在了我们前面。

现在我们再次回到"密封诗"的话题上来。纵然策兰拒绝了这个标签,但他的创作本身,在很多意义上,又的确具有某种"密封"的性质。这里我又想起了策兰所使用的"Celan"这个名字本身,因为这在拉丁文里就有"隐藏"或"保密"了什么的意思。在实际上我们看到的策兰,也正是这样一位拒绝"交流"、拒绝"被消费"的诗人。这种"反交流",不仅像埃梅里希在《策兰传》中所说的那样,"主要被表现为一种障碍,阻拦人们进行照单全收的习惯性直接理解"(对此请想想策兰自己的诗:"来,带着你的阅读微光 / 这是一道 / 路障"),恐怕还在于,作为一个承受了太多伤害和误解的诗人,他早已对"交流"不抱什么指望。我们或可说,

---

① 法比安·勒托夫:《伤痕诗学》,"元知"论坛"诗话"文库,Hoffnungsfunke 译。

在这样一位诗人的诗中，只有语言对它自身的关切。即使它被现实所迫而发出"尖音符"①之时，它也只是"一项仅仅从自身获取权威的声明"。

"密封诗"的性质，我想最后要从这里来读解。在毕希纳奖受奖演说中，策兰在"为诗一辩"时就曾引用了法国哲人帕斯卡的一句话："不要责备我们的不清晰，这是我们的职业性。"这样的话，是多么委婉，又是多么坚定！

耐人寻味的是，就是这样一句话，有人把它译为"不要抱怨黑暗，因为我们为它而生"（见 Hoffnungsfunke 译文）。这虽然在字面上与原文有出入，但也恰好译到了点子上！

的确，这正是一位"为黑暗而生"的诗人。这就是策兰的诗歌之所以显得"密封"或"晦涩"的最根本原因。这样一位诗人的写作，不可能热衷于"交流"，甚至也不是为了"表达"。他所做的，也只是将更多的"黑暗"和"沉默"纳入他的诗中。他写作，正如我们所看到的那样，就是为了把我们最终引向"回答的沉默"。

在我看来，策兰诗歌的"密封"，还具有了这样的意味。在一首晚期诗中，诗人一开始就说"这世界，不可读"。世界不仅不可言说，也不可阅读。而诗作本身的"密封"，正与世界的"不可读性"相称。对此，正如有的论者所阐述："诗歌从自己孤独的核

---

① 在毕希纳奖受奖演说中，策兰有意要使自己的写作与那些"美文学"区别开来，他这样宣称：在"历史的沉音符"与"文学的长音符——延长号——属于永恒"之间，"我标上——我别无选择——，我标上尖音符"。

心处不停通过直接的不可读性言说自身。只有当诗歌言说自身的不可读性之时,它才能证明世界的不可读性。"①

最后,我还想引述阿多诺对策兰及"密封诗"的看法。首先,在阿多诺看来,艺术就应该是"密封"的,它不是任何外部事物的模仿和表现,而应忠实于自身的法则。虽然任何自律性的艺术,都存在于他律性的社会之中,但是艺术在与其自身的他律性纠缠的时候,必须被设定在它自身之中。顽固地背对社会场面,在语言的秘密的自我封闭的表现中,才有可能以相反的形态刻印真实的社会经验。正因此,"艺术只有拒绝追逐交流才能保持自己的完整性"。

这样,在一个文化消费和资本的逻辑一统天下的世界上,诗的"密封"被提升为一种艺术伦理,一种"最低限度的道德"。阿多诺在论贝多芬时就谈到了这一点:"人独自局限于音乐,与羞耻有关。"

这就是为什么阿多诺会高度认同策兰的后期诗歌。从策兰式的"密封"中,他感到的是对艺术尊严的维护,是某种顽强的"抵抗性潜能"。因此在《美学理论》中,他专门把"密封诗"的问题提了出来。他当然并不认同那种关于策兰的诗"与经验现实隔绝"、"晦涩难解"的论调。为此他回顾了马拉美以来现代诗歌的历史,"密封诗歌可以说是这样一种类型诗歌,它并不取决于历史,而是完全依据自身来生产称之为诗的东西",但同时,他又指出策兰诗

---

① 法比安·勒托夫:《伤痕诗学》,"元知"论坛"诗话"文库,Hoffnungsfunke 译。

歌与传统的"密封诗歌"的深刻区别：

> 密封诗歌曾是一种艺术信仰，它试图让自己确信生活的唯一目的就是一首优美的诗或一个完美的句子。这种情况已经发生变化。在保罗·策兰这位当下德国密封诗歌最伟大的代表性诗人那里，密封诗歌的体验内容已经和过去截然不同。他的诗歌作品渗透着一种愧疚感，这种愧疚感源于艺术既不能经历也无法升华苦难这一实情。策兰的诗以沉默的方式表达了不可言说的恐惧，从而将其真理性内容转化为一种否定。①

否定，是的，但它同时又是一种肯定：否定的肯定。

2012. 6

---

① T.H.Adorno: *Aesthetic Theory*, translated by.C.Lenhardt, p443-444, Routledge and Kegan Paul, 1984.

"伟大的嘴仍在歌唱"

——从策兰的一首诗谈起

夏日报道

不再穿越,这片百里香地毯
被迂回绕过。
一道空档线
从石南丛里透出。
在风的刈幅中,无物。

再一次,遇到一些
零散的词,如
防冲乱石,杂草,时间。

策兰的这首诗,收入他于 1959 年出版的诗集《语言栅栏》中。如从风格而言,该诗在他的中后期诗中,属于"素描写生"一类。在 1960 年里为电台准备介绍曼德尔斯塔姆的节目时,策兰再一次表达了诗是"事实化的语言"的诗观,称"诗是存在的素描,诗人靠这些素描生存"。

当然,策兰所说的"素描",并不那么简单,这体现了他在《死亡赋格》之后,在德国战后的语境中对诗的重新考量。在对巴黎福林科尔书店问卷的回答(1958)中他曾这样说:

> 德国诗歌当前的趋向和法国诗歌很不相同。尽管它的传统还存在,但它被记忆中的那些最不祥的事件和增长的问题所缠绕,它不再以那种许多人似乎都期待听到的语言讲话。它的语言已变得更清醒,更事实化了。它不信任"美丽"。它试图更为真实。如果我可以从视觉领域多色调的表象中找一个词来比拟其现状,它就是一种"更灰色"的语言;这种语言,甚至在它想以这种方式确立自己的"音乐性"的时候,也和那种处于恐怖的境地却还要多少继续弄出"悦耳的音调"的写作毫无共同之处。
>
> 这种语言,尽管有其不可剥夺的表达上的复杂性,它要达成的是精确。它不美化,也不促成"诗意";它命名,它确认,它试图测度被给予的和可能的领域。①

《夏日报道》正是这样一首诗,"它不美化,也不促成'诗意';

---

① Paul Celan: *Collected Prose*, Translated by Rosemarie Waldrop, Carcanet Press, 2003.

它命名，它确认，它试图测度被给予的和可能的领域"。连它的题目，也是一种"更事实化的语言"。

策兰的这种诗学转变首先引起了巴赫曼的注意，在 1960 年 2 月法兰克福的讲座中，她这样谈到策兰近期的诗："隐喻完全消失了，词句卸下了它的每一层伪饰和遮掩，不再有词要转向旁的词，不再有词使旁的词迷醉。在令人痛心的转变之后，在对词和世界的关系进行了最严苛的考证之后，新的定义产生了。"①

的确，在诗歌对自身的拷问和修正中，"新的定义产生了"。不过，对此并不是所有的人都能接受和理解。评论家君特·布吕克尔在 1959 年 10 月 11 日柏林的《每日镜报》上发表的对《语言栅栏》的评论文章《作为图像构成的诗歌》，就对策兰的诗包括这首《夏日报道》做了令策兰本人十分惊讶和愤怒的评价。在同月 17 日给巴赫曼的信中，策兰专门附上了这篇文章，并想听到巴赫曼的意见。以下为布吕克尔文章中与《夏日报道》有关的一段话：

> 即使在策兰将自然元素引入的时候，也不是自然诗意义上的抒情唤起。在《夏日报道》里，百里香草地也没有散发出醉人的气息，它是无味的——而这个词对这些诗歌都有效。策兰的诗歌大多都是由图像构成的。它们缺乏实体的可感性，即使通过音乐性来弥补也无济于

---

① 转引自沃夫冈·埃梅里希：《策兰传》，梁晶晶译，倾向出版社 2009 年版，第 108 页。

事。虽然,这个作者喜欢用音乐的形式来写作:比如名噪一时的《罂粟与记忆》中的《死亡赋格》,或者在前面提到的诗集里的《紧缩》……在这些诗歌中,几乎没有什么乐音发展到可以承载意义的作用。①

在策兰后来给巴赫曼的信中,他没有提及布吕克尔对《夏日报道》的贬损,因为比起对《死亡赋格》的贬损,这已是次要的了("《死亡赋格》对我来说至少也是:一篇墓志铭和一座坟墓","布吕克尔这种人所写的,都是对坟墓的亵渎","我的母亲也只有这座墓"——策兰1959年11月12日致巴赫曼)。但是,它会在策兰那里激起反响的。这类无视诗的进展、一味要求"散发醉人气息"的传统美学要求,也会使他自己更加坚决地在他所说的"远艺术"的路上走下去。对此,我在《喉头爆破音》一文中也谈到了:"正是因为尼采所说的那种'人性了,太人性了',因而策兰在后来会朝向'无人'。"他在1963年出版的诗集干脆就叫《无人玫瑰》。

策兰的这种努力,在很多意义上,也就是"去人性化"②、摆

---

① 巴赫曼、策兰通信集《心的岁月》。(Ingeborg Bachmann - Paul Celan : *Herzzeit, Der Briefwechsel*, Suhrkamp Verlag, 2008.)
② "去人性化"(或"去人类性")为西班牙著名艺术批评家奥尔特加—加塞特在《艺术的去人性化》(1925)中提出的一个重要概念,后被运用到文学、诗歌批评的领域。其实,我们在中国古典诗歌和绘画中,也都感到了某种类似于"去人性化"所呈现的境界。乔治·斯坦纳就认为在一切伟大艺术中都包含了某种"去人性化"的"奥秘","它引领我们回到我们未曾去过的家"。(见乔治·斯坦纳:《斯坦纳回忆录:审视后的生命》,李根芳译,浙江大学出版社2012年版。)

脱西方人文美学传统、重返语言的源头的努力。这种诗学努力，体现在他后期的那些以"无机物的语言"、地质学、矿物学的语言写下的诗中（"以地质学的质料向灵魂发出探询"），也体现在他以风景和自然事物为"素描"对象的诗中。不过，在这些看上去是"风景素描"的诗中，也出现了"解体"的迹象，以下是收在1970年出版的诗集《逼迫之光》中的一首诗：

> 不再有半棵树，这里
> 在这斜坡的高处，
> 没有
> 发表见解的
> 百里香。
>
> 边界雪和它的
> 气味，那探听着
> 界桩和它的
> 路标的阴影，
> 宣告它们
> 死亡。

即使是风景，也被"死亡大师"所收割。它留下的，只是"视听的残余"，意义的虚无（"在风的刈幅中，无物"）。人类面对被他们自己的文化所强行索取的自然，已无所安慰，除了发明另一种语言——一种"去人性化"的、"无味"的语言。

我想,策兰后期诗歌的意义,也正在这里。这种努力,对他和我们来说,也几乎就是一种救赎。他的许多后期诗作,都可以从这个角度解读。以下是他的《逼迫之光》中的另一首诗:

什么也没有
只有孤单的孩子
在喉咙里带着
虚弱、荒凉的母亲气息,
如树——如漆黑的——
棺木——被选择,
无味。

这首短诗,看似很"简单",或者说达到了最大程度的单纯,但那却是一个"晚期"的诗人所能够看到的景象——"什么也没有 / 只有……",诗人采用了这种句式,因为这就是世界留给他的一切。

而那孩子,也只能是"孤单的孩子"(策兰诗中常写到"孤儿",他本人在父母惨死后就是一个孤儿)。这是被上帝抛弃的孩子,但也是一个一直被诗人携带到今天的孩子,不然他不会出现在这首诗里。

而那孩子,"什么也没有",除了"在喉咙里带着 / 虚弱、荒凉的母亲气息"。说实话,我还从来没有读过到如此感人、直达人性黑暗本源的诗句（这说明"去人性化"或许正是人性的另一种表达方式）。那涌上喉咙的母亲气息，是"虚弱、荒凉"的，但正是它在维系着我们生命的记忆。

耐人寻味的还在于后面：这个孤单的孩子"如树"，接着是更为确切的定位"如漆黑的桤木"。在长诗《港口》里，策兰曾歌咏过故乡的白桤木和蓝越橘，而在这首诗里，"桤木"的树干变黑了——"如漆黑的桤木"，这是全诗中色调最深的一笔。这才真正显现出生命的质感。

而他/它站出来，"被选择，/无味"。被谁选择？被大自然？被"奥斯维辛"？被一首诗？被那无形的、更高的意志？

这样的"被选择"，似乎总是带着一种献祭的意味。

而最后的"无味"（duftlos/scentless）更是"耐人寻味"。这不是一棵芳香的、"美丽的"、用来取悦于人类，或是用来"抒发悲情"的树。它"无味"。它在一切阐释之外。它认命于自身的"无味"，坚持自身的"无味"。它的"无味"，即是它的本性。它的"无味"，还包含了一种断然的拒绝！

"无味"，就这样成为这首诗最后的发音。

因为这个"无味"，这首诗还可视为对布吕克尔的一个正式的回答。（这里附带说一句，布吕克尔在后来出评论集时，没有将他的那篇文章收入。）

也正是以这样的诗，策兰顶住了"美的诗"、"抒情的诗"这类陈腐吁求，坚持实践一种"远艺术"的艺术。对此，还是阿多诺说得好："在抛开有机生命的最后残余之际，策兰在完成波德莱尔的任务,按照本雅明的说法,那就是写诗无需一种韵味。"[1]

现在我们看清了,策兰的这些诗,是一种幸存之诗,也是一种清算之诗、还原之诗、朝向源头之诗。它清算被滥用的语言。它抛开一切装饰和文化上的因袭。它拒绝变得"有味"——这就像阿多诺在谈贝多芬的"晚期风格"时所说:"贝多芬禁止哭泣——即使是歌德也不行。"

正因为如此,我们再次拥有了诗歌,就像乔治·斯坦纳在谈论最后"身首异处"的俄耳甫斯时所说:"伟大的嘴仍在歌唱。"

2012.8

---

[1] T.H.Adorno: *Aesthetic Theory*, translated by.C.Lenhardt, p444, Routledge and Kegan Paul, 1984.

翻译文学、翻译、翻译体

美好的书是用某种类似于外语的语言写成的。

——普鲁斯特《驳圣伯夫》

一

"一个伟大的诗的年代必定是一个伟大的翻译的年代",诗人庞德曾如是说。回想新世纪开始的这十年,在文学翻译方面,虽然还不能说它有多么"伟大",但它仍不时地给我们带来发现的喜悦,它所译介的一些外国作家和作品,扩展和刷新了我们的视野,也在暗中作用着这些年来的思想氛围、文学趣味和写作趋向。可以说,它构成了我们这个时代文学整体的一部分。

说到这里,我便想起了作家出版社2004年前后出版的匈牙利犹太裔作家凯尔泰斯的《命运无常》、《另一个人》、《船夫日记》等作品,虽然这样的作家由于其"孤绝"和"艰涩"不可能在一般读者中走红,但他对一些中国作家、诗人和知识分子的深度震动,仍是不可估量的。读这位奥斯维辛的幸存者的作品,我就有一种犹如创伤复发、无法从疼痛中恢复过来的感觉。我震慑于其中那种难以形容的力量。我知道在接触它们的一刹那，它已在我这里留下了永远的刻痕。

而大前年获诺贝尔文学奖的罗马尼亚/德国女作家赫塔·米勒，也以其惊人的、毫不妥协的思想勇气和精灵般的艺术感受力使我们刮目相看。诺奖颁发理由说她的作品"兼具诗歌的凝练和散文的率直，描写了被剥夺者的境况"，但我想她对我们的"刺激"，可能比这还要辛辣、深刻。不管怎么说，如果和这样的作家相比，我相信人们就会意识到在我们这里最缺乏的究竟是什么。

因为以上想到的这两位获诺奖作家，我们要感谢中国翻译出版界所做的努力，这十年来的诺奖得主，从2001年的奈保尔，到接下来的凯尔泰斯、库切、耶利内克、品特、帕慕克、莱辛、克莱齐奥、米勒、略萨，一直到2011年的特朗斯特罗姆，对他们的大力译介，不仅不断构成了这些年来翻译出版的热点，及时满足了广大读者的需求，也的确给中国文学带来了一些新的、重要的影响，并促进了中国文学与"世界文学"的对话。

除了对诺奖和国外其他重要文学奖的特殊关注，新世纪以来的文学翻译，还有着它值得留意的新的关注点和亮点。如果说上个世纪80年代是以译介西方经典作品和欧美现代主义、拉美魔幻现实主义等等为重心和时尚，90年代中后期以来尤其是进入新世纪以来，人们转向了对当代外国文学尤其是带有"后现代"特征的文学的关注，比如说对罗思、卡佛、奥兹、村上春树、巴恩斯等作家的译介，英国当代作家巴恩斯在获得布克奖之前，他的"后现代"小说《福楼拜的鹦鹉》已被翻译了过来，该作品以小说的形式为福楼拜"立传",但又完全打破了传统叙事的模式以及真实与虚构的界限,在文本形式上表现出很大胆、新颖的实验性;还有英国当代天才的女剧作家莎拉·凯恩,她的剧作在她自杀后不久很快在中国被全部翻译出版。凯恩的剧作的确有点让人"目瞪口呆",它那发自"地狱"的尖叫令人战栗,但它同时也是诗,是生命和艺术的绝响,我相信它会给我们带来"发现的惊异"。

同时,在"多元文化"的视野和需求下,近十多年来的翻译和出版也更多地转向了对非西方国家、或者说对处于文化冲突、交汇地带的作家和诗人的关注,比如说土耳其作家帕慕克,在他获诺奖之前,他的代表作《我的名字叫红》已被翻译和出版;我想,帕慕克之所以吸引了众多的中国作家和读者,主要原因可能就在于"在追求他故乡忧郁的灵魂时发现了文明之间的冲突和交错的新象征";再比如叙利亚—黎巴嫩诗人阿多尼斯,他的诗集前几年在中国出版后也受到关注,一个重要原因就在于他被视为阿拉伯诗歌的代表,有着不同于西方的文化背景,能够满足人们对"多样性"和"差异性"的期盼。

令人欣喜的是,近十年来对东欧文学也有了一些新的发现,这当然和中国作家、知识界特有的关注和兴趣有关——出于多种原因,对于东欧文学,我们总是有一种"同呼吸共命运"之感。除了以上已提及的凯尔泰斯和米勒,对捷克作家赫拉巴尔、克里玛、罗马尼亚作家马内阿、波兰作家舒尔茨的译介也令人兴奋,尤其是对早年死于纳粹枪杀的波兰犹太裔作家舒尔茨的"发现",让许多中国作家"相见恨晚"。的确,舒尔茨不同寻常,余华在给

《鳄鱼街》中译本作序时就盛赞他的那些描写，如"这些阁楼如同密布着肋骨似的橡子、屋梁和桁梁的漆黑的大教堂，橡梁就像冬天的阵风用来呼吸的黑黢黢的肺。随着寒冷和无聊袭来，日子开始变得更加坚硬，像陈年的面包"。我想，这样的作家如果早20年译介过来，他对一些中国作家的影响，很可能就不亚于米兰·昆德拉。

诗歌翻译则是一个特殊的领域。新世纪以来，除了对里尔克、曼杰什坦姆、茨维塔耶娃、帕斯捷尔纳克、奥登、斯蒂文斯、米沃什、布罗茨基、巴列霍、希尼、拉金、卡瓦菲斯、特朗斯特罗姆、夏尔、博纳富瓦等一些大诗人或"经典"诗人的持续翻译外，对英、德、法、西、日等语种及一些"小语种"当代诗歌的译介，以及对以色列诗人阿米亥、巴勒斯坦诗人达尔维什等人的译介等等，都给中国当代诗歌提供了新的、更多的参照和资源。这里我仍想回到东欧上来，继对米沃什等诗人的集中译介之后，近些年来对波兰诗人赫伯特、希姆博尔斯卡、扎加耶夫斯基、立陶宛诗人温茨洛瓦、斯洛文尼亚诗人萨拉蒙、罗马尼亚众多当代诗人的译介，也进一步推动和加深了人们对东欧诗歌的兴趣。扎加耶夫斯基为米沃什之后又一杰出的波兰诗人，他的诗除了具有东欧诗歌特有的精神品格和道德力量外，似乎也更令人亲切，一位评论家曾这样赞誉："他将世界看作一个流亡的地方，也看到它奇异的美……我喜爱他诗里人性的感觉和优美的音符，像谈论神秘之物那样谈论新洗的亚麻布或新鲜的草莓。"我想，这也正是他受到很多中国诗人喜爱的原因。

策兰近十多年来则在中国受到特别的关注,成为继里尔克之后在中国产生广泛、重要影响的德语诗人。策兰的诗,不仅见证了犹太民族的苦难,体现了时代的冲突和"内在的绞痛",他在诗歌语言上所做出的艰苦卓绝的努力,我相信也给许多中国诗人带来了深度的震动和启示。这一切,借用策兰自己的一句诗,已成为"深入在我们之内的钟"。

除了小说、诗歌和戏剧,国外一些知识分子作家、思想家的随笔,也受到了注重,比如这些年来对桑塔格、库切、凯尔泰斯、米沃什、布罗茨基、卡内蒂、萨义德、德里达、德勒兹、阿甘本、巴迪欧等人的随笔作品的翻译和出版。在这些作家、思想家那里,随笔的写作成为他们对时代、对文学问题讲话的一种重要方式。它们不仅为人们提供思想和精神的资源,也在改变着传统文类写作的界线。这就是它们的意义所在。

总的来看,新世纪以来对外国文学的翻译,其对不同国家和语种、不同作家和文类的译介,大都具有一种相近的取向,那就是它们的"当代性"。当"当下的脉搏"在其中跳动,这样的"翻译文学"同我们的创作一起,确定了一种精神的在场、一个思想和呼吸的场域。我想,也只有通过翻译让"他者"来到我们中间思考,通过翻译把他们变为"我们这个时代的诗人",他们才有可能"对我们讲话",同时,翻译才有可能实现其自身的使命。

在赫塔·米勒为其作品的出版"写给中国读者"的话中,也正包含着这样的意思。她对她的作品"能在世界上人口最多的国度出版"感到一种"荣幸",然后她接着这样说:"我相信很多中国读者对西方文学的阅读和体验，会丰富他们的当下生活，甚至会使他们对人性的省察与对社会现实的感知，具有了'另一种技巧'。……你们都可能是我诸多书中人物的命运共同体。我们以相似的姿势飞翔，也极可能以相似的姿势坠落。"

的确，这就是由翻译所能达成的人类的精神沟通。而这种沟通，不仅会昭示我们对现实和人性进行省察的"另一种技巧"，会将我们纳入到一种"命运共同体"中，也必然会促进当今文学的"血液循环"，这就像多多在谈到翻译时所说的那样，诗人不仅感谢"这严厉岁月里创造之手的传递"，并且深信"在击中处，此力也能从我们传递回去"。（多多《2010年纽斯塔特文学奖受奖辞》）

二

既然这是一本"翻译文学"选集，那就必然会涉及对"翻译文学"标准的把握和认定，因为翻译过来的东西很多，但很难说它们都称得上是"翻译文学"，正如我们看到的很多人，不过是些商业时代的"译手"，很难说他们是让人敬重的"翻译家"。

那么，什么是我心目中的"翻译文学"？这里我首先想起的，仍是本雅明在其《译者的任务》[①]中所指出的：翻译是一种文学的"样式"("Translation is a mode")。这就是说，翻译是一个和创作

[①] Walter Benjamin: *The task of the translator*, Illuminations, edited and with an introduction by Hannah Arendt, Schocken Books, 1988.

相通("支配翻译的法则存在于原作中"),但又为创作本身所不可替代的领域。它有着自身的特性和独特价值。它不是"从属性的",也不同于一般的语言转换,用本雅明的话来讲,它在根本上出于对"生命"的"不能忘怀",出于语言的"未能满足的要求"。而在我看来,像梁宗岱、戴望舒、卞之琳、冯至、穆旦、王佐良这样的译者,正是能够听到并献身于语言的"呼唤"的人。在他们那里,翻译不是一时性的乐趣,而是一项严肃、持久的事业,是一种"秘密的爱"和终生的精神操练。他们那些心血倾注的翻译,不仅忠实于原著,甚至使原著的生命在他们的译文中得到了"新的更茂盛的绽放"。正因为如此,他们把翻译提升为一门值得我们为之献身的艺术。他们使翻译这种"样式"获得了它自身的标准和尊严。

正因为有这样的翻译和译者,我完全赞同帕斯捷尔纳克的一句话:"译作应能同原作平起平坐,它本身是无可重复的。"

至于判断具体的翻译,一般来说,我们得首先看一个译者是否"心有灵犀",看他能够进入原作的内在起源,体察并传达其隐秘的文心所在。这里我们以对希姆博尔斯卡《在某颗小星下》(黄灿然译)的翻译为例,在该诗中,诗人在浩瀚的星空中选择了一颗小星——其实那也正是她天赋良知的一种折射,一句一句为她自身的存在"道歉",道歉到最后,落实到她作为一个诗人的存在:"不要见怪,啊言语,不要见怪我借来笨重的词,/却竭尽全力要使它们显得灵巧。"

这样,诗人最终回到对她所终生侍奉的语言讲话。"笨重的词"不过是一个隐喻,诗人以它最终道出了生活本身的沉重性质,并表达了未能表达出其沉重而是使它显得灵巧的愧疚,从而使全诗获得了更深刻感人的力量。

但不仅是愧疚,这最后一句,诗人的用词仍是很微妙的:"then labour heavily so that they may seem light"(这是译者所依据的英译),译者精确地传达了这一点:"使它们显得灵巧",而不是真的变"轻"了。

遗憾的是,该诗的其他两种中译本不仅未能传达出这一点,也完全不对(具体分析见《谈对希姆博尔斯卡两首诗的翻译》)。看来翻译的问题并不仅仅在于是否"精通外语",更在于能否与一颗诗心深刻相通,用诗人雪莱在谈翻译时用过的比喻来说,只有进入"种子"内部,才能"重新抽芽"。

与这种理解的深刻透彻性相关联的,是翻译的精确性。打个比喻,绝不能把"巴山夜雨涨秋池"翻译成"巴山夜雨飘秋池"之类,这个"涨"字一定要在另一种语言中精确地再现出来。这让我不禁想起了策兰在翻译波德莱尔时深感绝望说出的一句话:"诗歌就是语言中那种绝对的唯一性。"这才是翻译的难度所在。

而这种"诗的精确",不仅体现在词语、意象和细节上,也体现在语感、语气和音质上。这甚至对翻译构成了更难应对的挑战。德里达在其演讲《"示播列"——为了保罗·策兰》中就运用了"示播列"(Schibboleth)这一隐喻,它出自《旧约·士师记》:基列人战败以法莲人,在渡口抓捕想蒙混过关的人时,让人说"示播列",以法莲人咬不准字音,说"西播列",便被拿下。这真是一个致命的暗语!翻译,不正处于"示播列"与"西播列"之间?!我们能否咬准那个神秘的发音?我们能否进入到一种生命内部,精确无误地确立其音质、呼吸的节奏和气息?我们的翻译能否接近于"声音的秘密",就像戴望舒在翻译洛尔迦时所做到的那样?

至于翻译的"创造性",这也从来是"翻译文学"的一个重要标准。问题是怎样来把握这种"创造性"。这里我想以美国诗人雷克思洛斯对杜甫的翻译为例,因为它体现了译者在深刻理解的前提下对原作进行创造性重写的能力,体现了如本雅明所说的那种"抓住作品永恒的生命之火和语言的不断更新"的能力,比如他把杜甫《对雪》的结尾"数州消息断,愁坐正书空"译为"Everywhere men speak in whispers./I brood on the uselessness of letters"("各地人人压低声音说话/我思考文学多么无用",钟玲译文)。这种"大胆"的、出人意料的翻译,可以说创造出了另一首诗,却又正好与杜诗的精神相通!或者说,如果杜甫活在今天,我想这也正是他想说而未能说出的话!

这样的翻译之所以富有生命力,不仅在于它刷新了我们对杜诗的认知,重要的是,它为我们创造了一种"语言的回声"。正因为这样卓异的翻译,我们再次听到了语言对我们的呼唤。

总的来看,和西方的一些诗人翻译家相比,尤其是和那种"庞德式的翻译"(Poundian translation)相比,中国的译者大都比较拘谨,但是也有例外,且不说穆旦、王佐良、袁可嘉等人那些创造性的翻译,卞之琳先生晚年对叶芝、瓦雷里的翻译,也有着一种令人惊异的诗的迸发,并往往达到一种出神入化、忠实而又"自由"的境界。这里,我还想以本选集中的帕斯捷尔纳克《起航》的翻译为例,该诗以"盐从天上滴落,絮语间/隐约传来机轮的轰响"这样的诗句开始,它不仅把我们置于一种带有嗡嗡机轮声的现场,细细体会"盐从天上滴落"这一句,我们不禁要赞叹这"神来之笔"了!但据译者王嘎讲,该诗的原文并没有写"盐"从何处滴落,是他反复体会原诗,并联想到李白的"黄河之水天上来"之后才"大胆"这样译的。我想,这才是一个译者面对原文所做出的创造性反应!

关于翻译,美国诗人翻译家温伯格(Eliot Weinberger)曾有过一个比喻:原作与译作在交流中所传递的力量,犹如DNA,而原作与译作的关系,不是克隆,而是父与子。[①] 由这个比喻,我还想起了布鲁姆在《影响的焦虑》中那些精辟的论述:因为一种卓越的继承和创造性改写,在文学史上,往往不是儿子愈来愈像父亲,是父亲愈来愈像儿子了。

这些,对我们过于拘谨的翻译观都会是一种有益的冲击。的确,正像博尔赫斯所曾问道的那样:"为什么原文就不能忠实于译文?"一个真正优秀的译者不是"翻译机器",他是诗的"分娩者"和创造者。他所得到的"授权"不仅来自原作,更是诗的授权,来自语言本身的授权。不管怎么说,他的译文必得带着他独具的理解力和创造力,带着他自己生命脉博的跳动,带着原著与译文之间那种"必要的张力"。茨维塔耶娃在谈翻译时就认为要与

---

① 刘宁:《翻译王维有几种方式?》,《读书》2004年第5期。

那"千人一面"的翻译进行斗争,要找到那"独特的一张面孔"。

"诗歌只允许卓越",博尔赫斯曾如是说,看来诗的翻译也应如此。

当然,翻译的创造性,还体现在其他很多方面。如本选集中所选入的叶维廉对古希腊诗人艾克伊乐柯的翻译,在确切再现其诗质的前提下,他把汉语的精湛功力也带入了翻译,甚至用中国诗的句法来改造西方诗,"如鸽子之于麦束/朋友之于你"等等,这种对文言的利用,重新整合了译诗的语言,达成了一种更富有张力的语言表现。这种对语言潜能的有效发掘,我想同样具有"创造性",具有一种高度的诗学价值。

以上一些论证也说明了,翻译虽不是创作,但它对中国现代文学和诗歌的意义并不亚于许多创作。正如王佐良在谈诗人译诗时所说的,它"刷新了文学语言,而这就从内部核心影响了文化"。作家王小波就曾满怀感激地谈到翻译家查良铮(穆旦)和王道乾(杜拉斯《情人》的译者)对他的帮助"比中国近代一切著作家对我帮助的总和还要大","假如没有像查先生和王先生这样的人,最好的中国文学语言就无处去学"。①

但是,由于"原著中心论"的影响和其他原因,长久以来中国的文学翻译一直被笼罩在原作和原作者的阴影之中,被置于一个"从属的",远远比创作更"次要"的位置。与此相关,翻译的意义也没有得到更充分、深刻的认识,翻译的贡献、成就及其对

---

① 王小波:《王小波文集》第2卷,中国青年出版社1999年版。

文学的重要作用在我们现有的文学史、诗歌史论述中还没有得到应有的位置。这种对翻译的轻视，甚至也体现在我们的稿费制度和科研制度上，比如在大学和科研机构里翻译就不能算"成果"，这样，除了那些可以牺牲自己的人，谁还会在翻译中倾尽心力呢。

正因为这种原因和其他原因（比如说所谓"市场机制"，一般来说，当今的出版人总是跟着市场转的，他们关心的恐怕首先是书的"卖点"而不是其文学价值，像凯尔泰斯这样的作家，如果不是因为获得诺奖，我们很难想象他的作品会被翻译出版），导致了翻译文学的滑坡和翻译质量的下降。说实话，纵然有一些不错的，甚至很优异的翻译，但从总体上看，目前的翻译是不能令人满意的。翻译文学的地位令人沮丧。商业性也早已严重侵入到翻译的领域。很多翻译出版的东西，纯属商业性炒作，质量之低劣、平庸，让人不忍卒读——这里不说也罢。

不过，拙劣的翻译和不尽如人意的翻译也都有着它们的意义，那就是让我们倍加感到了语言的"未能满足的要求"。在本雅明看来，伟大的作品一经诞生，它的译文或者说它的"来世"（"afterlife"）已经在那里了，虽然它还未被翻译，虽然我们看到的不过是些平庸或拙劣的翻译。它期待，并召唤着对它的翻译（这当然也包括了对它的"重译"）。而这，就是一切。

三

早在1827年，在与艾克曼的谈话中，歌德就提出了"世界文学"这个概念。无论怎样来解释它,我们所看到的都是:自进入现代社会以来,任何一个国家的文学都不可能只在自身单一、封闭的语言文化体系内来界定和发展了。在谈到中国诗歌时,诗人柏桦就这样说:"现代性已在中国发生,而且接近百年,形成了一个传统,我们只能在这样一个历史语境中写作,绝无它途。世界诗已进入了我们,我们也进入了世界诗。"①

而这种双向的"进入",正伴随着翻译,也有赖于翻译。正是通过翻译,语言和写作的封闭性被打破,中国文学和诗歌被推进到一个"与他者共在"的语境。或者说,正是通过翻译,诗的国界上就出现了多多所说的"两排树",一个诗人的写作就在这多重语言文化的相互参照、相互激荡和相互演化中进行。

对此,我想首先仍以鲁迅为例。在那个"现代的前夜",鲁迅可谓"异军突起",这不仅在于他的思想,也在于他的文体。或用他自己的话来说,他那些作品之所以深深搅动了那个时代,不仅在于其"表现的深切",也在于"格式的新颖"。读读《狂人日记》或是《秋夜》吧,我想那时读者的"第一感觉",定如梁启超在谈翻译时所说的一句话"初展卷必生一异感,觉其文体与他书迥然殊异"。

而这种"迥然殊异"的文体,已是人们所说的"魏晋文章"所远远不能限定的了。鲁迅当然有着非常人可比的来自中国传统的功底,但他那奇崛、怪异的独特文体,也同样是在"求异"中

---

① 柏桦:《今天的激情》,上海人民出版社2006年版,第10页。

吸收和整合而成的。顾彬在论述鲁迅的语言风格时就这样赞叹："在恐怖暴政之下,鲁迅成功地在开口和沉默之间发展了中国语言的各种可能性,他所采用的方式迄今无人能及。他偏爱重复句式、悖论和辛辣嘲讽。他调遣着不同的语言层次……构成了一种需要反复阅读的独特风格。"①

从这个角度我们甚至可以说,在很多意义上,《狂人日记》和《野草》就是以"翻译体"写出的诗!

何谓"翻译体"?就是在翻译中形成的一种文体和语言表达方式,如果深入考察,正如有的学者所指出:"它本身就是既不同于译出语又不同于译入语的一种特殊语言。"②法国哲学家德勒兹在《批评与临床》中说"一种语言在另一种语言中发生作用,并在此产生了一种新语言,一种闻所未闻的几乎像外语的语言"③,我想,德勒兹在这里所说的,也正是这种"翻译体"。

对此,我们还是以《秋夜》为例:"在我家的后园,可以看见墙外有两株树,一株是枣树,还有一株也是枣树",中国传统的诗文中有这样的"表现法"么?而接下来的"这上面的夜的天空,奇怪而高,我生平没有见过这样的奇怪而高的天空,他仿佛要离开人间而去,使人们仰面不再看见。然而现在却非常之蓝,闪闪

---

① 顾彬:《二十世纪中国文学史》,范劲等译,华东师范大学出版社2008年版,第165页。
② 周晔:《本雅明翻译思想研究》,上海译文出版社2011年版,第291页。
③ 吉尔·德勒兹:《批评与临床》,刘云虹、曹丹红译,南京大学出版社2012年版,第212页。

地夹着几十个星星的眼,冷眼。他的口角上现出微笑,似乎自以为大有深意,而将繁霜洒在我的园里的野花草上",对当时的国人来讲,更像是一种"闻所未闻的几乎像外语的语言"了!如果鲁迅当时不标明这是自己的创作而说这是自己的"翻译",没有人不相信的。

正是以这样充满"异质性"的文体,鲁迅对我们的传统构成了真正意义上的"挑战"。

而这种语言上的挑战,总会引起多方面的、深远的反响。多少年后,余光中在《早期作家笔下的西化中文》[①]中,虽然对鲁迅的创作影响力和"姿纵刚劲……文白相融"的文体风格基本肯定,但他对鲁迅的某些"西化中文"颇为不满,他曾专门挑出《野草》中《战士与苍蝇》的一节,对它进行挑刺:

> 战士战死的时候,苍蝇们所首先发现的是他的缺点和伤痕,嘬着,营营地叫着,以为得意。但是战士已经战死了,不再来挥去他们。于是乎苍蝇们即更其营营地叫,自以为倒是不朽的声音,因为它们的完全,远在战士之上。

余先生这样说:"'战士战死'的刺耳叠音凡两见,为什么不说'阵亡'或'成仁'呢?""至于'它们的完全'一词中的'完全',

[①] 余光中:《余光中谈翻译》,中国对外翻译出版公司2002年版。

也不太可解。鲁迅原意似乎是战士带伤,肉体损缺,而群蝇争尸,寄生自肥。既然如此,还不如说'它们的完整'或者'它们的躯体的完整',会更清楚些。"

经余先生这么一挑刺,我倒是认为鲁迅的这节散文诗几乎到了"一字不可易"的程度了。"战士战死的时候",虽然有些拗口(也就是鲁迅自己说的"不顺"),但其悲壮感却远在"阵亡"或"成仁"之上,何况后面的"战士已经战死了"又再一次呼应和强化了语言的这种活生生的姿态;"它们的完全",因其丰富和微妙,因其有形与无形的统一,也是"它们的完整"或者"它们的躯体的完整"不能取代的。余先生要求顺口,要求"清楚",不仅不合适,也是在降低这段文字所达到的语言的高度表现力。

更重要的是,他完全没有留意到鲁迅在《野草》中所有意追求的语言和文体的异质性。

在1931年末给瞿秋白的信中,鲁迅曾这样阐述了他对翻译问题的看法和主张:"我是至今主张'宁信而不顺'的。……这里就来了一个问题:为什么不完全中国化,给读者省些力气呢?这样费解,怎么还可以称为翻译呢?我的答案是:这也是译本。这样的译本,不但在输入新的内容,也在输入新的表现法。"

这是在谈翻译,但我想同样是在谈写作(创作与翻译,这也正是鲁迅的"对位法")。从这样的谈翻译的话,我们可以领会到鲁迅自己在文体上的形成以及他为什么要运用这样的文体。他通过这样的"硬译"和这样的文体,就是要引入一种新质和异质,以此来变革本土语言文化!

看来在中国，也显然有着如劳伦斯·韦努蒂所说的"归化的翻译"（domesticating translation）与"异化的翻译"（foreignizing translation）这两大类不同性质的翻译。前者以本土化为旨归，不惜牺牲原文，以迎合本土语言规范、审美习惯和文化趣味，这类以"归化"、甚至以"为中国老百姓所喜闻乐见"为旨归的翻译，多少年来一直在我们这里占据着主流位置；后者则力求存异、求异，以此抗拒着"通顺"、"易懂"，也抗拒着本土主流语言文化的"同化"。穆旦的晚期，即是这么一位一意孤行的翻译家，以下是他在"文革"后期的艰难环境下所倾心翻译的艾略特《荒原·死者的葬仪》的一节：

　　——可是当我们从风信子园走回，天晚了，
　　你的两臂抱满，你的头发是湿的，
　　我说不出话来，两眼看不见，我
　　不生也不死，什么都不知道，
　　看进光的中心，那一片沉寂。
　　荒凉而空虚是那大海。

这样的译文，今天读来仍有点难以置信，它不仅完全没有"文革"时期那一套占统治地位的语言文体的气息，而且和那种"信达雅"式的翻译也根本不是一回事。这样的译文，不仅精确地再现了一种现代诗的质地、难度和异质性，赋予那些诗魂们在汉语中重新开口说话的力量，而且给中国新诗带来了真正能够恢复并提升其语言品质的东西。像这节译诗的最后两句，其倒装的句法，西化的表达，就让我们想起了鲁迅所说的那种"宁信而不顺"的"硬译"，而且把它推进到一个更为纯熟的语言境界。如果有人嫌其"不顺"，一定要按照"中国老百姓的欣赏习惯"把它顺成"大海荒凉而空虚"会怎么样？它会一下子失去其语言的力量和姿态！

重要的还在于，在一个人们的头脑和语言都受到反复"改造"，"新华文体"、"毛文体"几乎一统天下的年代，正是这种带有异质性质的"翻译腔"、"翻译体"，在悄悄唤醒和恢复着人们对诗和语言的感觉。的确，在很大的程度上，正是"翻译体"的影响，使中国文学现代性的历程被中断了几十年之后，又重新获得了自己的声音和语言。我们已多少了解"翻译体"对"文革"后期的"地下诗人"和朦胧诗的兴起所产生的重要影响。作家余华也说他很早就知道"想要读好文字就要去读译著……这是我们的不传之秘"；"我一直认为，对中国新汉语的建设和发展的贡献首先应该归功于那群翻译家们，他们在汉语和外语之间寻求一条中间道路"。①

在很多意义上，"文革"后期以来的朦胧诗及20世纪80年代的"先锋文学"，就走在余华所说的这条"汉语和外语之间"的道路上。

而从近百年的历史来看，正是"翻译体"与我们传统语言的相互作用、相互整合，形成了我们今天的写作方式和说话方式。

---

① 余华、潘凯熊：《新年第一天的对话》，《作家》1996年第3期。

想想吧，如果离开了数代翻译家的不懈努力，我们很可能还会像清末的人们那样思想和说话！

问题还在于，我们在今天是否依然需要来自"他者"的参照？是否依然需要保持语言的异质性和陌生化力量？近十多年来，伴随着国内的某种文化氛围，在诗坛上，似乎对"翻译体"的嘲笑已成为风气，在小说界，似乎许多作家也回到了传统的叙事文体上。不过，我想这也很"正常"，尤其是在中国这么一个国家。我只是相信普鲁斯特所说过的这句话："美好的书是用某种类似于外语的语言写成的。"我也相信，在我们的语言文化内部，永远会有一种不断朝向自我更新与超越的要求。而那些坚持其翻译难度、异质性和创造性的翻译，即使在一个大众消费的时代，它也会如本雅明所说，坚持寻求"在诸语言的演化中将自己不断创造出来的东西"。它不被更多的人所接受，甚至有可能受到责难，这恰恰说明了它的价值所在。它以这样的方式把自己留给了未来。

最后，我想谈谈近些年来人们对翻译的关注。真正的翻译并不只是简单的传递信息，如同真正的诗，它会将人们的注意力引向它自身。我们高兴地看到，在中国学界，近年来的翻译研究（translation studies）不仅成为一个热点，也被引入到一个新的诗学理论和文化层面上进行，人们的翻译观和视野得以扩展和刷新。在诗歌界，诗人们一直在关注翻译问题，因为这一两代诗人，主要就是读翻译诗"长大的"。更令人欣喜的是，近一二十年以来，众多中青年诗人也都投身于翻译实践。可以说，他们的这种努力，重建了"诗人作为翻译家"这一"现代传统"。这一传统的延续和重建,在今天和未来都很重要,因为这不仅体现了诗人们对其语言家园的坚守和耕耘,它还会持续地推动中国诗歌达到一个可与世界文学对话的场域和高度。

而在小说界,我能读到的有关翻译的论述似乎不多。但我想,即使我们不曾涉足于翻译的领域,我们依然生活在"巴别塔"里。这早已构成了我们所有人的命运。一位德国诗人就曾这样讲:"我们翻译,无需原文。"看来这里面大有"奥义"。是不是人类的语言文化包括我们的写作本身就带有一种翻译的性质?

因此我想,在现代社会,一个敏感的作家不仅是读翻译文学的人,也会是很关注翻译问题的人,比如苏珊·桑塔格,就有《论被翻译》、《世界作为印度:圣杰罗姆文学翻译讲座》等多篇探讨翻译问题的随笔和讲演,作家库切也曾专门写过长文谈对卡夫卡、里尔克、策兰的翻译。

至于赫塔·米勒的长篇随笔《每一句话语都坐着别的眼睛》,谈的是她在罗马尼亚成为一个作家的语言经历,我想也会给我们以很多启示。德语为她的母语,但是,"在迟来的异域语言(罗语)打量下,原本天然而唯一的语词世界中,它的偶然性悄然闪现"。这两种语言的相遇,成全的是她自己对语言的异常敏感,"村里的方言德语说:风在走;学校的标准德语说:风在吹;罗语则说:风在打,叫你立刻听到运动的声响……德语说:风躺下了,是平坦的、水平的;罗语说:风站住了,是直立的、垂直的"。当然,米勒一直是在用她的母语写作,但是"每一句话语都坐着别的眼睛",罗语早已内在于她的思维和文体中了。让我难忘的,是她对"百合"

这个词的谈论，百合在罗语中是阳性，在德语中为阴性，"拥有两种视角的人，二者在头脑中交织在一起，它们分别敞开自己，一个男人和一个女人荡着秋千，荡进对方的身体去。……双体百合在大脑中无法停歇，不断讲述着有关自己和世界出人意料的故事"。

这种独特的语言经历，暗含着一个作家成长的秘密，也提示着我们今天这个时代的某种文学趋势。萨义德曾讲过20世纪西方文学主要是由那些流亡者、边缘者创造的。想想那些为我们所喜欢的作家和诗人吧，的确如此。正是在不断穿越边界的"通向语言的途中"，在多种语言文化的冲突和激荡中，他们形成了一种特殊的创造力。他们由此在文学的历史上宣告了一个越界的时代的到来。

我们也早已进入到一个越界的、对话的、或者说"互译"（intertranslation）的时代，在这样一个时代，如米勒所描述，一个男人和一个女人荡着秋千"分别敞开自己……荡进对方的身体去"，并且，如桑塔格在谈论茨维塔耶娃、里尔克、帕斯捷尔纳克三人通信时所说的那样，他们在互相要求"不可能的光辉"。是的，一个伟大的诗的年代必定是一个伟大的翻译的年代，而一个伟大的翻译年代所要求的，或许正是这种"不可能的光辉"。

2012.3

（本文为即将出版的二十一世纪文学丛书"翻译文学卷"序文）

"你静默的远航和明亮的捕捞"

三四年前的秋天,当我在美国和朋友一起开车前往康乃尔大学,在临近伊萨卡的路边一家孤单单的旧书店里,我发现并买下一本美国诗人罗伯特·洛厄尔的诗选。翻开一看,书中好几首诗都画满了线,还有评注,但为什么又被扔进了这家旧书店里?这就是它的命运?

因为忙,这几年来一直没有顾上读这本诗。但我知道,有一天它会出现在我的手上,或是在远行的飞机上,或是在冬夜的床头边——由于我自己知道的原因。不知为什么,在阅读中如同在生活中,我总是把真正喜欢的东西一再留在了最后。我也记得一位德国哲人这么说过"一本好书的真正标志,是我们年纪愈大愈喜欢它"。

近日,因为研究王佐良的诗歌翻译,我又找出了这本洛厄尔诗选。它出版于1977年,集中了诗人一生八部诗集的精华,由诗人本人生前亲自编定。同年,诗人因心脏病突发逝世,这本诗选因而成了他留给世人的遗书。

就王佐良先生的翻译来看，他在"文革"后译有勃莱、赖特、奥登、R.S. 托马斯、拉金、希尼等英美诗人的作品，但没有专门译过洛厄尔。他只是在关于希尼的一篇诗歌随笔中谈到并翻译了洛厄尔的《渔网》(Fishnet) 一诗（见王佐良《心智文采》，北京大学出版社）。但仅仅是这一首译诗，已足以让人惊异和难忘了。它不仅展现了洛厄尔作为一个诗人的优异诗质，也透出了王佐良自己的敏锐眼光和精湛、高超的翻译诗艺。读他这首从容有度、干练透彻并极富创造性的译作，我不能不暗自惊异译诗艺术已被推向了一个怎样的境界！以下，就是王佐良先生的译文及原诗：

> 任何明净的东西使我们惊讶得目眩，
> 你的静默的远航和明亮的捕捞。
> 海豚放开了，去捉一闪而过的鱼……
> 说得太少，后来又太多。
> 诗人们青春死去，但韵律护住了他们的躯体；
> 原型的嗓子唱得走了调；
> 老演员念不出朋友们的作品，
> 只大声念着他自己，
> 天才低哼着，直到礼堂死寂。
> 这一行必须终结。
> 然而我的心高扬，我知道我欢快地过了一生，
> 把一张上了焦油的渔网织了又拆。
> 等鱼吃完了，网就会挂在墙上，

像块字迹模糊的铜牌，钉在无未来的未来之上。

Any clear thing that blinds us with surprise,
Your wandering silences and bright trouvailles,
Dolphin let loose to catch the flashing fish…
Saying too little,then too much.
Poets die adolescents,their beat embalms them,
The archetypal voices sing offkey;
The old actor cannot read his friends,
And nevertheless he reads himself aloud,
Genius hums the auditorium dead.
The line must terminate.
Yet my heart rises,I know I've gladdened a lifetime
Knotting,undoing a fishnet of tarred rope;
The net will hang on the wall when the fish are eaten,
Nailed like illegible bronze on the futureless future.

"诗很不好懂"，王佐良这样说，"但有可追踪的线索：渔网是诗艺，它企图捕捉海洋的秘密和远方的音乐……许多天才诗人青年死去，不死的则垂垂老矣……因此'这一行'（可以是诗行，也可以是这一支派的诗人）必须终结了。然而洛厄尔回顾自己过去……还是感到欣慰，因为他没有放弃自己的崇高职责……毕竟给那不可捉摸的未来以一点坚实可靠的东西。这样一读，我们看出这首诗有中心意义——诗人怎样看待自己的工作；有中心的形象——渔网能放能收，与水和鱼打着奇妙的交道，有框架之形而又能捕捉最无形的想象世界；有时间的推移，青年夭折的诗人同暮年颓唐的老演员作了对比；最后，还有诗人的自白，那声音里有对诗艺的自信，对不倦地追寻艺术完美的不悔，对进入难测的未来的无畏。"正因为王佐良有一颗如此敏锐的诗心，对该诗有着极透彻的理解，所以他的翻译能够进入原作的内在起源，体察其隐秘的文心所在，找准并确定其音质和语感，并以一种几近炉火纯青般的语言传达出原诗的意境、质地及其张力。如果我们对照原文及其他人的译文，就不能不赞叹王佐良那"能放能收"，既忠实又富有创造性、堪称大家的翻译！

首先来看译诗的前两句。这个开头是决定性的，它突如其来，就像向我们撒来的一张明亮而又炫目的语言之网。其语言不仅有一种摄人的纯净（"作为一个译者，我总是感到……要使自己的语言炼得纯净而又锐利"，王佐良《答客问：关于文学翻译》），而且在一瞬间就把我们带入了那种明亮、静默而又无限延展的诗境。对照原文以及"任何清楚的东西都突出其来地遮蔽了我们，/你神游的沉默和明快的意外收获"这样的译文（见方若冰译"洛厄尔诗选"，《中西诗歌》2008年第2期。这里还要说一声，进行译文对照，是为了说明问题，并不是为了完全否定谁，何况方若冰有的译文在我看来还不错），我们便不能不叹服王佐良的翻译，尤其是把"漫游的沉默"（wandering silences）译为"静默的远航"、把"明亮的意外收获"（bright trouvailles）译为"明亮的捕捞"，一下子让我们感到了什么叫作"创造性翻译"！原诗中的"trouvailles"是一个来自法文的词（洛厄尔懂法文），指"意外的收获"，把它译为"明亮的捕捞"，就把一种陈述变成了诗的意象，而且它不仅有具体的色调、形象和动作，它还结合了有形与无形，具有了诗的隐喻意味。这种大胆的"改写"，堪称一种"庞德式翻译"，我想它是王佐良先生反复体会了原诗的意境才这样译的。换言之，这种翻译的改造之所以可能，其可能性就潜在于原文之中。

在《答客问：关于文学翻译》中，王佐良这样说："如果译者掌握了整个作品的意境、气氛或效果，他有时会发现某些细节并不直接促成总的效果，他就可以根据所译语言的特点做点变通。这样他就取得一种新的自由，使他能振奋精神、敢于创新。他将开始感到文学翻译不是机械乏味的事，而是一种创造性的努力。"[①]《渔网》的翻译，就体现了这种朝向"新的自由"和"创造性"的努力。当然，有所得可能就有所失，"明亮的捕捞"这一意象，可能减弱了原文"意外收获"中的"意外"之意。然而，正如庞德所说"一生只呈现一个意象，胜于写出无数作品"。王佐良创造的这一意象，将永远留在我们的脑海中了。

现在来看第三句："海豚放开了，去捉一闪而过的鱼"（方译"让海豚自由自在地追捕闪闪发光的鱼儿"）。相对于原文，句子在这里断开了，从而有了译文自身的语感和节奏；而且"一闪而过"也比原文的"闪亮"（flashing）要更好，它不仅有"闪亮"之意，

[①] 王佐良：《论诗的翻译》，江西教育出版社1992年版。

而且有动作和速度,重要的是,它也正好暗示了诗人所要捕捉的任何诗性存在的那种转瞬即逝性。

不过,当我把这首译文拿到课堂上让学生们讨论时,有同学认为"海豚放开了,去捉一闪而过的鱼"这一句不通,因为海豚也是一种鱼,怎么会去捉别的鱼呢?再说,这和该诗"渔网捕捞"这一主要隐喻也联系不上。

这种质疑有道理,对我也是个提醒。我想,任何译者,哪怕外语再好,在译诗时也不能过于相信自己,他必须时时依据词典工作。"Dolphin"就是"海豚",懂英语的人们一般不会想到其他含义,但翻开词典,我们会发现"Dolphin"有时也指系缆桩或系缆浮标。这样一翻词典,使我顿时有了某种如梦初醒之感。因此这一句也可译为:"缆绳松开了,去捉一闪而过的鱼"。

但是,王佐良把这一句译为"海豚放开了……"就完全错了吗?我同样不能这样说。我们知道洛厄尔不仅经常写到各种海洋生物(这也许和他一直生活在东海岸有关),而且也着意写到了"我的海豚",他的这本诗选的最后一首就是《海豚》。我在这里把它的上半部分试译出来,因为我想它对我们理解《渔网》一诗也有益:

> 我的海豚,你只是意外地引导我,
> 捕获,就像拉辛,那技艺的能手,
> 被菲德尔无与伦比的漫游的歌声,
> 引入他的钢铁构成的迷宫。

> 当我的脑袋呆滞，你就为我的身体出现
>
> 挣跳于刽子手下沉的网结，
>
> 那意志的玻璃般的拉弓和刮擦声……

显然，"海豚"在这首诗中成为一个诗人艺术本能、创造力和神秘直觉的某种隐喻（这里还要提一句，在写这首诗的前后几年间，洛厄尔和他的第三任妻子、英国小说家卡罗琳·布莱克伍德生活在一起，他称她为"海豚"，说她救了他）。至于诗中提及的法国诗人、剧作家拉辛，洛厄尔曾译过他的取材于古希腊的著名诗剧《菲德尔》。

所以，读了洛厄尔的《海豚》这首诗，我们也能接受王佐良对那一句的"误译"——即使它的确属于一种"误译"。

到了第四句，诗人骤然一转，由对远航捕捞的想象和描绘回到对一生的回顾："Saying too little, then too much"，高度概括而又耐人寻味，王译"说得太少，后来又太多"，完全达到了同样效果。如果对照方译"说得太少，又太多"，我们就会发现王佐良不仅敏感地注意到了"then"，还听出了它所带来的深远意味。他正如原诗作者一样，要我们在这一句诗上走过我们整个的一生。是的，这不仅是诗人的一生，我们每个人不也是这样吗？开始是不会说，学会表达后却又说得太多，多得以至于淹没了言辞后面那沉默本身的言说……

而接下来的一句，又是名句了："诗人们青春死去，但韵律护住了他们的躯体"。把"die adolescents"译为"青春死去"，虽然在汉语表达上有点陌生（有点像鲁迅所说的"硬译"了），但却比"英年早逝"或"年纪轻轻就死了"之类要好。一个深知诗歌和一种永恒的青春联系在一起的译者，才会这样来译。而接下来，了解了"beat"（击打、战斗、跳动、节拍）、"embalms"（以香料或香油涂尸，使之不腐、不朽）这两个词的基本含义，并看过"诗人们年纪轻轻就死了，他们用战斗裹尸"（方译）这类译文后，我们便要再次惊异于王佐良的创造性以及他对生与死、诗与诗人关系的透彻理解了：他把"节拍"变为诗之"韵律"，既和"beat"有联系，但又是一种明亮的提升！"诗人们青春死去，但韵律护住了他们的躯体"，还有比这更动情、同时更富有"诗之思"的诗句吗？我们真得感谢译者了，因为他在汉语中创造了这一名句！

回到洛厄尔，他之所以写出这样的诗句，显然不是没有缘由的。他已经历了太多的死亡，比如当年在他的写作班上的学生、天才的女诗人西尔维亚·普拉斯（1933—1963）的自杀……而王佐良这样译，不仅基于他对洛厄尔那一代人的了解，我想也饱含了他自己对他那些不幸早逝的诗友——比如诗人穆旦——的怀念之情。他就这样献出了他自己的挽歌。

而活下来的人呢？接下来的四句不仅是对比，也写出了时间的力量（正是它使"原型的嗓子唱得走了调"！），并暗含了诗人对自身的反讽。对照方译"旧时的演员读不懂他的朋友，/只是他仍高声朗诵"，便可体会到王译对原文那种微妙的反讽语气的细心把握。而到了"Genius hums the auditorium dead"这一句，王佐良又有了机会发挥他的创造性了："天才低哼着，直到礼堂死寂"

（方译"才子们轻声低吟冷清的观众席"），一个"直到"，不仅显现了一个时间过程，也加强了原文的反讽意味；至于没用"听众席"而是用了"礼堂"，则愈加显现出一种空荡了；而最后的"死寂"，也是一个再准确不过的词！在那"人去楼空"之时，在那样一种"死寂"中，一个诗人又听到了什么，觉悟到了什么？

"这一行必须终结"，紧接着的这一句是多么断然！它的多重意义，王佐良自己在解读中已有阐发。就在这种了断中，那从远方来的海风重又吹拂，"然而我的心高扬，我知道我欢快地过了一生"（方译"然而我的心正渐渐高升……"），一个"高扬"，运用了纯熟的口语，又呼应了那扬帆远航的意象。细心体会吧，王译中的每一个字词及说话的调子几乎都是不可更易的，它们正好迎合了那贯穿全诗的语言之风。

至于全诗的结尾，不仅令人精神一振，也有一种启示录的意味了。"把一张上了焦油的渔网织了又拆"，译得多好！不仅简练，透出一种化繁为简的大手笔（对照方译"结一张渔网，又解开它"），而且使这种"织了又拆"有了隐喻的意味。它指向一种诗艺的徒劳？或仅仅是在说诗人的一生就在这"织了又拆"之中？据说洛厄尔当年在他的《威利勋爵的城堡》（该诗集后来获普利策奖）的扉页上曾用铅笔写下"屋造好了，死神来了"，但在这之后，他不是还照样继续写诗？

最后两句，顺理成章而又令人惊异，把生活的场景上升为令人目眩的诗的意象和隐喻："等鱼吃完了，网就会挂在墙上，/像块字迹模糊的铜牌，钉在无未来的未来之上。"原诗由"hang on"

("挂在")到"Nailed on"("钉在"),动词更为有力,而王译也一步步加强了这种词语的力量。"字迹模糊的铜牌",显然也比"纹路模糊的铜像"(方译)要好,它显现并强化了原诗的启示录性质。

一首诗就这样结束了。对于《渔网》,王佐良还介绍了希尼的评论:"它谈的是诗人在不断修改自己作品中度过了一生。但是诗行的钢铁框架使诗篇没有坠入自我陶醉;它不是一篇言词,而是一种精心制成的形式……一开始像音叉那样甜美,而结束时则只听见一下下猛烈的撞击,像是有人在毫不客气地猛叩门上的铁环。"

而这样的诗有何社会意义,或在历史中占据一个什么样的位置呢?人们可能会问。从这个问题出发,王佐良进一步介绍了希尼的看法:他认为洛厄尔这样的诗人认识自己在历史中的地位,并要求自己的诗能承受住历史混乱的冲击,"它是在千方百计地向一个形式行进——理解了这一点就会使我们不只注意它表面上所作的'无能为力'的宣告,而还注意到洛厄尔对于诗艺所给他的职责的内在的信任。我们看出了这点,也就受到作者所作承诺的鼓励,并在这种承诺里听到了权威的声音"。

希尼是在1979年美国语文年会的演讲中谈到洛厄尔这首诗的,它显然包含了在公众面前"为诗一辩"的成分。不过,写出了这样的诗的诗人还需要为自己辩护吗?不必,他只需要赞美就行了——赞美诗神对他的庇护和馈赠!这样的诗或许在社会生活中没有位置,但它正如那挂在墙上的渔网,它已属于另一种历史——那文学本身的永恒的价值体系。而对诗人本人来说,或许更重要的,是通过对这样的诗的写作(包括翻译),一股神秘的语言之力又回到了他的身上,或者说,一种"静默的远航和明亮的捕捞"又展现在他的视野里:他可以为之奉献一生了。

而对我们这些中文读者来说,既要感谢诗人,也得感谢译者。首先,写出这样的诗的洛厄尔向我们展现了他那更深邃,也更可敬的一面。在人们的印象中,洛厄尔往往和"自白派"诗派,和他写波士顿历史的几首名诗,和他的反叛尤其是因拒绝服兵役而坐牢的经历联系起来。的确,这样一位敢于在诗中大声斥责国家和总统的诗人,也是一位充满了个人伤痛、反叛、挫败和自杀冲动的诗人(好像他的一生都"坐在候审室里等待判决"!)。他在一首描写住精神病院的诗中甚至还这样宣称:"我们都是老资格/我们中的每个人都握着一把锁住的剃刀"。

我对诗人所生活的那个年代当然缺乏切实的了解,但我曾在冬天去过波士顿——洛厄尔的波士顿!天空是那样晴朗,但从大西洋上刮来的凌厉冰风却使人冷得走不出车门,就在那冰风的击打中,我不禁想起了诗人那让人一读就忘不了的诗句:"马尔布诺街上的树木终于绿了","我们的玉兰花"也终于开了,"只开了残忍的五天"!

这就是《渔网》作者的一生。据说女诗人伊丽莎白·毕晓普读了洛厄尔的诗集《人生研究》后曾给诗人去信,称他为"最幸运的人"。而这是一种怎样意义上的"幸运"呢?我的理解只能是:他幸运地战胜了自己的不幸——通过写诗;他幸运地有了那一次次意外的明亮的收获——同样通过写诗。这就是为什么诗人生前的最后一本诗集《海豚》（1973）会归结到以写诗本身为主要主题——它以《渔网》一诗开始，以《海豚》一诗结束。它展示了一个诗人一生最隐秘的，显然也不会为一般公众所理解的艺术追求。

不过，话说回来，正是有了那样的在爱与暴力、愤怒与压抑、反叛与求助、受难与拯救中度过的动荡一生，诗人在《渔网》中发出的声音，才具有了希尼所说的"承诺"和"权威的"意味。它获得了一种可信赖性。它是一种真实可靠的声音。它来自诗人的一生，并和诗人的其他诗作产生了一种对照和共鸣。

让人痛惜的是，就在这本诗选出版的那一年，由于旅途劳顿、心脏病突发，诗人死于归家的一辆出租车上，享年60岁。出租车带来了一种诗的"韵律"吗？不管怎么说，"韵律护住了"他那永存的艺术生命！

现在，我们得感谢王佐良先生了，因为他发现并出色地翻译了这首诗，不仅如此，他还由此把我们引向了对诗以及译诗艺术更多的发现。另外，我要说的是，在读了王佐良先生在他生命的最后几年内所留下的这首译作后，我不禁感到它几乎也就是他那一代诗人翻译家的写照。他们满怀着理想和责任，把自己献给那"静默的远航和明亮的捕捞"，在写诗和译诗中度过了一生。他们也许"说得太少，后来又太多"，但他们已知道怎样来看自己的一生。语言的诗艺能否与岁月的消磨相抗衡？把一张渔网"织了又拆"是否有意义？礼堂死寂，听众也许在期待另一代人出场。但不管怎么说，他们撒下的渔网并没有完全落空。他们的那些优异的翻译至今仍"使我们惊讶得目眩"。他们留下的遗产，正如那磨损的挂在墙上的渔网,难以辨认而又令人起敬,并充满了启示。它已被牢牢钉在"没有未来的未来"之上。实际上,它也不需要别的"未来"。它自身就在昭示着一种语言的光辉的未来。

2011.5

我与凡·高

一个作家受到的影响是多方面的,甚至是他自己也难以说清的,但既然今晚是一个和荷兰有关的夜晚,我就谈一谈凡·高对我的影响,或我与凡·高的关系。

我最早接触到凡·高,还是在上大学时期,那时我读到凡·高给他弟弟提奥的通信集。这样的书一读我就不能放下。一个终生的艺术榜样在我面前树立起来了,同时我也意识到,我们其实都是来自"同一个星座"的人。

至于第一次看到凡·高的《向日葵》等原画,是在1992年的伦敦。那还是我第一次出国。日复一日,我在异乡承受着几乎难以承受的孤独,正是在这种情形下,我去了伦敦的国家美术馆,进去后我在那迷宫一样的展厅里转来转去,看到的大都是中世纪以来的绘画,色调比较阴郁,没想到转到另一个展厅的入口时,怎么这么亮啊,像有大量的光涌入一样,我的眼帘都有些生疼,进去一看,原来这是印象派的一个展厅!它所展出的,就有包括《向日葵》在内的凡·高的五六幅绘画。像在茫茫异乡遇见亲人一样,这些作品不仅给我带来了喜悦,它还有一种让人泪涌的力量。我在那里看来看去,最后,我在《向日葵》前的长椅上坐下了……

那么,为什么凡·高的作品如此感动我?这里也很难说清,因为他的艺术,扎根于他的孤独而痛苦的存在,真实、强烈而有深度。它们不仅打破了原有的绘画模式,而且带着他生命本身的痛苦的燃烧。的确,这是一种"受苦人的艺术",《向日葵》中那种油画语言的质感,那种令人惊异的金黄亮色,就是他用他的生命一笔一笔调出来的,因此它的每一个叶片和触须都会发出强烈的呼喊!也可以说,正是通过这样的创作,他照亮了他的痛苦。他把苦难转化成了诗篇。

在中国,有很多诗人都很喜欢凡·高。海子曾在诗中称凡·高为他的"瘦哥哥"。凡·高画向日葵,海子写麦子和麦地,但在其内里,他们都是以诗和艺术为全部生命的人,他们的作品,都融合了生命的苦痛、对贫乏的意识和一种信仰冲动,以下是海子《答复》一诗中的一节:

麦子
别人看见你,觉得你温暖,美丽
我则站在你痛苦质问的中心
被你灼伤
我站在太阳,痛苦的芒上

这就是海子的诗歌自白。不进入这个"痛苦质问的中心",海子就无法把他的"麦子"变成中国的"向日葵"。

在伦敦的那些日子里,我也被这种"痛苦的芒"所深深"灼伤"。我想,正是像凡·高这样的艺术家,是他们在告诉我怎样对命运进行承担,是他们在帮助我"以内在的痛苦来克服外在的混乱"。的确,他们"就在那里"。他们目睹着我,也在要求着我。孤独吗?当然,但是里尔克却这样说"我是孤独的但我孤独的还不够,为了来到你的面前"。每当我念起这样的诗句时我都有些惊心:这个"你"是谁?

总之,忍受住个人的痛苦、孤独和不幸,并把这一切带到"你"的面前,带入到一种诗的光辉里——这就是我在那时听到的"更高的律令"。

两年后,也就是在1994年初,在我结束了两年的漂泊生涯、从伦敦启程回国前,我忽然想起有一件事情还没有去做,那就是"向凡·高道别"。于是我特意又去了一趟美术馆,在《向日葵》前的长椅上默默地坐了十分钟……这一切,后来都写入了我的诗中:

> 临别前你不必向谁告别,
> 但一定要到那浓雾中的美术馆
> 在凡·高的向日葵前再坐一会儿;
> 你会再次惊异人类所创造的金黄亮色,你明白了
> 一个人的痛苦
> 足以照亮一个阴暗的大厅,
> 甚至注定会照亮你的未来……
>
> ——《伦敦随笔》

诗写到这里，凡·高对我的意义，就不用再多说了。

至于回到中国后，用海子的另一句诗来说"我不得不与烈士与小丑走在同一条道路上"，但是凡·高依然在我们中间。我在北京昌平乡下有一处房子，正因为凡·高，一次我从德国回国，特意带回来一小袋向日葵籽，种在我的院子里，等它们长出来后一看，果真是凡·高的向日葵！这里顺带说一下，中国的向日葵都很高大，结一个沉甸甸的大花盘，专供中国人民嗑瓜子，而欧洲的向日葵低矮，花叶丛生，可剪下来插在花瓶里，就像凡·高画的那样。我难忘第一朵金黄嫩绿的向日葵在院子里绽开的那个早晨，它带给我的喜悦真是难以言说……

此后，向日葵的意象也多次出现在我的诗中。但到后来，过了一两年，我发现院子里的向日葵愈长愈高，愈来愈像咱们中国的向日葵了！路过的朋友说"啊，你家的向日葵窜种了！"那就让它们窜吧，我又有什么办法！后来，我从乡下搬到了城里住，长时间没回去，一打开大铁门，只见满院子的野草疯长，甚至高过了向日葵！我真是惊异于这种荒凉的力量。

话说回来，我也并不惧怕这种荒凉，因为也许正是某种彻骨的荒凉感会使人走向诗歌。不过现在的问题是，在如今，我们还能保有那种凡·高式的对痛苦的感知力吗？一个全面腐败的消费主义时代，几乎已把我们从内里都给掏空了。

几年前，在参加布鲁塞尔"欧罗巴利亚艺术节"期间，我应邀到阿姆斯特丹朗诵，朗诵后的第二天，我又重访了凡·高美术馆。在回比利时的火车上，在雨中变暗的车厢里，我翻看着从美术馆买的凡·高画册。看着看着，我忽然意识到我们这趟火车的路线"阿姆斯特丹—海牙—埃顿—松德尔特—安特卫普—布鲁塞尔"，恰好也正是凡·高当年所走过的路！他就是沿着这条艺术的圣徒路，一步步向南，最后走向法国的阿尔的！

另外我还意识到，不无惊讶地意识到：这位满脸沧桑、目光锐利的艺术家，实际上只活了37岁（1853—1890）！这就是说，他真正转向艺术还不到十年。这是一种怎样的燃烧？！一种怎样的力量从生命的内里作用于他？我一页一页翻看着画册，我不仅感到了烟草、苦艾酒、畜栏和土地腐殖土的浓烈气味，也不仅感到了神明对那些受苦人的眷顾，重要的是，这一次我切实地感到他为什么会那样画了。就这样一直翻到他自杀前所作的那幅强烈迸放的《麦田上的鸦群》，我想，好了，这就是它了！他可以把自己奉献出去了。他已完成了"这一生的贫穷"！

书读完了。画册的最后，是法国南部奥维尔的乡野，是凡·高和他弟弟提奥排在一起的简朴墓碑。我又想到了多年前我读到的凡·高通信集。这个孤独了一生的人，每一封书信都以"亲爱的提奥"开头，这是在对谁讲话？仅仅是对他的弟弟吗？是啊，这究竟是在对谁讲话？我们在今天还能听到这个声音吗？

（本文为2011年9月4日在尤伦斯艺术中心中荷作家演讲会上的演讲）

存在，为了相互存在

——与策兰的相遇、翻译及其他

一、最初的相遇及其激励

我最初翻译策兰是在 1991 年秋冬。那仍是一个荒凉的年代。那时在中国大陆，策兰的诗只有少许三四首被译成中文[①]；在中国诗歌界和翻译界，也几乎无人提到策兰这个名字。

我有幸从中国社科院外文所图书馆借到一本企鹅版策兰诗选，英译者为英籍德裔诗人、翻译家米歇尔·汉伯格。这是我与策兰的第一次真正的相遇，我完全被他的诗和命运吸引住了。当然，最初我并没有翻译的想法，但我很快意识到我必须去译，只有这样我才能切身进入到策兰的语言的血肉之中。于是我从中译了二三十首策兰的诗，并请社科院外文所研究里尔克的学者李永

---

① 见《德国抒情诗选》中钱春绮译《死亡赋格曲》、《数数扁桃》，陕西人民出版社 1988 年版；《黑色太阳群：德语国家当代诗歌精选》中刘华新等译《线的太阳群》、《死亡赋格曲》、《一个阴影里的妇人之歌》，工人出版社 1989 年版。

平指正（他是冯至先生带的德语文学博士），他看后这样带话来："我没想到策兰居然可以翻译成中文，而且译得是这样好！"

这样的肯定给了我很大的鼓励，但我并没有公开发表这些译作的念头（除了发在当时的民间诗刊《九十年代》上以及后来被洛夫先生发在他主编的《创世纪》上）。我只是深感庆幸，感到被激励、被照亮，感到我终于找到了一位可以用我的一生来读的诗人——而这就是一切。1991年冬，在去国前夕，我还抽空写了一篇译后记《从黑暗中递过来的灯》①，其中我这样写道："我深感自己笔力不达，但是，当我全身心进入并蒙受诗人所创造的黑暗时，我渐渐感到了从死者那里递过来的灯。"

正是这些"从黑暗中递过来的灯"，照亮了我此后在异国他乡的日子。1992年初到伦敦后不久，我就买下了企鹅版策兰诗选，它和叶芝、帕斯捷尔纳克、茨维塔耶娃、米沃什、维特根斯坦、卡内蒂以及我随身携带的杜甫等等一起，构成了我的"钟的秘密心脏"（这是我在那时翻译的卡内蒂的一部格言片断集）。也可以说，在那些日子里，我没有别的，正是他们，构成了我的"全部的苦难和光荣"。

那么，是策兰的一些什么在激励着我呢？对我来说，倒不是他的《死亡赋格》，而是他那些不被一般读者注意的中晚期诗如《在下面》、《带上一把可变的钥匙》、《我仍可以看你》等等，给了我以更内在的撼动。从这些诗中所体现的那种罕见的对苦难内心

---

① 该文发表于《诗林》1992年第2期。

和语言内核的抵达,那种对一个诗人命运的承担,那种从词语间显现的"痛苦的精确性",都深深地激励着我。在伦敦期间,我曾就《带上一把可变的钥匙》一诗写过文章,现在我们来看这首诗:

> 带上一把可变的钥匙
> 你打开房子,在那里面
> 缄默的雪花飞舞。
> 你总是在挑选着钥匙
> 靠着血,那涌出你的眼
> 嘴或耳朵的血。
>
> 你变换着钥匙,变换着词,
> 它可以随着雪片飞舞。
> 而怎样结成词团,
> 靠这漠然拒绝你的风。

"词"的艰难形成与冰雪的暴力、顶风而行的诗人与语言的结晶——对我来说,这同样是"20世纪最不可磨灭的一首诗"。那从艰难困苦中产生的语言之力久久地拍打着我。从诗学的意义上,在我看来,这甚至是一个比《死亡赋格》更为深刻和艰巨的起点。

正是这样的诗对我产生了持久的激励。以上所引为该诗的第二译稿。去年,我又重译了这首诗(这一稿也很难说就是"定稿")。我想这就是伟大诗歌的标志,它不仅构成了翻译的难度,也在召唤我们不断地去译。在我1991年初次译这首诗时，我就感到它在等着我。今天重译，仍感到它在等着我。的确，它对我来说，已构成了"一种命运"。

这也就是为什么我要译策兰。一位法国年轻哲学家曾说通过阅读海德格尔，他意识到荷尔德林"是一种命运"。的确，如同荷尔德林，如同我们自己的杜甫，策兰"是一种命运"，在读译他的诗时，在进入他那充满沉默、痛苦和断裂的词语中时，我比读其他任何诗人都更深切地感受到："我们的命运发生了"。

二、《保罗·策兰诗文选》的翻译和出版

20世纪90年代以来，策兰的诗渐渐受到更多的中国诗人和读者的关注。正因为这些诗人朋友和读者的期待——他们期待读到策兰更多的诗，当然，更因为我自己的需要，1997至1998年我在德国斯图加特Akademie Schloss Solitude做驻会作家期间，我又开始了翻译策兰。

那时我主要翻译了策兰的长诗《紧缩》和一批短诗。除了汉伯格的译本外，我又有了策兰的诗集《换气》（*Atemwende*）的英译本。《换气》于1967年出版，共收入诗80首，策兰生前在给妻子的信中说这是他迄今写下的最有诗意，同时也是最难理解的一部诗集。它的问世，把策兰的后期创作推向了一个新的令人惊异的境地。

的确，这是"最难理解"的一部诗集，迄今我仍不敢说我读

懂了它的每一首诗,我想这对我或其他任何读者来说都是不可能的,但这又的确是"最有诗意"的一部诗集。当然,这里的"诗意"绝不是那种已成俗套的诗意,恰恰是策兰以罕见的艺术勇气"去诗意化"后给我们带来的一种诗与思。如《换气》的第一首诗《你可以》:

你可以充满信心地
用雪来款待我:
每当我与桑树并肩
缓缓穿过夏季,
它最嫩的叶片
尖叫。

这里"款待"(bewirten)一词的运用真是让人想不到。不过,它是什么意思呢?它是以礼物馈赠的冬天式的宁静吗?或者,如迦达默尔所读解的那样,它是那种"以真正的仁慈出现在我们面前的大量言词后的沉默"吗?甚或,这意味着对死亡的接受?

没有回答,也没有任何定论。这就是策兰的"雪的款待"。似乎他写作,就是为了进入到词语的"沉默"中,或者说,为了让沉默本身对我们讲话。

这样的诗,自然非常难译(相对而言,《你可以》还是《换气》中比较"好译"的一首诗)。我不敢说我就能胜任,我所能做的是尽力译出我心目中的策兰。这样的翻译,正如策兰自己在《花冠》

中的一句诗所说:"我们交换着黑暗的词。"

好在《换气》的译者、美国诗人彼埃尔·乔瑞斯(Pierre Joris),我认为他比其他英译者更好地把握了策兰后期诗歌的精髓。他的长篇译序、忠实精确的翻译以及译注,都帮助了我更深入地触及策兰的"言辞之根"。

也正是为了更接近"德语中的策兰",我需要一位德文合作者。在斯图加特期间,我认识了移居德国的翻译家芮虎先生。芮虎先生已译过一些德国诗,更重要的是,在多年的漂泊生涯后他依然保持了对诗的敏感和热爱。我请他依据德文原诗对我的译文进行校正,我们常在一起讨论,虽然对他的一些修正意见我也有所保留,但也接受了许多,我们的合作也愈来愈默契。现在看来,虽然有些改动也破坏了原译的节奏,在语感上不够统一,但我想这是为了"忠实"和"准确"所做出的牺牲。自最初翻译策兰以来,我都要求自己尽可能地"忠实",绝不妄自"润色"或试图使它变得"流畅",因为我知道我翻译的这位诗人是一位伟大的、在每一个字词上都高度苛求的诗人。

2001年夏,出版策划人楚尘先生到北京找到我,他知道我翻译策兰,主动提出要出版,我同意了(我本来并没有出版的想法,因为我还想对这些译文再"磨一磨"并尽量多译一些)。在与德国方面联系好版权事宜后,我和芮虎翻译的《保罗·策兰诗文选》作为"20世纪世界诗歌译丛"之一由河北教育出版社于2002年7月正式出版,收有一百余首诗和策兰最主要的散文、获奖演说辞、书信以及作品中德文对照索引、译序及译后记等。

这是策兰第一部译成中文的作品集。从各方面看，它出版后受到了关注和欢迎，5000册很快全部售完（这次来我也知道了，它在台北也曾有销售）。对此我也感到惊讶，怎么会呢？策兰可是一位极其艰涩的诗人呀。但后来我了解到更多，我看到许多读者在网上热烈地谈论策兰，许多很优秀的诗人（比如多多）也告诉我他们把这本策兰诗文选读了无数遍。好几位诗人写诗献给策兰。还有一个年轻诗人寄来一本诗集，我一看，完全是对策兰的模仿。虽然这种模仿显得幼稚，但我也明白了一点：继里尔克之后，策兰对中国诗人的写作也开始产生实质性的影响了。

只是我知道这部译作并不理想。它的出版，反而更加使我体会到翻译是一门"遗憾的艺术"了。我曾对一个随身带着它读的诗人朋友讲"那里面只有三分之一（译作）我比较满意"。它只是一部抛砖引玉之作，也肯定存在着许多问题。如有可能，我们以后真想出一本修订、扩大本。

《保罗·策兰诗文选》出版后，应《书城》杂志编辑、诗人朱朱之约，我写了一篇《绝望下的希望》[①]，主要谈策兰的后期诗及其命运。纵然策兰已成为里尔克后最知名的德语诗人，甚至被人称为"我们时代的荷尔德林"（内莉·萨克斯语），但这样的诗人其实只能得到"部分理解"，更多的时候是误解，甚或无人去理解。按策兰自己的说法，它不过是一种"绝望的对话"或"瓶中的信息"罢了："它可能什么时候在什么地点被冲上陆地，也许是心灵

---

① 载《书城》2003年第2期。

的陆地"。

这就是我所说的"绝望下的希望"。的确,在这种意义上,策兰已成为诗歌的命运在现时代的某种象征了。

三、再次回到策兰

2007年下半年,我在美国纽约州柯盖特大学做驻校诗人。12月上旬,在那里我得知了我的朋友、同事、美学家、中国人民大学教授余虹在北京跳楼自杀的消息。

正是在这种悲痛中,在那一场场大雪中,我重又回到策兰这里来。

也恰好在这前后,我陆续收到了从网上订的策兰《雪部》(*Schneepart*)的英译本、美国斯坦福大学教授费尔斯蒂纳所著的策兰评传和他编译的《策兰诗文选》等等。尤其是《雪部》中的大部分诗,我是第一次读到。该诗集由诗人自己生前编定,1971年出版,为诗人的第一部遗作。我一收到《雪部》,就边读边译,我想,我可以靠它来度过这个艰难的冬天了。

2008年回国后,我也一直没有放下这种阅读和翻译。我又请朋友从美国为我买来了策兰诗歌的其他英译本及《迦达默尔论策兰》的英译本,并从首都图书馆复印了德里达关于策兰的讲演和访谈录的英译本、策兰生前的朋友斯丛迪关于策兰的研究专著的英译本等等。在这个躁动不安的"奥运年",我需要抱着一个石头沉下来。而策兰的诗就是这个石头。

正是这种深入的阅读，使我给自己定下了一个新的更高的标准：那就是把翻译建立在研究的基础上。费尔斯蒂纳的策兰评传对我全面了解策兰有不少帮助，迦达默尔关于策兰后期诗作的那种深入、精确的解读对我也很有触动。他所解读的 21 首诗，大部分我已译过，正是借助于他的解读，我对这些译文又进行了修正。

也正是在这个过程中，我愈来愈意识到在翻译时进入其语境的重要性。例如策兰的重要长诗"*Engfuhrung*"，汉伯格根据其字面意义英译为"*The Straitening*"，它的含义是使紧缩、使狭窄、窘迫、受限制（我因此译为《紧缩》），但在德文中，Engfuhrung 还用作音乐术语，指赋格音乐中的"密接和应"，指在一个主题结束前加速进入新的主题，而"紧缩"就无法传达这一点。另外，该诗的开头，汉伯格译为"Driven into the/terrain"，直译即为"驱入此地带"，但原诗"Verbracht ins/Gelande"中的"Verbracht"在德文语境中却不是一般的驱使，而是运送或押送，它指向的是纳粹对犹太人的"最后解决"。策兰运用 Verbracht 这个词，显然是有意识地把他这首长诗置于"奥斯维辛"这一历史语境下。很遗憾，英译和汉译都很难传达出这种直接而丰富的含义。因此，只有一个弥补的办法，那就是给我们的汉译本加注。

这一切，也加重了我作为一个策兰译者的责任感。近年来，除了修订以前已出版的译诗外，我又新译了近一百六十多首策兰的诗，希望能和德文合作者一起依据原文和研究资料对这些译文进行校正并加注。这个计划再次得到了德国 Akademie Schloss Solitude 的支持。今年 2 月，我又到那里住了一个月。除了和芮虎一起工作外，我们还一起访问了马尔巴赫的德国现代文学档案馆，在那里，我们着重看了里尔克、策兰、巴赫曼等人的手稿、遗物和照片等。此外，在德国新出版的巴赫曼与策兰的通信集也为我们的翻译和研究提供了重要资料。正是这个通信集把我们重又带回到那"心的岁月"里，带回到那对命运之谜、诗歌之谜的探寻里。在这之前，我曾译有策兰《科隆，王宫街》（译文见《嘴唇曾经知道》一文），读通信集才知道，这同样是和巴赫曼有关的一首诗。为此，我和芮虎还专门去科隆寻访了那条邻近大教堂和莱茵河畔的老街。我曾看过1945年科隆大轰炸后的照片，城市已成废墟，唯有那大教堂奇迹般地保存下来；而现在，因为翻译策兰，我也知道了生活在科隆的犹太人的悲惨遭遇，不仅在纳粹时期，在中世纪发生的一场大瘟疫中，他们就曾作为祸因惨遭集体屠杀，以至于科隆圣玛丽亚教堂至今仍存有"瘟疫十字架"——它已被策兰写入了另一首诗中：

  在踩踏的
  标志前，在
  词薄膜油帐篷里，在
  时间的出口，
  呻吟声在光中
  消隐
  ——你，国王的空气，钉在
  瘟疫十字架上，现在

> 你绽开——
>
> 气孔眼睛,
>
> 蜕去疼痛的鳞,在
>
> 马背上。

我尤其喜爱这首诗。它是策兰对苦难历史的痛苦转化,有一种奇异的带着疼痛的再生感。而这首诗,似乎也正可以用来作为这么多年来我们翻译策兰的一种写照。是的,我们经历了太多太深的"词的黑暗",也经历了无数的障碍、挫折和翻译的磨难,但现在,是到了"绽开——/气孔眼睛,/蜕去疼痛的鳞",迎来一次新生的时候了。

四、几点体会或想法

这么多年来不断的阅读和翻译,策兰的诗已成为"深入在我们之内的钟"。说到其间的体会,最深的有几点:

首先,对苦难、死亡,对孤独、痛苦,对一个诗人的命运一定要有至深的体验,我们才能进入策兰诗的悲剧性内核,并达到与诗人心灵的"契合"。

策兰的诗,正如我所认同的其他诗人的诗,有着它自己的"词根"。他的诗从他的全部生活中生长起来,也是他作为"奥斯维辛"的幸存者穿过苦难历史的语言见证。我们知道,策兰父母都死于纳粹集中营,尤其是母亲的惨死,给他带来了永难平复的精神创伤；不仅如此，他母亲的弟弟也死于奥斯维辛，他后来流亡到巴黎后，决定住在舅舅曾住过的同一条街上，这可视为一个神圣的契约，那就是与民族的苦难守在一起。

当然，这种体验总得从我们自身的存在出发。这些年，我遇到的好几位外国诗人对我翻译策兰都感到好奇，我告诉他们我们经历过"文革"，在"文革"期间，因为我父母的"出身问题"，我们就像犹太人那样一直受到社会的排斥，我从小就为此深感压抑，这就是为什么我翻译策兰。我这样对他们讲，他们明白了。的确，我翻译策兰，这首先就包含了一种经历、身份、心灵上的认同。也正因为如此，策兰的那些"死亡赋格"，也会照亮我们自己所盲目忍受的生活，并一再地撕开我们自身的创伤……

但是我还知道，策兰不只是犹太民族苦难和历史浩劫的见证人，在后来，他还把这一切化为了更深刻内在的经历。他并没有直接去写大屠杀主题，他拒绝了那种明确的历史主题和公共性，他在后来甚至拒绝一些选家将《死亡赋格》收入各类诗选中。策兰是有勇气的，他知道一个诗人的"天职"所在。他没有以对苦难的渲染来吸引人们的同情，而是以对个人内在声音的深入挖掘，以对语言内核的抵达，开始了更艰巨，也更不易被人理解的艺术历程。

我相信，这才是一种真正的对艺术家命运的承担。策兰多次引用过这样一句话"所有的诗人都是犹太人"。他接受了这种命运。他完全、绝对地忠实于自己的艺术良知。他对创伤的挖掘，他对死亡、黑暗和沉默的进入，还有贯穿在他作品中的那种终极性追问，把他引入了人类精神存在最本质、最深奥的层次。正因为如此，他才会对荷尔德林高度认同。他认同荷尔德林，更在于其黑暗的不可追问的晚期。而这一切已不可言说。1993年在伦敦期间，我在诗片断《词语》中就曾这样写道：

"你只有更深地进入到文字的黑暗中，才有可能得到它的庇护：在把你本身吞食掉之后。"

"甚至诗歌也不存在：存在的只是那在黑暗中发光的声音的种子。"

我想，我们只有进入到这样的体验层面，才可以去翻译策兰。

接着我想说，要理解策兰，我们还必须具有相应的文化视野和宗教信仰、历史、诗歌史方面的知识，只有这样，我们才能进入其语境。但仅仅这样还不够，要真正进入他的后期诗歌，还需要了解他在语言方面独到、艰巨的探求。

策兰由于其独特的"出身"和经历，成为20世纪最复杂、深奥的诗人。他曾有一句诗"我从两个杯子喝酒"，这造成了他的复杂性。他的诗，如他自己所说，来自一种"混合诗韵"。策兰自幼接受的语言文化非常混杂，他出身于一个原属奥匈帝国的文化名城，从小学罗马尼亚文，在家只说标准德语。他们全家视德语为母语，视犹太民族的古老语言希伯莱语为神圣语（holy tongue）。在后来成为一个诗人的过程中，他则受到法德象征主义、超现实主义、表现主义诗歌、俄罗斯诗人曼德尔斯塔姆、德语诗人、作家、思想家荷尔德林、海涅、里尔克、特拉克尔、卡夫卡、马丁·布伯、肖勒姆、海德格尔等人的种种影响。

在他走向成熟后,策兰以其高度的个人独创性排除了他所受到的影响,不过,从他的诗中,反而传来了更多的历史和其他文本的回响——他把这一切变成了一种更加自觉的相互对话、相互辨认的关系。如《线太阳群》中的"一棵树——/ 高的思想",显然是对里尔克《献给俄耳甫斯的十四行》的开篇"俄耳甫斯在歌唱!一棵高树在耳中"的反响;《记忆》中的"心灵被无花果喂养",则出自荷尔德林《追忆》中的"然而,在庭院里有一棵无花果树生长"等等。在策兰的写作中,他就这样有意识地构建一种属于他个人的谱系学。

对此,有人曾称策兰为"博学诗人",但与其这样说,不如说他同任何一位富有历史感的诗人一样,是一位"以文学的历史之舌说话"的诗人,或用策兰自己自创的一个词"spatwort"("晚词")来说,是一个"晚词的诗人"。

显然,"spatwort",这不是一个随意杜撰的词,这是策兰后期创作中一个核心般的东西。我们从中可以体会到他对一个现代诗人的历史处境的深刻认知。"晚词",我的体会是,这是在经历了大屠杀、流亡和无尽的苦难后才出现的词,也是在穿透了文学和诗歌本身的全部历史后才出现的词。这样的词,如同死亡、灰烬、沉默的现身,但也如同希望的乍现。策兰的晚期,正是这样一个"晚词"的诗人。

这也就是说,策兰对语言的态度和追求,建立在他对痛苦、死亡、沉默的体验上,也是建立在他对语言的历史状况的洞悉上的。在他看来，以往和现有的诗歌语言资源几乎都已被耗尽了，或是快成了陈词滥调（德里达在论策兰时就指出在纳粹时期，那里还有着另一种可怕的死亡，即语言的死亡），快成了"意义的灰烬"。所以他必须"阅读于晚词"。为此他甚至从惯常的"美"的、"人类的"事物中转开，而从"无机物"语言、遗骸的语言、植物学、地质学、天文学、昆虫学的冷僻语言中去寻找和发掘（他临死前身边只有几本书，其中之一是一本法文版的地质学书）。他要尽力进入"无名"并在那里"生存"。在他的后期，他对语言的颠覆和挖掘，都到了令人惊异的程度。人们已了解到策兰经常在诗中毫无顾忌地打破惯常语法并自造复合词和新词这一现象，即使在他与巴赫曼的通信中，他也生造了"眼—结巴"（Augen-Stottern）这样一个耐人寻味的词。我想这已不单是在挖掘语言的表现力了，这简直是在发明一种语言。或者说，这显示了策兰对自身语言法则的建立。

在他的后期，他就以这样的"晚词"来呼吸、测度和命名。对他这种试图重新为语言定位的努力，我们来看《盔甲的石脊》一诗：

盔甲的石脊，褶皱之轴，
插刺穿裂——
之处：
你的地带。

在隙缝之玫瑰

两侧的极地，可辨认：

你被废除的词。

北方真实。南方明亮。

这首诗出现了诸多地质学的术语，但正如伽达默尔所敏锐看到的那样，诗所描述的正是诗人试图穿透语言的坚固惯例的经历："这地形是词的地形……在那里，更深的地层裂开了它的外表。"

的确，这是策兰在重新为语言定位，"隙缝之玫瑰"正标志出它前行的方位和来源。这当然是一个极其艰巨的艺术使命，"在你面前，在 / 巨大的划行的孢子囊里，/ 仿佛词语在那里喘气，/ 一道光影收割"（《淤泥渗出》），策兰之所以深深激励着我，正因为他是这样一位在"晚词"中艰辛劳作的诗人！

至于具体的翻译，我在这里主要谈谈翻译的难度及其精确性问题。

我曾多次谈到"写作的难度"问题。对我来说，写作的价值和意义就在于它的难度。这是心智和存在的难度，也是语言的难度。而策兰之所以让我叹服，正在于在其中晚期，他把这种写作的难度推向了一个令人惊异的程度。

正因为如此，策兰的诗会是一种对翻译的挑战甚或嘲弄。似乎他的写作本身就包含了一种"抗译性"。他的诗句"一个沙洲 / 立在一个小小的 / 不可通航的沉默前"（《低水》），正可看作这种

"抗译性"的写照。

我们要翻译策兰,首先就要意识到这种翻译的难度。

这种难度,首先就在于要了解诗人在"说"什么,如果不能达到与诗人心灵的契合,策兰的很多诗,对我们来说就会像"天书"一样不知所云,就会始终是一个谜。

但诗的翻译最终翻译的不是意思,这意味着知道了诗人在"说"什么还远远不够,还需要从词语的精确性进一步入手。"从优秀的诗歌里人们可以听到,颅缝是怎样缝接的……"① 从对策兰的翻译中,我们也应感到这一点。因为策兰的每一首诗,甚至每一字词,无不体现出一种艰苦卓绝的艺术匠心,或者如伽达默尔指出的那样,都体现了在"精确"与"神秘"之间的那种张力。

这样,对策兰的翻译,最初和最终都会是一个如何确切地翻译的问题。我读过一些对策兰的翻译,那种含糊其辞或是擅自把它"美化"、"诗意化"甚或"本土化"的现象都很严重。自严复以来,"信达雅"已成了一种支配了很多的中国译者的翻译理念,但我所看到的是,有些译者在"信"上、在理解的准确和透彻性上并没有下多少功夫,倒是转而"求其尔雅"了。具体的例证这里就不举了,我想说的是:策兰的那些高度独创而又精确的诗可以这样对待吗?对一个在写作中一意孤行、宁肯牺牲"可读性"的策兰来说,他需要别人来给他做这样的"润色"吗?

---

① 多尔斯·格仁拜因:《关于诗与躯体的信》,沈勇译,《当代外国文学》2001年第3期。

因此，面对策兰这样一位诗人，真正值得信任的翻译，恰是德里达所说的那种"确切的"翻译。①

但"确切的翻译"并不等同于那种字面上的"直译"，它首先建立在对诗人用词及全诗的深刻理解上。为了达到这种"确切"，我们有时还必须改变或打破原诗的语言形式结构。去年9月，北京尤伦斯艺术中心和歌德学院请我举办策兰讲座，在我讲完后，有一位德语文学博士生对我翻译的《你可以》一诗提出了问题，他问如果依据德文原诗，诗的最后应译为"尖叫着它最嫩的/叶片"，为什么我译为"它最嫩的叶片/尖叫"。但我想我这样译也是忠实于策兰的。我们可以体会到，策兰这首诗是有意识建立在意象的并置和强烈对照上的，我之所以改变原诗句法并使全诗最后定格在"尖叫"上，正是为了加强诗中的对比。我们留恋于生，但也要对未来做好准备；我们视"雪的款待"为最终的回归，但新生的叶片绽放时所发出的"尖叫"声，却使我们一再地留在了那里……

所以，基于这种理解，我认为我对原诗句法及诗最后重心的改变，仍体现了一种忠实——一种通过"背叛"所达到的忠实。

的确，"确切的"翻译，这才真正体现了一种翻译的难度和功力。我不敢说我就接近了这个目标。这是海德格尔所说的"手艺活"（"思想是一件手艺活"），但又远远不只是一个技术层面的

---

① 雅克·德里达：《什么是"确切的"翻译》，陈永国译，《翻译与后现代性》，陈永国主编，中国人民大学出版社2005年版。

问题。

"确切的"翻译，也不只是一个词语的精确性问题，这恐怕首先还是一个"发音"和语感的问题，不然整个翻译都会"走调"。如借用德里达在《"示播列"——为了保罗·策兰》中的一个隐喻，翻译，也正处于"示播列"与"西播列"之间。我们能咬准那个发音吗？我们能否进入到一种生命内部，并确切无误地确立其语感和音质？

正是这种意义上的"确切的翻译"，对我们构成了真正的考验。

最后，我想谈谈对翻译策兰的态度。在《保罗·策兰诗文选》译者序言中我曾这样写道："策兰的诗需要我用一生来研读。它要求的是忠诚和耐性，是一种'不为人知的秘密的爱'……"我想这仍是我在今天的态度。面对策兰这样一位诗人，我们谁也不能说我们有绝对的把握来翻译他。我们要求自己的，只能是对诗的敬重以及对翻译本身的局限性的觉悟。

近年来，对策兰的翻译和谈论也多了起来。这反映出人们对策兰作为继里尔克之后最伟大的德语诗人的看重。像策兰这样的诗人，也完全应该在中文世界里拥有多种不同的译本，以满足人们进一步的需要。

但是，这种翻译不应是炒作，不应是卖弄。这种翻译也不可自以为是和轻率。对策兰的翻译和探讨首先要求的仍是诚实。在这个问题上，任何人都没有特权。有一位著名人物，明明是读了、参照了并受益于别人最初对策兰的翻译，到后来却以权威的姿态评判一切,并摆出一付"正好我手边有某某的译本"的姿态。这里且不谈他后来"攒"出来的译本中的问题,这种姿态和做法已远远超出了作为一个译者的职业底线。

这里还有一个转译问题。近年来有的德语学者也以权威自居,声称别人不懂德语怎么竟敢翻译策兰!我要说的是,任何人都有权利翻译策兰,包括从英文中转译(我想,一个译者即使德文再好,他在翻译策兰时也最好参照一下英译或法译,因为那对他有益)。当然,翻译策兰最好懂德语,但懂德语并不意味着就可以译策兰。看看这些人的译文马上就会知道,懂德语并不一定具有天然的优势。最主要的,我们还要看译文本身。庞德本人并不是汉学家,并不怎么懂汉语,但是他却令人叹服地从英语中复活了李白的诗魂;卞之琳先生早年所译的里尔克的长篇散文诗《旗手》,也是从法文中转译,它至今仍让人叹为观止。这又怎么解释?

看来在今天,我们需要深化和刷新我们的翻译观念,我们还得破除这种"直译的神话"(即对直接从原文翻译的译本的迷信,以及与此相联系的对"转译"的轻视乃至盲目否定)。我本人最认同并受益的,是本雅明在他那篇《译者的使命》中提出的翻译观。在本雅明看来,翻译是借助于多种语言对"纯语言"的发掘和显露,它体现了各语言之间至关重要的互补关系,体现了语言自身的更新和成长。德里达在谈论策兰时也认为我们并不真的"拥有我们的语言",只是在翻译的过程中,在不同语言的相互映照和相互挖掘中,我们才有可能显露出那种真正的、绝对的语言。

这样，让策兰来到德、英、汉这多重语言的交汇处就有了必要。我们的翻译，就处在这三种语言之间。这里是一个例子：如策兰晚期重要诗作《你躺在》的头一句，按德文原诗"Du liegst im grossen Gelausche"，应译为"你躺在巨大的倾听中"，我看到的数种不同英译本，都是这样来译的，如乔瑞斯译本："You lie in the great listening"，费尔斯蒂纳译本："You lie amid a great listening"。但是，费尔利（Ian Fairley）却把这一句译为："You lie in the great auricle"——"你躺在巨大的耳廓中"！

说实话，我为发现费尔利的译本而深感兴奋。这显然是一种创造性译法，而又完全忠实于原作精神。"耳廓"一词，看似自造，却也正好带着策兰"晚期风格"的特征（策兰晚期经常运用这类解剖学术语，如"耳道"、"颅侧"等等），重要的是，这样来译，不仅很形象，它创造了一个意味深长、令人难忘的隐喻！

策兰这首诗写于1967年圣诞节前在柏林朗诵期间。雪的柏林，洋溢着圣诞节氛围的柏林，充满创伤记忆与遗忘的柏林，令诗人沉痛而又伤感的柏林，它不是一只"巨大的耳廓"又是什么？正是在一个译者对"纯语言"的挖掘中，它伸向了对历史和上帝之音的倾听！

因此，在翻译这首诗时，我在参照德文原诗和策兰的朋友斯丛迪专门介绍策兰这首诗的文章《伊甸》的基础上，主要依据了费尔利的译本。以下是我的译文的头两句：

> 你躺在巨大的耳廓中，
>
> 被灌木围绕，被雪。

就这样，在经过一种忠实而富有创造性的英译之后，策兰再一次被汉语重写了——有心的读者会注意到，这两句的第二句显然运用了汉语的独特句法，它和策兰式的隐喻性压缩也正好相称。所以最重要的，是看一个译者能否在多种语言的参照下，真正进入到诗的内部去工作。怎样在翻译时直抵语言的造化之功？怎样不是满足于一般的语言转换，而是从自身的劳作中"分娩"出一首诗？或者问，怎样不仅是忠实于原作，还要"对得起"原作，甚至照亮原作？——这，才是对我们真正的考验。

博尔赫斯在谈论英国诗人菲茨杰拉尔德对《鲁拜集》的翻译时曾这样感叹："一切合作都带有神秘性。英国人和波斯人的合作更加如此，因为两人截然不同，如生在同一个时代也许会视同陌路，但是死亡、变迁和时间促使一个了解另一个，使两人合成一个诗人。"①

诗的翻译不同于一般的翻译，它在根本上，正是为了使"两人合成一个诗人"。这当然是一个极其困难和艰巨的过程。那就让我们继续努力，为了策兰，也为了汉语诗歌自身。这里，仍是策兰写给巴赫曼的那句话，它用在诗的翻译上也完全合适：

---

① 豪·路·博尔赫斯：《爱德华·菲茨杰拉尔德之谜》，博尔赫斯小说诗文选《巴比伦彩票》，王永年译，云南人民出版社1993年版，第251页。

存在，是的，我们可以，并且可能。存在——为了相互存在。

（该文为2009年4月底在台北德国文化中心的演讲稿，后刊发于《世界文学》2009年第5期，收入本集时有所修订）

"真理扑扇的一角"

如同人们看到的，作为一个诗人，特朗斯特罗姆一开始就显示了其优异的诗歌天赋，他尚在 23 岁时出版的第一本诗集《诗十七首》(1954)，今天看来仍不能不说是一个奇迹。这样一位诗人，大概只能用"天才"来形容。

但这样一位诗人也是有"来头"的。读《诗十七首》中的《水手长的故事》(李笠译，以下所有引诗均为李笠译)，读到在无雪的冬天"海披着灰羽毛蹲着"并"短瞬发蓝"这样的令人眼睛一亮的诗句时，我就不禁想到了帕斯捷尔纳克的"海面像展开的白桦树皮"(《起航》，王嘎译)。就在帕氏的这首诗中，还有着"盐从天上滴落"这样一个开头，诗人为我们展现了一个怎样的诗性宇宙！而在特氏早期的《果戈理》中，我们也读到如此奇异的句子："此刻，落日像狐狸悄悄走过这国土／闪电般点燃荒草／天空处处是角和蹄子……"

特朗斯特罗姆曾说过在他成为一个诗人的路上曾受到帕氏的影响。的确，在很多意义上，这两位都是处在"同一纬度"的诗人("彼得堡和毁灭位于同一纬度/你看见了斜塔上的美人吗?"《果戈理》),或者说在他们那里,都有着某种赋予万物以生命的魔法,某种谜一样的、我们怎么也说不清楚的语言魔法。对于早期的帕氏,似乎他的全部诗学就是"生活,我的姐妹",诗人和他的"生活姐妹"亲密无间、声息相通,他们相互关照,一起成长,所以他能写出"黄昏以它钟楼的全部青铜闯进你的窗户","太阳依偎着巨大的冰块取暖"这样的诗句,即使在散文中,他也会这样来形容"芳香四溢的晚色":"如同一滴海水灌入耳鼓,使整个颅骨都变聋了"!甚至,在他早年给茨维塔耶娃的信中,他也会这样说:"这是第四个晚上,我把多雾、泥泞、满天阴霾的夜的布拉格塞入大衣的口袋里,远处的桥,突然出现在我眼睛前面的——是你……"

一个"塞入",这看似随意的一笔,顿时间把人世的散文变成了诗!这就是帕斯捷尔纳克。只有这样的诗人才会这样说话。也正是以这样的修辞手法和近乎神启的语言,诗人实现着精神与自然之间奇妙的转换,"揭示或表现无人知晓的、无法重复的、独特的活生生现实"(帕斯捷尔纳克致美国译者信)。在以赛亚·伯林看来,帕氏比任何人都更生动地诠释了文艺复兴的理念,"即认为艺术家是可与大自然本身相匹敌的创造者",他所拥有的天赋使他比其他任何人都更能将人与事物"鲜活的品质和生命的律动"传达出来,在他那里,"石头、树木、泥土和水在一种近乎神秘的意境中被赋予了生命"。(见以赛亚·伯林《苏联的心灵》,潘永强、刘北成译)

在特朗斯特罗姆那里，我们也时时感到了这一切。在《冰雪消融》一诗中，"灌木中词在用新语言呢喃：/元音是蓝天，辅音是黑色枝杈，它们在雪中漫谈"，这是多么美妙的、创世般的语言！而在《水手长的故事》里，沉船会在无雪的冬天"走出海面，寻找城市的警报里静坐的船主"，沉没的水手则被"吹向比烟斗的烟更细的陆地"，而北方"有长着尖爪和梦游眼睛的/真正的山猫"！这样的诗，不仅创造了一种奇异的境界，也真正传达了北欧"冬天的精神"。诗人阿多尼斯就曾这样论述特氏的诗："当我们阅读这些富有动感的隐喻的诗作，我们似乎发现：不是现实创造了诗，而是诗创造了现实"；"如果说，意象是'话语的黎明'——正如加斯东·巴什拉所言，那么，托马斯·特朗斯特罗姆的诗歌呈现的便是这样的黎明"。（阿多尼斯《在宇宙的怀抱中》，薛庆国译）

我想，人们之所以如此喜爱特氏的诗，就因为它带来了"话语的黎明"。它不仅完全改变了人们关于北欧诗过于阴沉干冷的印象，而且带来了一种更为新鲜、饱满、敏锐的诗性。的确，同帕斯捷尔纳克一样，他不单是那种只写出了一些好诗的诗人。他刷新了那个时代的诗歌语言和感受力。而且那也绝不是一时的新鲜——同帕斯捷尔纳克一样，他是那种受到天地祝福的人，永恒的盐在为他们的语言保鲜！

显然，特朗斯特罗姆在艺术上也曾受到超现实主义的很大开启。没有这种开启，就很难设想他会写出"醒悟是从梦中往外跳伞"(《序诗》)这种惊人的诗句。这种影响之重要,就在于使他找到了"打开花园"的那个秘密按钮(见他写到艾吕雅的那首《礼赞》。他的一些诗句,也让人联想到艾吕雅的"绿色敲打着街道的肩膀"等等)。

话说回来,在 20 世纪的现代诗人中,几乎没有不受到超现实主义的艺术洗礼的。策兰的那种"幽灵般的感受力",那种对语言的重新发现,都和这种影响有关。在早年为超现实画家热内所写的《埃德加·热内与梦中之梦》一文中,策兰就这样宣称:"我想我应该讲讲我从深海里听到的一些词,那里充满了沉默,但又有一些事情发生。我在现实的墙上和抗辩上打开了一个缺口,面对着海镜。我等了许久直到它破裂,并可以进入其内部世界的巨大晶体。头顶着未被安慰的发现者的巨星,我追随着埃德加·热内的画作。"

策兰的这段话,道出了超现实主义艺术的"革命性":它对人类理性的撞击,它对想象力和感受力的解放。从这个意义上,特朗斯特罗姆的诗同样是在现实的墙上"打开了一个缺口"。不这样他就无法进入到他所"继承"的那座"黑暗森林",并在那里看到"死者和活人交换位子"(《牧歌》),或是在面对港口一个个挨着的庞大船头时,竟会产生"童年的玩具"已"长成巨人"(《西罗斯》)这样的惊人诗思……

这也就是为什么特氏的诗在美国会首先受到"新超现实主义"或"深度意象"诗人罗伯特·勃莱的注意和大力译介(他们因此而成为终生好友)。对勃莱来说,他之所以在师承庞德和中国古典诗的同时转向了超现实主义，这可能正是一种如他自己所说的"保持蛙皮湿润"的必要方式。他的"深度意象诗"与早期意象派的区别在于，它既着重于诗的具体性和意象的创造，又有一种超现实主义式的非理性联想、"奇特关联"和深层暗示逻辑。在这个意义上，我们不妨说特朗斯特罗姆的诗也就是一种带上了北欧味道的"深度意象诗"。

的确，他受惠于超现实主义，受惠于马拉美以来的欧洲现代诗歌，受惠于帕斯捷尔纳克、艾略特和艾吕雅，正如他受惠于斯堪的纳维亚山脉严峻的冰雪与温暖的波光如镜的波罗的海。特朗斯特罗姆并不是盲目地接受他人的影响的。从一开始，他就有着自己的坚定不移的罗盘。他最终展现出的，是他自己的独特风貌和音调。他不仅超越了任何流派的限制，还如兰波所梦想的那样，达到了"陌生处"。

对此，读读勃莱的一段话，也许会有助于我们理解特朗斯特罗姆这样的诗人。在谈到他所崇敬的中国古典诗时，勃莱这样说："在古代中国，各个层次的知觉能够静悄悄地混合起来。它们不像冬天湖水那样分成一层又一层，而是不知怎的都流在一起了。我以为古代中国诗仍是人类曾写过的最伟大的诗。"（见王佐良《勃莱的境界》）

我想，特朗斯特罗姆的诗之所以迷人，也正在于它吸纳了各种元素、各种艺术的水流，但又"不知怎的都流在一起"！它所体现的，是诗的也是生命的最深的奥秘。

"通过凝练、透彻的意象，他为我们提供了通向现实的新途径。"的确，诺奖的这个颁奖理由，说出了人们对特朗斯特罗姆的主要感受。他的诗新奇，但却不像一些先锋派诗人那样为新奇而新奇。他的诗美丽，甚至可以说很精致，但却一点也不苍白，而是带着生活本身的血肉和质地。而我们被他的诗所吸引，在很多时候，也正因为它在今天对我们仍具有一种深切的"现实感"。

我想这就是我要说的。我们谈论的这位诗人，并不像有人所说的那样是一个什么"纯诗诗人"（虽然"纯诗"也是他的一个语言向度）。他写作，为了语言的完美而工作，但也是为了在混乱的经验中确定一种现实感，为了实现如哲人阿甘本所说的"向我们未曾在场的当下的回归"。对此，我们再来看他的《七二年十二月晚》一诗：

我来了，那隐形人，也许受雇于一个
伟大的记忆，为生活在现在。我走过

紧闭的白色教堂——一个木制的圣人
站在里面，无奈地微笑，好像有人拿走了他的眼镜

他是孤独的。其他都是现在，现在，现在。重量定律
白天压着我们工作，夜里压着我们睡觉。战争！

这首诗同特氏的许多诗一样，把多个层次压缩在一起而又透

出一种很大的张力。也可以说，它具有一种"复调"的性质，但我们仍然可以把握到其脉络：诗一开始，到来的"我"与受雇于记忆的"隐形人"就有点浑不可分，他们同时到来，"为生活在现在"，为进入一个诗的"当下"——诗人一开始就显示了他的这种努力。

接下来一节也很重要，并且不可替代。"我"在通向现在的路上路过一个紧闭的教堂，好像只一瞥，就洞见了其中最难堪的秘密："好像有人拿走了他的眼镜"，这个联想性细节，不仅活现出"木制的圣人"的尴尬和无奈，也很耐人寻味。它指向了全诗的一个主题性背景：神在现代生活中的缺席和失效。

到了第三节，"其他都是现在，现在，现在"，这种词语的一再重复和强调，一步步把我们楔入到"当下"之中，到最后则把我们推向"战争"，推向与现实的"重量定律"的搏斗！"战争"当然是一种隐喻。而我们被它所紧紧抓住，就因为在这样的诗句中，我们自己的命运"发生"了，或者说，"当下的脉搏"开始了永久的跳动！

一个诗人与语言的搏斗，就这样同时体现为一种与"真实"的角逐。或可说，正是这种与"真实"的角逐，这种从梦中"往外跳伞"而进入当下的努力，在推动着诗人诗艺的探索和发展。我们看到，诗人后来的很多诗，不仅体现了其"经验的生长"，也愈来愈多地体现了他对人的当下处境的深刻洞察和反讽。对此，我们来看看诗人晚年所写的《上海的街》中的若干片段。这绝不是一首一般意义上的观光诗，它凝聚着诗人解读世界和自身的深刻努力：

> 鲤鱼在池中不停地游动，它们边睡边游
> 它们是信仰者的楷模：运动不息
>
> 我被无法读懂的文字包围，我是一个地道的文盲
> 但我付了该付的，每件东西都有发票
> 我攒了这么多不可辨读的发票
> 我是棵老树，身上挂满了不会飘落的叶子
>
> 某个东西从背后悄悄跟来，蒙住我们的眼睛，低声
> 说："猜，我是谁！"

这就是诗人在"上海的街"上所确定的一种现实，或用该诗中的一个隐喻来说，所捕捉到的"真理扑扇的一角！"（"我爱这只菜粉蝶，仿佛它是真理扑扇的一角！"）在一个远远超出了我们理解的世界上，这"真理扑扇的一角"是多么令人喜爱！它所显示的，不仅是一个新颖、精彩的隐喻，更是一种言说真实的技艺和能力！

在帕斯捷尔纳克的小说《阿佩莱斯线条》（乌兰汉、桴鸣译）中，诗人给我们讲了这样一个故事：传说有一次希腊画家阿佩莱斯去拜访自己的对手宙克西斯，宙克西斯不在家，他便在墙上画

了一条线,宙克西斯根据这条线便猜出是哪位客人造访了他。

而这个传说,我猜想,很可能是诗人的父亲——那位曾给托尔斯泰的小说做过插图,给来访的里尔克画过传神肖像的著名画家告诉他的。在我看来,这实际上也构成了帕斯捷尔纳克早年艺术追求的一个隐喻。就在这篇小说中,有一位神秘的"陌生人"这样要求主人公:"您的叙述要简洁,不能超过阿佩莱斯所画的那一道线","您已掌握了那根像生命本身一样的唯一的线条,那么就不要放掉它……把这条线延长下去","只用一条线,一条阿佩莱斯线,就表达出……全部存在、全部实质!"

而诗人记住了这些话,他把这种来自语言的教诲一直带在身上,在《日瓦戈医生》中他这样赞叹拉丽莎:"她的美是极其简单、极其流畅的线条美,是造物主从上到下一笔画成的。"而他自己的那一首首诗作本身也正是这样,"你那美丽身躯的奥秘,就是生活之谜",也是创造之谜!

在这里,我引用"阿佩莱斯线条"这个传说,是因为它有助于我们理解特朗斯特罗姆那些看似单纯、线条简洁的诗,理解他那惯有的简洁、凝练和减缩,最终,理解他对"雄辩"的放弃。("诗人必须……敢于割爱、消减。如果必要,可放弃雄辩,做一个诗的禁欲者。")

而这一切,我想,都不单是一个风格的问题。这出自一个诗人对艺术、对生命本身更为本质的领悟能力。同帕斯捷尔纳克一样,在特朗斯特罗姆的诗中,在他所有的字里行间,一位天赋的诗人应那位神秘的"陌生人"(诗神?)的要求,不仅出示了自己

"阿佩莱斯式身份证明",也一再地——在这样一个平庸的年代,让我们领会到那"不再存在的奇迹"!

的确,诗人所相信的没有错,是存在着那样一条"阿佩莱斯线条"——那一条时隐时现的线,就是把我们带出黑夜的一道晨曦。

2012.1

在你的晚脸前

> 语言的本质是一种质询。
>
> ——埃·列维纳斯

在你的晚脸前,
一个独行者
漫游在夜间
这夜也改变了我,
某物出现,
它曾和我们一起,未被
思想触摸。

"在很长一段时间里,对我而言,这首诗显得尤其难解,因为对于它到底在讲什么,有着极为广阔的阐释空间。"迦达默尔在解读策兰时曾如是说。

这说出了我同样的感受。一首看上去如此简单的诗,不仅显示了一种"幽灵般的感受力",而且也包含了对任何阐释的抵制。也许正因此,多年前我译出这首诗后,它就不时地萦绕着我。

收到"开放的肖像展"约稿后,我又想到了策兰这首诗。对于肖像画的探讨,当然应在绘画和艺术史的具体语境内,但在绘画、诗歌和哲学之间建立一种关联,或许也能给我们带来一些有益的刺激和启示。

我们来看这首诗。它首先引人注意的,是"晚脸"(Spaets Gesicht/Late Face)这个不无突兀的意象。对此我最初译为"晚来的脸孔",属于"阐释翻译",随着对策兰的世界更深入的进入,后来才干脆译为"晚脸"。

不仅是"晚脸",在策兰后期诗中还出现了"晚词"、"晚嘴"这类他自造的词语或意象。它们在具体的诗中出现而又相互呼应,它们在诗学上的意义,就如同德里达在谈论策兰时所说,就是"给语言一个新的身体,给语言以身体,为了语言的真理能够如是地出现,出现并且消失"。[1]

我已在其他文章中探讨过策兰的"晚嘴"、"晚词"。总的来看,这涉及诗人在荷尔德林、里尔克之后对自身创作的历史定位,尤其是涉及他在"奥斯维辛"后试图找到一种新的语言载体和言说的可能性的艰辛努力。

---

[1] Jacques Derrida: *Sovereignties in Question, The Poetics of Paul Celan*, Fordham University Press, 2005.

那么,"晚脸"呢?它更难阐述。它带着自身的光晕和"全然的脆弱"出现,而又不可"被思想触摸"。它本身就是一个谜团。

在策兰诗中,与这种自我显示而又隐匿的"晚脸"相关联的,还有"无眼睑"这一意象:

> 作为颜色,堆积,
>
> 造物们归来,傍晚的嘈杂声,
>
> 四分之一季风
>
> 无需床铺,
>
> 说行话的祈祷者
>
> 在那些被点燃的
>
> 无眼睑之前。

可以说,这是"后奥斯维辛"时代的一种"抽象",看上去又仿佛是过去时代绘画的一种反讽性折射。诗的重心,最后落在了"被点燃"的"无眼睑"上。那仍是一张脸(或一张张脸),但它却"无眼睑"。那是一种更难命名的存在——它就处在那"说行话的祈祷者"眼前,却又更深地"蜷缩"在自身之内。

我们知道,在策兰的诗中,甚至还有"无人"(Niemand/No one)这一指称或"形象"。它并不是说没有人,而是指向了某种"不落形相"的"不在者之在"。如同有的研究者所指出的:"这里大写的'无人'仿佛已经由否定性的'没有人'变成了一个肯定性的'位格'(Person),'无人',如同多变的奥德修斯回答独眼巨人的问题:我是'无人'。"①

而这一切,是不是与我们今天对肖像画的探讨也有一种关联。肖像画消失而又回来,成为"没有肖像的肖像画"。而在它的"脸"上,在那仍隐约可见的脸上,或已不是脸的脸上,"说行话的"阐释者们,遇上了一些新的难题。

不独是在策兰的诗里,在现代哲学那里,"脸"也早已成为一个被关注的对象。在这方面,我们来看法国哲学家埃曼纽尔·列维纳斯(他也曾写过关于策兰的文章)的一些论述。列维纳斯的哲学以"面向他者"为核心,而"脸",正显现了存在与他者的神秘关系。在这位犹太裔哲人看来,整个欧洲传统哲学都倾向于"将他者缩减成自我","奥斯维辛"便是对"他者"的暴力体现。但是,有一种力量拒绝了同化和杀戮,"这便是脸的呈现"。

这样,在列维纳斯那里,对"脸"的关注就成为他打开存在新的维度的一种方式。"脸"不仅包含着道德戒律("脸"本身直接就颁布道德命令,"脸的第一句话就是'不可杀人'"),它还带有形而上学的意味。"脸"是自我与他者的一种"相遇"(脸只有在面对面时才是脸),正因为如此,"脸"也是一种言谈和表达,"脸言说,脸的显现就已经是一种言谈了",因此"语言开始于脸中"。在脸的显现中,是交流与语言质询的开端。

但是,列维纳斯所谈的"脸"却不是视觉可以把握的东西,

---

① 见豆瓣网"策兰小组"上艾洛的文章。

虽然它具有某种"可见性"。它是一种灵显,是他者的纯粹表现。它当然与我们有关,但却不是我们的自我投影,而是带着全部的不可缩减的"他性"向我们提出要求,尤其是:"脸抵制拥有,抵制我的权力。"也正是在这个意义上,在这种无法解开的存在之链中,列维纳斯称人为"他者的人质"。①

这不禁又让我想到了策兰诗中的"晚脸":它被语言召唤了出来,但又显得若即若离。它的显现,使诗中的"独行者"由白日的统治进入夜的保护、进入到事物的亲密关系中,就在这透明的、似乎能解除任何分隔的夜里,"我"感到自身也被改变了,并且还有"某物"出现,而"它""曾和我们一起,未被/思想触摸"——这最后两句,就像一个警句式的"封印",使诗骤然结束。

这就又有了一个问题:这里的"它"指的是什么?诗一开始显现的"晚脸"?还是在它注视下出现的"某物"?这里有一种不确定性。总之,它未被思想触摸,也不可触摸。这就像列维纳斯所说的存在的"踪迹",它既显示自己,又会抹去自己;它就像一张体现"双重曝光"的底片,留下踪迹,又会在同一瞬间挥发、逃逸……

这一切,都处在"你的晚脸前",当然,也处在它的注视下(德里达在论列维纳斯的《暴力与形而上学》中,就引用过舍勒的

---

① 列维纳斯关于他者和"脸"的论述,参见柯林·戴维斯《列维纳斯》(李瑞华译,江苏人民出版社2006年版)、孙向晨《面对他者:莱维纳斯哲学思想研究》(上海三联书店2008年版)、英格博格·布罗伊尔等著《法意哲学家圆桌》(叶隽等译,华夏出版社2003年版)。

这句话:"我看见的不只是一个他者的眼睛,我还看到他对我的注视")。它不可触摸,但又使事物出现,它甚至会改变我们;但它又像迦达默尔在解读这首诗时所说,它在使我们的自我意识"不断成长"的同时,又使我们"能够逐渐确认那一直存在的距离——那种与隐匿的上帝的距离,那种与最靠近我们的事物之间微茫的距离"。

这一切,我知道,对我们这些生活在汉语世界里的人多少会显得有些陌生难解(这也正表明了"他者"对我们的意义)。"脸",在我们这里当然也很重要,因为它事关人的体面和尊严,如"丢脸"、"不要脸"、"你这张老脸往哪里放"等等。但是,对"脸"的特殊关注以及与此相关的肖像画在我们的传统中从未占有一个重要的位置。我们没有一套"脸的形而上"。我们偶尔也画画脸,却很难说从这张"脸"上打开了精神所有的深度和向度。

但是,在生命的暗夜中,不是同样有一张"脸"时时为我们显现吗?数千年来,在一代代人对另一张"脸"——"月亮"——的凝视中,我们又在辨认什么?是不是也在辨认一种"无名的面容"?

还是让我们回到策兰的诗上。这是一张"晚脸",但它终于显现了,换言之,这也是一张诗人很晚才看到的"脸",但他终于看到了(虽然这只是瞬间性的)。如果了解策兰更多,我们还可以说这是一种"唤回"——它伴随着"奥斯维辛"之后对上帝的痛苦质疑和信仰的艰难复归。

而这一切，在策兰那里，一直被纳入到一种"我与你"的对话关系之中。因而这首诗中的"晚脸"，只能是"你的晚脸"。正是"在你的晚脸前"，生命的亲密性被召唤了出来，说话的"我"意识到自身，成为自身。

不过，在策兰的另一首诗中，这种"我与你"的对话却并不那么简单：

我仍可以看你：一个回声，
可用感觉的词语
触摸，在告别的
山脊。

你的脸略带羞怯
当突然地
一个灯一般的闪亮
在我心中，正好在那里
一个最痛苦的在说，永不

这首诗给人以一种清醒的梦魇之感。在诗人进入的黑暗中，生与死的界限被取消了："我仍可以看你"。这个"你"是谁？一位远去的神、已告辞的灵魂？或一位不可知的他者？从不现身的对话者？死亡？上帝？但无论怎样理解这个"你"，那都是这首诗的全部依托。

然而一切仍是那么艰难，充满悖论。"我仍可以看你"，诗人庆幸自己还可以看到，还可用词语在告别的山脊触摸到那远去的回声，然而使人震动的是诗的下一节："你的脸略带羞怯"，这里又出现了"你的脸"，它在一瞬显现，而又"略带羞怯"。为什么羞怯？这就是列维纳斯指出过的他者之脸的性质：它不愿被惊动，更不会被占有。它永远是一个不解之谜，而我们与他者的关系就被这个谜团维系着："这个谜团本身是超验的，他者若即若离……这个谜团是绝对的，而绝对的东西是认知无法触及的。"

诗人当然凭着他的本能知道这一切。当"你"带着一脸的羞怯在那一瞬显现、隐匿，一声更内在、模糊的声音也被听到了，那就是"永不"！

而这些，会不会也是人们在画一幅肖像时所遇到的难题。

我想是的。对"脸"的研究，包括对肖像画的探讨，在形而上的层面，很可能就伴随着这种悖论，伴随着这种"语言的质询"。即使肖像画面对的是具体的活生生的"这一个"，它也终将成为对"逼真"的质询，对"客观"或"主观"的质询，对自我与他者的关系的质询，对在场与不在场的质询，最后归结为对肖像画自身的质询。

无论你画的是谁，你画的都是"一张脸"。而那一张脸在抗拒着你。

"脸"的问题，就这样愈来愈成为一个问题。在一篇关于"脸"

的随笔中，意大利哲学家阿甘本（他同样很关注策兰）甚至认为"脸"已变成"为真理而进行斗争的场所"，因为"脸的昭示，是语言自身的昭示"，但它既揭示又隐藏，"脸既是人类无可避免的被暴露的存在，又是人类在其中隐藏并保持隐藏状态的那种开放"。

正因为"脸"自身隐含的这种二元性，在阿甘本看来，这是一出"表象的悲喜剧"："脸只因其隐藏才揭示，只因其揭示才隐藏。如此，理应展示人类（存在）的表象变成了背叛了表象的表象自己的类似物，在这种类似物中，表象再也认不出自己。"

当然，我们的思想家并没有因此陷入绝望，在他看来还有一种超出了哲学思辨的诗性的力量："抓住脸的真理，并不意味着抓住类似物，而是说，要抓住面容的同时性，也即，使面容（聚）在一起并建构其共同存在的不安的力量。因此，上帝的脸，就是与人脸的同在：它是但丁在天堂'活生生的光'中看到的'我们的肖像'。"（吉奥乔·阿甘本《脸》，王立秋译）

最后，仍是策兰的诗。在一首描述雏海鸥与老海鸥们争论嘴喙下方的斑点是红色还是黄色的诗中，在论证了"黑色——那做幌子的头部"、蓝色不够刺激、只有"刺激的形象"才能给出"一种被完成的塑形"这样的问题之后，诗人以这样不无讥讽的口吻对我们说道：

朋友，
你披着柏油套袋的赛跑者，

也来到此地，在这个
海滨，你一路跑入
时间与永恒这两者
仿造的
咽道。

2012.2

一切都不会错过

——斯洛文尼亚国际文学节记行

"亲爱的读者,千万别在/从威尼斯到维也纳的火车上打盹/斯洛文尼亚小得/让你极有可能/错过"——斯洛文尼亚诗人、我的朋友萨拉蒙在他的一首诗中曾这样幽默地写道。好在我不会错过:从威尼斯机场一出来,文学节安排的一辆白色小车就在那里等着,而在去布鲁尔雅那的路上,我也听从了萨拉蒙诗兄的教导:把脑袋尽量"贴在车窗上看"!那么,我看到些什么?我是否"看进去了"?

我是来参加斯洛文尼亚第二十七届维伦尼察(vilenica)国际文学节的。我已去过欧洲很多国家,但斯洛文尼亚的美还是让我惊异。这个美丽的、绿宝石一样的中欧小国,西邻意大利,北接奥地利,南部为克罗地亚,东部通向匈牙利。从车窗里望向北部的阿尔卑斯山脉,在这夏末,似乎仍可感到积雪闪耀,而已落在我们身后的亚得里亚海,它那钻石般的光,也仍打在我们的车框上。森林、森林。村舍与小教堂。森林、森林。光和空气!

怪不得在布鲁尔雅那的旅馆里遇上的许多从其他国家来的作家和诗人，脸上也都洋溢着一种兴奋和喜悦之情了。"在我们都柏林，天总是灰蒙蒙的……"（啊啊，他还没有去过北京呢！）来自爱尔兰的青年诗人柯姆对我说。都柏林我没去过，无从比较，但这个只有二三十万人口的斯洛文尼亚首府，比我去过的贝尔格莱德美丽多了，且不说它那无与伦比的空气和光，也且不说它那著名的山上古堡，它那沿着山下的萨瓦河铺展开来的秀美、典雅的老城区，就说它的书店吧，那里居然有两大排英文诗集专柜（我一下子就在那里买了四本！），单凭这一点，连慕尼黑、布鲁塞尔这样的非英语大城市也没法比啊。

当然，让人难忘的，还有文学节本身。我参加过许多国家的国际文学节和诗歌节，在我看来，这个文学节是最为"丰富多彩"、也最为"隆重"的一次。说它"丰富多彩"，指的是它的节目安排和活动场所。它以距布鲁尔雅那六七十公里的著名养马场和休闲胜地里皮察（lipica）为主场，一二十场朗诵会、专题座谈会、颁奖活动、新书发布会遍及周边的村镇以及布鲁尔雅那市区，甚至延伸到邻近的意大利东北部海滨城市的里雅斯特。文学节的两辆大巴，每天拉着作家、诗人们奔赴于不同的活动地点，从结满累累葡萄的古老石头村，到布鲁尔雅那庄重的演讲大厅，从山上接待过英国女王、美国总统的古堡，到地下神奇壮观的大溶洞——文学节的名字"维伦尼察"，即是以斯洛文尼亚最古老、著名的溶洞命名。当今年的"维伦尼察文学奖"宣布授予前塞尔维亚杰出的犹太作家、现居加拿大的阿尔巴哈尼时，全场的几百听众（这包括了他们的总统），在巨大的钟乳岩下纷纷起立鼓掌——那情景，真让我禁不住周身战栗（我相信，这并不是因为地下太冷！）。

　　说它"隆重"，不仅在于它邀请了众多来自中欧和其他国家的作家、诗人、翻译家、出版人（许多著名作家、诗人，如奥地利作家汉德克、捷克作家昆德拉、瑞典诗人特朗斯特罗默、波兰诗人赫伯特、扎加耶夫斯基等等，都曾参加过该文学节并获过"维伦尼察文学奖"），还在于斯洛文尼亚"举国上下"的重视：文化部长在开幕式上致辞，文学节期间布鲁尔雅那市长设宴招待，总统图尔克先生则亲自出席了闭幕式并致辞。在布鲁尔雅那市区，到处可见文学节的橙红色广告，它已成为一个国家性的文化盛事。这样一个国家，如此重视文学和诗歌，真有点让人惊异。但这就是它的文明传统，它的尊严和精神性所在！在布鲁尔雅那市中心最热闹的广场上，没有别的塑像，只有一座手执诗篇、在天使庇护下的斯洛文尼亚民族诗人弗朗斯·普雷瑟恩（1800—1849）的青铜塑像，它在告诉人们：这就是斯洛文尼亚！

　　也正因为如此，我庆幸我自己有机会成为第一位应邀参加维伦尼察国际文学节的中国大陆诗人。而这里的诗人和读者，除了中国古典诗歌，也把目光投向了"文革"之后的中国当代诗歌。在2010年，斯洛文尼亚出版了一个中国当代诗选，选有北岛、食指、芒克、多多、顾城、舒婷、杨炼等十四位诗人和我本人的作品。今年，我的《蝎子》、《瓦雷金诺叙事曲》、《田园诗》、《变暗的镜子》、《桔子》、《与儿子一起喝酒》等诗又被著名诗人、斯洛文尼亚作家协会主席维劳·托菲尔（Vono Taufer）从英译转译为斯洛文尼亚文,并发表在当地刊物上。已是满头白发的托菲尔先生,一见面就让我感到说不出的亲切。这是一位德高望众的人物,他不仅平易近人,也非常睿智,他的几次演讲和致辞,讲完之后台下都是持久的掌声。在里皮察期间,有一次他特意叫我坐他的车走(而不是随大家一起坐大巴),路上他给我讲到了他的生活,讲到前南斯拉夫"五个民族、四种语言、三种信仰、两种书写,一个政党"的历史,讲到他们为争取"自由思想"而从事的斗争,而我明白了他为什么会选择我的《瓦雷金诺叙事曲》等诗来译了!临别头一天,他还送我他在美国出版的英译诗集,上书"送给我亲爱的诗歌兄弟",在那一瞬间,我的眼睛都有些湿润了。

当然,我还很高兴这次与我的另一位"诗兄"托马斯·萨拉蒙(Tomaz Salamun)的重逢。萨拉蒙为斯洛文尼亚科学与艺术学院院士,在美国也有影响,他经常应邀在美国大学教授创造性写作。我们是三四年前在中国黄山的一个国际诗歌活动上认识的,很多中国诗人都很喜欢他的诗,去年北岛也邀请他参加过香港的诗歌之夜。他本来是维伦尼察国际文学节的评委,每年都要参加文学节活动的,这次因为要不断去看牙医,才留在家中。知道我到了布鲁尔雅那后,他刚看完牙医,就约我在古堡下面吃晚饭。他带来了那本装祯精美的十五人的中国当代诗选送我,我打开一看,选有我的《帕斯捷尔纳克》、《带着儿子来到大洋边上》、《八月十七日,雨》、《日记》、《尤金,雪》等诗。在这之前我一点不知道这个诗选的编译情况,萨拉蒙问我选得怎么样,我说译者很有眼光啊,并问他译得怎么样,他则一边翻书一边竖起大姆指:

《带着儿子来到大洋边上》,好!《帕斯捷尔纳克》,好!……这位"诗兄"就是这样让人感到可亲!后来我们谈到黄礼孩主办的《诗歌与人》准备给他颁奖、女诗人赵四翻译的他的诗集将在北京出版这些事情,这位诗歌老兄腼腆而开心地笑了"啊啊,我都有点不好意思了"。

这次来,还出乎意外地遇到了我早就关注的爱尔兰诗人保罗·穆顿(Paul Muldoon),这也让我兴奋。穆顿曾是希尼的学生,很早就引起人们注意。我早在我编选的《欧美现代诗歌流派诗选》中就选过他三首诗。1987年后穆顿移居美国,后来曾任牛津大学诗歌教授,得过多种重要的诗歌奖,现在他是普林斯顿大学诗歌教授兼《纽约客》的诗歌编辑(他给我的名片即《纽约客》诗歌编辑)。的确,这是一位继希尼之后最重要的爱尔兰诗人,去年他应邀参加香港的诗歌之夜时,据说爱尔兰驻华大使特意从北京到香港去看他。不过纵然如此,穆顿仍保持着他那顽童般的机智、幽默、散漫和可爱,人也活得比实际年龄年轻(他生于1951年)。开幕式结束后的晚会上,我们一见面似乎就不陌生,他拉我在一个桌子边坐下,问我怎么还没有在美国出版诗集,我笑了,说再等一等吧。然后我谈到我和很多中国诗人对叶芝以来爱尔兰诗歌的特殊关注,还谈到他的诗在中国的翻译情况,他则问我香港给他出的那本小诗选翻译得怎么样,我说译得不错,他放心了。

第二天早餐时间,穆顿走到了我和汉娜·阿米亥的餐桌边坐了下来,似乎还有些睡眼惺忪的样子。他对我和汉娜说他早上起来收到电邮,因为机场闹罢工,他在明天提前飞回都柏林再飞回纽约的航班取消了。汉娜不知道说什么为好,我说"你可以骑一匹这里的马回去啊"。他和汉娜一听都笑了。我接着说"对,你的诗中也常写到马,比如《布朗尼……》",他一听,笑着把《布朗尼为什么离开》这首诗的题目补齐了。这首诗写的是一个爱尔兰的农民布朗尼,他"为什么离开,他去了哪儿,/到现在还是个谜",因为如果有什么人应该满足,那就是他,因为他拥有两英亩大麦,一英亩土豆,四头牛,一座石板屋等等;他最后被人瞅见是出去犁地,在一个三月的大清早,而诗的最后是如此让人难忘:

> 到中午布朗尼就出名了;
> 人们发现被他遗弃的一切,
> 最后的轭具还未解开,他的那对
> 黑马,像男人和妻子,
> 轮换着腿蹄支撑重负,并凝望未来。

写出这样的诗并一直保持着创造力的诗人,值得我们期待!

当然,让我更没有想到、并使我深受感动的,是与以色列著名诗人耶胡达·阿米亥的遗孀汉娜·阿米亥(Hana Amichai)的认识。很巧的是(我想这就是中国人说的"缘分"吧),这次来时,我就随身带着一本李魁贤译的《博纳富瓦/阿米亥》袖珍版诗合集,那还是几年前我在台北买的,这次我在飞机上一一读了。我甚至生怕它读完。我再一次知道了什么是我所深深认同的诗人,什么是伟大诗人。我理解了为什么以色列前总理拉宾会这样推荐阿米亥："我认为他是这片土地的桂冠诗人，他的作品深深领会这片古老的、产生了伟大信仰和文化的土地的价值，以及它的痛苦和迷误。"我自己曾在2000年秋天阿米亥逝世后写有一首纪念性的短诗，现在则感到很不好意思，看看人家阿米亥写的："雨下在我朋友的脸上。/我活着的朋友，/用毯子覆盖着头部——/而我死去的朋友，/却没有"（《雨下在战场上——怀念Dicky》），它寥寥数笔，近乎"白描"，却使我读到这里几乎不能再读下去了……

这就是我在飞机上受到的触动，没想到一来到这里，我就听到了"汉娜·阿米亥"的名字！这真是让我难以置信啊。因此，在从布鲁尔雅那到里皮察的大巴上，当有人把我介绍给汉娜时，我从座位上站了起来，并在过道里向她鞠了一躬，然后才去握手。是的，我要向这位曾陪伴着一位伟大诗人的伟大女性表示我的尊敬，我也要借此表达众多中国诗人和读者对一位伟大诗人的热爱和怀念！

就这样，我和汉娜·阿米亥认识了。这是一位高贵、富有洞察力而又平易近人的女性。第二次见面，她就送了我一本阿米亥的英译诗选，并在上面题写了赠辞。那几天，我们常在一起交谈。在这之前，她只知道傅浩翻译阿米亥的诗，因此我把李魁贤译的这本诗集在宾馆里复印后送给了她。我还告诉她阿米亥的重要诗集《开·闭·开》也被译成了中文，在上海还有一家以"开闭开"命名的小诗歌书店呢。听我这样介绍，汉娜真有点惊讶了。

而在后来当我告诉她我翻译保罗·策兰时，她不仅感到惊讶，也一下子振奋了："你知道吗？策兰去过我们家！"我当然知道，费尔斯蒂纳在他的策兰传里把策兰与阿米亥的交往写得很细致。策兰曾在 1969 年 9 月—10 月间访问过耶路撒冷,这是他生命后期最重要的一次行旅,带有精神回归的性质。就在这次访问期间,策兰会见了阿米亥,阿米亥把策兰的诗译成希伯莱语,并读给策兰听,在他送给策兰的诗集上还写下"满怀热爱"的字样,没想到半年后策兰却跳进塞纳河了,这使阿米亥和汉娜都深受震动。汉娜问我"家新,你知道吗?阿米亥为策兰写过两首诗",我告诉她我读到过其中一首,即《耶路撒冷和我自己之歌》中关于策兰之死的那一节。我还问起策兰在耶路撒冷重逢的早年泽诺维奇时代的女友施穆黎的情况,问她是否还在,汉娜很遗憾地告诉我她在几个月前刚刚去世。记得在最初,当汉娜得知我已译了 300 首策兰的诗时,她曾深感惊异"怎么可能?策兰的诗是那样难译"!但当她看到我对策兰是这样熟悉,更重要的,是看到我如此"投入",她不再讶异了——或者说,一切都变得更默契了。

不仅是汉娜,在知道我翻译策兰后,与她同行的几位以色列作家和诗人也一下子和我拉近了距离,有一种"亲人般"的感觉了。女诗人哈娃·品哈斯—柯恒(Hava Pinhas-Cohen),我们到布鲁尔雅那的第二天早上就认识了,那时我坐在旅馆外面喝茶,她走来对我说"你就是从中国来的那位诗人?我很喜欢你的诗"(她应该是从文学节的英、斯双语作品集中读到的),后来知道我翻译策兰后,一定要做一个采访,请我谈策兰、阿米亥和中国诗歌,说是给以色列的一家报纸。我接受了这个访谈,第二天我还收到她一封电邮(其实她就住在我的隔壁),说她内心里怎样"充满感激"!

这就是这些犹太作家和诗人！他们至今仍保持着人类最古老的精神基因，他们经受的苦难，也使他们更能触及我们人性中更深厚的那些东西，这就是从他们中能够产生伟大诗人的重要原因！因此，文学节期间的以色列文学专题朗诵座谈会，我也不会错过。我坐在最远处的一个角落里，当汉娜朗诵阿米亥诗歌的声音传来时，我不仅再次受到感动（虽然我完全不懂希伯莱语），也真切地感到了那"声音的种子"是怎样在黑暗中飞翔、扎根！

难忘的斯洛文尼亚之行。这一次，我还和其他一些诗人有了更深入的交流，比如奥地利诗人、翻译家路德维格·哈廷格尔（Ludwig Hartinger），我们是今年3月在萨尔茨堡附近的劳瑞舍国际文学节上认识的，没想到在这里又见了面！原来，他不仅是斯洛文尼亚诗歌的译者，还是维伦尼察文学节的国际评委，因此他每年都要开车来这里参加活动，如用他自己的话说，从事"词语的偷运"！

因此在里皮察一见面，我们就约好一起出去散步，他如数家珍般地向我介绍这里的著名白马，就在山坡上马车的得得声中，他忽然想起什么似的对我说庄子也曾谈过白马，接着就用英语讲了一通，听他这么一"阐释"，我找出纸来给他写下了庄子的原话："白驹过隙"（"人生天地之间，如白驹过隙，忽然而已"），他一看，有点傻了，"啊，就四个字？""对，就四个字！"

让我感到亲切的，就是这位"老外"朋友对"中国"的迷恋，以及他结结巴巴地"蹦出"几个发音不准的汉字时的可爱。他说他有三百多种关于中国的藏书。他崇拜石涛大师，也学着画水墨画。他说他喜欢鲁迅的《阿Q正传》和《野草》。不过当我说鲁迅受到过尼采的影响时,他又没有想到了。他说他喜欢李白、李贺、杜甫、苏东坡,我说我很难想象杜甫能翻译成德语,然后我打了个比喻(当然这只是一个比喻):李白说"我要喝酒",李贺说"酒来喝我",而杜甫的诗呢,那是一种连中国人也会累死的句法!

说到翻译,哈廷格尔又一发而不可收了:他说在他们那里有一句关于翻译的老话:忠实而不美丽,美丽而不忠实。我说不尽然,我举出策兰翻译的莎士比亚的十四行诗,他又"服了",说要回去找来看。说到策兰,他盛赞策兰对勒内·夏尔《战时笔记》的翻译(因为他也翻译法语诗歌):"译得太好了!你简直不知道是夏尔的好,还是策兰的好!"

后来他给我讲德语的特点:德语不像英语那样擅长韵律,词汇也没有英语那样丰富,但德语有个优长,就是"造句",你看托马斯·曼,那简直是造句的大师。我则给他讲"七律"与"七绝"的区别。后来不知怎的(也许是里皮察过于安谧的缘故吧),我谈到了策兰的"无人",他则像鱼儿吐泡似的,嗫着嘴,一连对着前方发出了好几个"空""空""空"……

看来这位老兄悟性很高啊。那几天,我们散步在一起,坐车在一起。闭幕式结束后的野外晚餐会上,我们又喝在了一起。坐在那里,看着斯洛文尼亚总统也像我们一样排队领份餐时,我深受触动,便对他感叹"我知道我来到一个什么国家了"!他则要拉我去见总统先生,说要把我介绍给他,而我的动作有点迟缓,我对他说:"你知道杜甫是怎样写李白的吗,'天子呼来不上船'!"黑暗中,他的眼睛一下子又睁大了,"是吗?"他兴奋地把这句诗向同桌另一头的人传递,然后回过头来高高地翘起了大拇指:牛啊,怪不得中国人如此崇拜李白了。

不过,我却不能再喝了,明天我还得早起。我还有另一个我早就想去的地方,那就是里尔克的杜依诺城堡,它就离我们住的地方不远!我想,它也在等待着我!

那么,再见,我的这些说着不同语言的同行们!再见,美丽的斯洛文尼亚!明天,我将在回北京的路上在的里雅斯特停留几个小时(然后坐火车去威尼斯机场),我将独自去造访那个立于悬岩之上、迎向远风和大海的城堡,而这似乎是命中早已注定的事,我怎能"错过"?是的,一切都不会错过……

2012.9.13 追记于北京

从"晚期风格"往回看

——策兰对莎士比亚十四行诗的翻译

> 伟大的翻译比伟大的文学更为少见。
>
> ——乔治·斯坦纳

作为一个诗人译者,在英语中,策兰主要致力于翻译艾米丽·狄金森和莎士比亚。

为什么策兰会选择狄金森,正如策兰的美国译者波波夫和麦克休所说"狄金森是照耀他启程的星,而非猎取的目标"。[①] 狄金森对孤独与死亡的承担,她的简练句法和隐喻性压缩,对策兰都会是一种激励。就在 1961 年 12 月初,在奈丽·萨克斯(1891—1970)生日到来前,策兰给她寄上了他翻译的狄金森,并特意标注了狄金森的出生日期"1830 年 12 月 10 日",送给这位同样出

---

① Celan: *Glottal stop, 101 Poems*, Translated by Nikolai Popov and Heather McHugh, Wesleyan University Press, 2000.

生在12月10日的"诗人姐姐"。显然,这可看作是对"家谱"的某种追溯——用萨克斯的话来说,他们同属于那"眼窝深陷的家族"。

不过,纵然有一种高度的认同,但策兰在翻译时并没有简单地去再现。狄金森已经够"孤绝"的了,但策兰的译文更具有一种冰冷的"让人暖和不过来"的力量。费尔斯蒂纳在他的策兰传①中,曾举出狄金森《我猜想,尘世短暂》中的一段:"I reason, we could die——"("我猜想,我们会死——"),在狄金森那里,语气是委婉的,但在策兰这里,死亡不需要"猜想",这首先是一件环绕我们并内在于我们的物理般的事实。因此狄金森的"我们会死",到了他这里,成为一种正在进行的"我们死",而且还加上了一个冷然的"看这里"("Ich denk:sieh zu,man stirbt"/"我想:看这里,我们死")。在狄金森那里,表达的是一种普遍的生死观,但在策兰这里,一切都变得更内在了("在你体内运行的元气,/也会明白这一点"),也更具张力了。的确,这不同于我们在一些诗人那里看到的"死亡玄学",在策兰这里,我们更切实地感到了死亡的"在场"以及生与死的博弈。

这种策兰式的"重写",也贯穿在他对莎士比亚的翻译中,并且变得更"刺目",更耐人寻味了。

据传记材料,早年在纳粹劳动营强制劳动的间隙,策兰在写诗的同时就尝试翻译莎士比亚。1963年夏秋,也就是在他进一步

---

① John Felstiner: *Paul Celan: Poet, Survivor, Jew*, Yale University Press, 2001.

确立他的"晚期风格"的阶段,他在以前多次翻译的基础上译出了21首莎士比亚的十四行诗。

人们很早就注意到策兰的这种翻译,因为就像费尔斯蒂纳所说的那样,在策兰的译文里,"莎士比亚经受了巨大的变化,变成了丰富而又奇怪、往往非常奇怪的东西"。就在策兰逝世后不久,策兰的朋友、富有才华和洞察力的批评家、柏林自由大学教授斯丛迪就曾写过一文,专门探讨策兰对莎士比亚十四行第一〇五首的翻译。[1] 苏黎世大学教授弗雷在后来也探讨过策兰对莎士比亚十四行第一三七首的翻译,并为其"差异"辩护:"差异不仅不是翻译的缺陷,它也是允许自身作为另一种话语从原文区别开来的东西"。[2] 费尔斯蒂纳则在策兰传中分析了策兰对莎士比亚数首十四行诗的翻译。

但是,那里仍有一些重要的问题,首先,为什么策兰会选择莎士比亚?策兰翻译狄金森比较好理解,但莎士比亚却是一位和他的风格如此不同的文艺复兴时期的诗人(如从风格和个人趣味而言,策兰可能更喜欢英国17世纪玄学派诗人邓恩、马维尔,他也译过数首他们的诗),另外,我们还要注意到一个事实:不同于里尔克,策兰一生从未写过十四行诗。

我想,如果说策兰翻译狄金森基于一种深刻的认同,莎士比

---

[1] Peter Szondi: *Celan Studies,* Translated by Susan Bernofsky with Harvey Mendelsohn, Stanford University Press, 2003.

[2] Word Traces: *Readings of Paul Celan*, p346, the Johns Hopkins Press, 1994.

亚,这则是他同"西方经典"进行对话的一个对象,尤其是在他作为一个更成熟的诗人重新回到莎士比亚那里的时候。的确,如果要同"经典"展开对话,还有谁比莎士比亚更合适的呢——如按布鲁姆在《西方正典》中的一个说法,对西方人来讲,"上帝之后就是莎士比亚"。

而这种对话,也绝非一般意义上的对话:它体现了策兰高度自觉的诗学意识,尤其是体现了"晚期风格"对"古典风格"的重新审视。我想,这就是有待我们去深入认识的地方。

这种重写的可能,其实也潜在于莎士比亚的文本中。斯坦纳曾这样来定义"经典":"一种可以'解读'我们的表意方式。它'解读'我们远甚过我们去解读(倾听,了解)它。……我们每次解读经典,经典就会来质问我们。"[①] 当然,这种"质问"之所以发生,仍得经由它的读者——像策兰或斯坦纳这样的读者。

莎士比亚十四行的主题是生、死、爱、时间、诗歌和语言创造本身等等,通过对这些主题的进入,诗人最终达到了他的肯定:"我的爱能在墨痕里永放光明"(第六十五首,卞之琳译文)。这一切,对策兰肯定是有吸引力的。按佩珀的说法,这些主题对策兰来说都是"主题性伤疤"("the thematic scar"),[②] 它们"永不愈合"。

正因为莎士比亚的十四行诗具有了如此的"经典"意义,对

---

① 乔治·斯坦纳:《斯坦纳回忆录:审视后的生命》,李根芳译,浙江大学出版社2012年版,第23页。

② Word Traces: *Readings of Paul Celan*, p353, the Johns Hopkins Press, 1994.

策兰来说,也就有了重写的空间和可能性,更具体讲,有了"借"与"还"的可能性。斯坦纳在他的《巴别塔之后》(*AfterBabel*, 1975)中认为翻译是一个"信任"(trust)、"攻占"(aggression)、"吸纳"(incorporation)、"恢复"(restitution)或"补偿"(compensation)的过程,其间充满了"信任的辩证,给予和付出的辩证"。策兰对莎士比亚的翻译,正充满了这样的"辩证"。

如策兰对莎士比亚十四行第七十九首的翻译,原诗的第七、第八句、第十句的后半句、第十一、十二句为:

> Yet what of thee thy poet doth invent
> He robs thee of and pays it thee again.
> …………beauty doth he give,
> And found it in thy cheek; he can afford
> No praise to thee but what in thee doth live.

> 然而,你的诗人所创造的
> 那从你劫走的,会归还于你
> …………他所给予的美,
> 又在你的面颊浮现;他不能赞叹别的
> 除了在你身上那活生生的一切。

策兰对后三句的译文为:

…………er kann dir schoenheit geben:

Sie stammt von dir——er raubte，abermals.

Er ruehmt und preist: er tauchte in dein leben.

…………给你他能够给予的美：

而它来自你——再一次，他窃取。

他赞颂并获取：他突入你的生命。

显然，这样的译文更有强度，但也如费尔斯蒂纳所说，冒着"篡改的风险"。

策兰完全知道他在做什么。他把原诗第八句的"rob"（抢劫，掠夺）挪到第十一句，并使它在句中占据了一个更突出的位置。而我在这里把"raub"译为"窃取"，因为策兰爱用这个字眼，并赋予了它积极的含义，在给巴赫曼的信中他就这样说："我窃取了你的龙胆草，因此拥有金菊花和许多野莴苣。"（对此可以参照的是，卡夫卡说过犹太人的德语是"窃"来的，曼德尔斯塔姆认为"诗是窃取的空气"。）

正是通过这样的重写，策兰的译作带来了一个重要的转变，即把原诗中诗人与"你"的关系，变成了译者与原作、诗人与诗歌本身关系的一个转喻。如果说莎士比亚是在赞颂他的爱人，策兰则是在对语言本身讲话。斯丛迪很早就留意到这一点，他联想到福柯（Foucault）对"词与物"关系的重新界定，指出在莎士比亚原作中对爱的对象的称颂（这些十四行诗原本就是献给一位神秘的"W.B."的),在策兰这里变成了"语言对自身的言说"。

的确,这是"语言对自身的言说"——通过策兰这样一位诗人,通过他的"借"与"还",通过他的"晚期风格"对三百多年前一位经典诗人的重写和修正。这种重写如此令人激动,它"突入你的生命",进入到语言的黑暗内部,给出"他所能够给予的美",而它"来自你"——在此,一个诗人所做的,就是听命于语言的召唤,"赞颂并获取",反过来说一样,获取并赞颂。

这一切,也都体现在策兰对莎士比亚十四行第五首的翻译中。这首诗的翻译,费尔斯蒂纳已做过一些分析,但它仍具有许多我们尚未完全领会到的重要意义。我们首先来看原文:

> Those hours, that with gentle work did frame
> The lovely gaze where every eye doth dwell,
> Will play the tyrants to the very same
> And that unfair which fairly doth excel;
> For never-resting time leads summer on
> To hideous winter and confounds him there,
> Sap check'd with frost and lusty leaves quite gone,
> Beauty o'ersnow'd and bareness every where.
> Then were not summer's distillation left
> A liquid prisoner pent in walls of glass,
> Beauty's effect with beauty were bereft,
> Nor it nor no remembrance what it was.

But flowers distill'd, though they with winter meet,

Leese but their show;their substance still lives sweet.

以下，我们将读到梁宗岱先生的汉译。近百年来，对"莎翁"十四行的翻译一直是数代中国诗人翻译家的重要目标，从梁宗岱、卞之琳到屠岸等等，都做出过他们各自的贡献。而梁先生的翻译，不仅为全译（154首，卞先生只选译了7首），也广受好评，它们不仅影响了数代中国读者，也影响了一些后来的译者。现在我们来看梁译（选自《莎士比亚全集》第十一卷，人民文学出版社版）：

那些时辰曾经用轻盈的细工
织就这众目共注的可爱明眸，
终有天对它摆出魔王的面孔，
把绝代佳丽剁成龙钟的老丑：
因为不舍昼夜的时光把盛夏
带到狰狞的冬天去把它结果；
生机被严霜窒息，绿叶又全下，
白雪掩埋了美，满目是赤裸裸：
那时候如果夏天尚未经提炼，
让它凝成香露锁在玻璃瓶里，
美和美的流泽将一起被截断，
美，和美的记忆都无人再提起：
但提炼过的花，纵和冬天抗衡，

只失掉颜色,却永远吐着清芬。

梁先生的译文,大体上忠实于原文,虽然一些地方也有问题,如第四句中的"绝代佳丽"、"龙钟的老丑"(老态龙钟),这类现成习语的套用就显得不那么合适,其间的一个"剁"字也未免太"猛"了点。此外,把第九句开头的"Then"译为"那时候",也值得商榷,从原作来看,这里的"Then"其实最好译为"那么"。

但从总体上看,这首译作在许多方面都堪称优秀,难以为人超越,其中许多句子,如第一句和最后两句,到今天也仍令人喜爱。梁先生没有像有的译者那样,为原诗的"五音步抑扬格"所限定,而是力求触及其脉搏的跳动,并在汉语中再现其诗的质地。他基本上实现了他的目标。可以说,梁译以及卞译,都是我们能拥有的最好的译本,不具备他们那样的诗心、个性和语言功力,也译不出来。

但是,纵然如此,如果我们读了策兰的译文,我们不仅会有一种惊奇之感和被照亮之感,也会回过头来重新打量我们自己的翻译。在我们这里,是不是也可以这样来译?我们是不是需要变革和刷新我们那"老一套"的翻译?我们在今天怎样从我们的时代出发展开对经典的对话?等等。

现在,我们来看策兰对莎士比亚十四行第五首的翻译:

Sie, die den Blick, auf dem die Blicke ruhn,
Geformt, gewirkt aus Zartestem: die stunden—:

Sie kommen wieder, Anderes zu tun:
Was Sie begruendet, richten sie zugrunde.

Ist sommer? sommer war. Schon fuehrt die Zeit
Den wintern und verfinstrungen entgegen.
Laub gruente, Saft stieg…Einstmals.Ueberschneit
Die Schoenheit. Und Entbloesstes allerwegen.

Dann,blieb der sommer nicht als sommers geist
Im Glas zurueck,verfluessigt und gefangen:
Das Schoene waer nicht,waere sinnverwaist
Und unerinnert und dahingegangen.

Doch so,als geist,gestaltlos,aufbewahrt,
West sie,die Blume, weiter, winterhart.

以下对策兰译作的汉译，除了依据德文原文，[①] 我也参照了费尔斯蒂纳的英译。在具体的翻译上，除了第四句为"意译"，大都为逐字逐句的"直译"（当然不可能那么严格）。我尽量忠实策兰译作的语言方式，包括语序及标点符号形式。

---

① 在翻译过程中我也得到了我的德语合作者芮虎先生的帮助，在此致谢。

它们,以最优雅的手艺,打造
打造凝视,让所有眼神歇息:这时辰——
它们再次来临,并做着不同的事情:
那从泥土培育的,它们打入泥土。

夏天?曾经是夏天。时光
已把它引向了冬天和黑暗。
绿的叶,涨满的汁……消逝。雪
掩埋了美。满目尽是赤裸。

那么,如果夏天尚未作为精华留存,
反复蒸馏,被囚于玻璃瓶内:
美将不复存在,只是一阵掠走的感觉
远远消逝并且不再被人忆起。

因而,作为精华,无形,依然被保存,
它活着,这花朵,更芳馨了,严冬。

  读了策兰的这篇译作,首先,我不禁想起了萨克斯满怀惊喜的称赞(虽然她读到的是策兰对曼德尔斯塔姆的翻译):"亲爱的兄弟,亲爱的保罗·策兰:你给予了我如此的安慰,如此的欢欣——这死亡的十一月和它一起发光!再一次,曼德尔斯塔姆——从眼窝深陷的家族而来。你是如何使他从黑夜里现身,带着他所有的语言风貌,依然湿润,还滴着它所来自的源泉之水。

奇妙的事件。变形——一种新的另外的诗和我们在一起了。这是翻译的最高的艺术。"①

这样的称赞,用在策兰的这篇译作上也正合适:"依然湿润,还滴着它所来自的源泉之水",不仅如此,它还是一件"奇妙的事件。变形——一种新的另外的诗"!

的确,这是一首"新的"既忠实于原作而又为原作无法取代的诗!它与原文,构成了一种"光辉的对称"。

对策兰的这篇译作,费尔斯蒂纳也这样做了概括:"它兼具莎士比亚的'实质',又带有策兰自己的句法(syntax)和发音(diction)——他的'表演'(show)。"

"表演"这个词耐人寻味——它可理解为译者自己的出场、个性的呈现和艺术的表现过程本身。

现在我们来具体考察策兰的译文。除了把一首莎士比亚式的十四行体变为一首分为四节的十四行变体外,在具体的翻译上,策兰一开始就对原文做了变动,即以"它们"来替代"那些时辰"。这种看似不起眼的变动,却起到了"一锤定音"的作用:它一下子与原作达成了更深的默契。不直接称呼,而是以"它们"来暗示,这就道出了时间的那种"不言自明性",也比原文更能表现它那莫名的力量。到了第二句的最后,才点明"这时辰",这不仅揭示了时间的"真面目",也以一个破折号,使它构成了下一句的叙事动

---

① Paul Celan. *Nelly Sachs:Correspondence*,Translated by Christopher Clark,The Sheep Meadow Press,1995.

因。这种巧妙的转换和连接,恰好展现了时间的既创造又毁灭的二重性。

写到这里,我又想到了哈姆雷特的那句著名道白,从朱生豪的"生存还是毁灭,这是一个值得考虑的问题",到卞之琳的"活下去还是不活,这是个问题"等等,我们已有了多种译本,但现在看来都还不够理想:相对于原文,这几种译文的前半句多少都有点简化了,而在后半部分,也未能完全进入到哈姆雷特言说的语境,或者说,达成的默契不够。"To be, or not to be: that is the question"(这里姑且译为"存在,还是不去存在:这就是那问题"),哈姆雷特对自身存在的追问就是从这里开始的,他的全部遭遇和内在矛盾把他推向了这样一个临界点:这不是"一个"新冒出的问题,这就是"那问题",或者说,这就是"问题所在",这就是"那个"他一直不得不暗自面对、躲都躲不开的问题。

联想到这一点,我们会更加感到策兰译文与原文所达成的那种默契,那种以"它们"来替代所达成的"秘而不宣"的效果。的确,它不动声色,但更能对那些对时间和死亡有至深体验的读者讲话:去一步步感受"它们""再次来临"的力量。

第二节的开始,又是惊心动魄的一句:"夏天?曾经是夏天。"对照原文,这又是一种大胆的重写。它不仅把"夏天"单独提了出来,而且以一个加上的问号,指向了对生命的追忆和辨认。费尔斯蒂纳也指出了这一点:"当英文十四行诗移向现在时……德文(译文)已经在往回看了。"而这种"往回看",拓展了时间的纵深感,也使全诗带上了一种回溯的力量。显然,策兰把自己的一生都放在这样的诗句中了。至于冬天后面所加上的原文没有的"黑暗",出自他的笔下,更不难理解。德文版本中的冬天,其色调因此而加重,也更难辨认了。

至于第三节"反复蒸馏"中的"反复",是我加上去的,原文和德译中都没有,主要是出于汉语节奏上的考虑,也强调了"提炼"本身;"美将不复存在,只是一阵掠走的感觉"也可译为"美将不复存在,只是感觉的孤儿",策兰所运用的"Sinnverwaist",即包含了这个意思,这是他独特的构词法的一个例证。

而到了结尾两句,则完全是策兰自己的句法和发音了。它显得格外刺目(因为它和原文如此不同!),但也最具创意。策兰的艺术勇气在这里再一次体现出来:他毫无顾忌地打破了莎士比亚的流畅,拦腰把原文切断,再切断,形成了一种策兰式的停顿,甚至由此把全诗带向了"口吃"的边缘。

我们会首先感到:正是这种对原文的切断,使词"成为词",它突出了每个词各自的质地、分量和意味,它们相互脱节,但又相互作用——就在那严寒中,那兀自呈现的"这花朵"("die Blume")也显得更芳馨、动人了!的确,那是一朵奇迹般复活的花的精魂——它不仅是莎士比亚的,也是马拉美的("我说,一朵花!自遗忘中升起,遗忘里我的声音排除所有的轮廓,它不同于我们熟知的花萼,它是所有的花束里所找不到的,一种意念、芬芳的、音乐般升起……"马拉美①),但说到底,它是策兰自己的。

---

① 转引自叶维廉:《众树歌唱》,台北黎明文化事业出版公司1976年版。

他的这朵历经生死、在"严冬"中犹自绽放的花魂,让我们想到了他在"不莱梅文学奖获奖致辞"(1958)中所说的"在所有丧失的事物中,只有一样东西还可以触及,还可以靠近和把握,那就是语言……",也让我们想到了他在《子午线》(1960)获奖演说中所说的:"诗歌在一个边缘上把握着它的立身之地。为了忍受住,它不住地召唤,把它自己从'已然不再'拽回到'还在这里'(Still-here)"。①

的确,它还活着,"还在这里"!但同时——这多少也出乎我们意料,因为它打破了寻常的表现模式——冬天也依然在那里,并且愈加严酷了!这就是策兰译文中的最后一个词"winterhart"("严冬",英文"winterhard")。在生与死、艺术与自然的持久抗衡中,策兰最终也达到了对"这花朵"的肯定,但他并没有因此而取消"冬天"的存在。他让对立面"共存"(因为这就是存在本身!)——让它们共存于一句破碎而又极富张力的诗中!

一般说来,莎士比亚十四行诗的最后两句,往往是概括诗意、点明并强化主题的所在。但在策兰这里,一个"winterhart"成为了全诗最后的发音,而它不绝如缕,把我们引向更深邃、幽静、无限的境界,引向了"语言的沉默"(当然,要体会到这一点,我们得实现由"视觉读者"到"听觉读者"的转变)。由此,策兰也去掉了莎士比亚原诗的哲理意味(其实他从原作中吸取的是诗的

---

① Paul Celan: *Collected Prose*, Translated by Rosemarie Waldrop, Carcanet Press, 2003.

能量，而非哲理，这在他译的其他十四行诗中也体现出来），在保留、深化其实质的前提下，力求使他的译文成为"诗的现场"；换言之，不去阐发什么哲理，而是使它成为一种"存在之诗"。

这就是策兰的这首译作。莎士比亚的诗最后以这样的样貌、形体和气息呈现，看上去就像一个挥之不去的"语言的游魂"，我猜想，这恐怕多少也出乎策兰本人的意料，但它正是语言的神奇赐予。（斯丛迪在他的文章中就借用了本雅明的概念，认为策兰的翻译体现了"朝向语言的意图"。）

但在策兰那里，这一切又是必然的。从第二节引入的"冬天"（wintern），到全诗最后的"严冬"（winterhart），一切都在递进，或者说，更为本质化了。它最后发出的，已不是莎士比亚自信的声音，而是策兰式的在艰难压力下所释放的"喉头爆破音"！

正因为这样一个更严峻，也更耐人寻味的结尾，我们可以说，策兰对莎士比亚的翻译，在很多意义上，就是阿多诺所说的"晚期风格"对"古典风格"的重写。

在阿多诺关于贝多芬的论著中[①]，"晚期风格"是一个核心概念。他这样描述贝多芬的"晚期风格"：压缩（"和声萎缩"）、悖论、嘲讽、非同一性、脱逸（"脱缰逃跑的公牛"）、分裂、突兀停顿、"微观"眼光、碎片化等等；"晚期风格兼含两型：它完全是外延型所代表的解体过程的结果，但又依循内凝原则，掌握由此过程散离出来的碎片"，"作为瓦解之余、弃置之物，这些碎片本身化为

[①] 阿多诺：《贝多芬：阿多诺的音乐哲学》，彭淮栋译，联经出版公司2009年版。

表现；不再是孤立的'自我'的表现，而是生物的神秘本性及其倾复的表现"，等等。

在阿多诺看来，"晚期风格"反映了一种特殊的、更成熟的成熟性："重要艺术家晚期作品的成熟不同于果实之熟。这些作品通常并不圆美，而是沟纹处处，甚至充满裂隙。它们大多缺乏甘芳，令那些只知选样尝味的人涩口、扎嘴而走。它们缺乏古典主义美学家习惯要求于艺术作品的圆谐"。

需要我们注意的是，阿多诺是相对于贝多芬的早期和"古典"阶段来谈论"晚期风格"的，他指出："贝多芬的晚期风格，本质上是批判性的，……也就是说，它对已获致、已'完成'的全体性表达一种不满意。"它"视'圆满'为虚荣"。它具有一种自我颠覆、自我修正的性质。阿多诺由此还这样说："最高等艺术作品有别于他作之处不在其成功——它们成了什么功？——而在其如何失败。它们内部的难题，包括内在的美学的问题和社会的问题（在深处，这两种难题是重叠的），其设定方式使解决它们的尝试必定失败，次要作品的失败则是偶然的，纯属主体无能所致。一件艺术作品的失败如果表现出二律背反的矛盾，这作品反而伟大。那就是它的真理，它的'成功'：它冲撞它自己的局限。……这法则决定了从'古典'到晚期的贝多芬的过渡。"

显然，阿多诺所说的这"法则"，也决定了策兰对莎士比亚的重写，虽然策兰本人并没有使用过"晚期风格"这类说法。他使用的是另一个他自造的词"spaetwort"（"晚词"）。但这几乎就是同一回事。

也正是以这种"晚期风格"对"古典风格"的重写,策兰对莎士比亚的翻译有了它的特殊的重要的意义。可以说,它构成了现代诗歌的一个事件。

作家库切在评介策兰的长文中也曾谈到这一点:"至于莎士比亚,他一次次回到他的十四行诗里。他的译文是令人屏息的、紧迫的、质疑的;它们不想复制莎士比亚的优美(grace)。就像费尔斯蒂纳所说,策兰有时'把与英语的对话演变成了冲突',他依照他自己在他那个时代的感觉来重写莎士比亚。"[1]

的确如此,策兰不想复制莎士比亚的优美,而且要使它变得困难;不想重现莎士比亚的自信,而且要使它变得吃力;不想模仿莎士比亚的流畅,而是拦腰把它切断,亮出彼此之间的深渊。这就是他与一位经典大师的"对话"。这种对话当然往往是冲突性的。正因为如此,它对策兰本人,对我们这个时代的诗歌来说,都会是一种激发。

这种重写,来自一个诗人"晚期"的授权,来自"语言自身"变革自身的要求,同时,如库切所看到的那样,也来自诗人所生活的"那个时代"的授权。在一封写给维尔曼斯的信中,荷尔德林曾提出翻译"应是校勘、体现、显晦,但也要修正"。斯坦纳这样阐发说:"这种修正和改进之所以可能乃至必需,是因为译者是以历史发展的眼光来看待原作的。时间的推移和人们感情的演变使得译者能够完成这一任务。译者所做出的修正是潜存于原作之

---

[1] J. M. Coetzee: *In the Midst of Losses*, The New York Review of Books, July 5, 2001.

中的,但只有译者才能使它表现出来。"①

如是,我们可以说一个"晚期"的莎士比亚来到一个后奥斯维辛时代,来到现代诗歌演变的又一个关键时期,重新打量他自己的早期,并修改他自己。

当然,这只是一种说法。在策兰的译文中我们强烈感到的还是策兰本人,有一种观点,认为翻译是一种两种语言之间、译者与原作者之间"妥协的艺术",然而策兰毫不妥协。在他翻译时如同他创作时,都是"围绕一个提供形式和真实的中心,围绕着个人的存在,以其永久的心跳向他自己的和世界的时日发出挑战"(《曼德尔施塔姆诗歌译后记》,1959)。②

这种策兰式的翻译,对人们不能不是一种冲击。③ 我们这个时代的诗歌最需要的,也正是这种冲击。

这种冲击不仅是颠覆性的,也是生产性的。请注意以上策兰

---

① 乔治·斯坦纳《After Babel》节译本:《通天塔——文学翻译理论研究》,庄绎传编译,中国对外翻译出版公司1987年版,第57页。

② Paul Celan: *Collected Prose*, Translated by Rosemarie Waldrop, Carcanet Press, 2003.

③ 在一封给策兰的未寄出的信中,巴赫曼这样说:"你说,有人败坏了你翻译的兴致。亲爱的保罗,这也许是我唯一不怎么怀疑的东西,我不是说你的报告,而是它们的影响。但是,我现在完全相信你,我现在对那些专业翻译家的恶毒也有所闻,我也没料到他们会搀和进来。有人在讨论我(在翻译翁加雷蒂时)所犯的翻译错误时,曾这样调侃说,那些意大利语很差的人不会伤害我,而那些也许更懂意大利语的人,却完全不知道一首诗歌在德语里应该是什么样子。你明白吗,我相信你,相信你的一切,你的每一个用词。"(Ingeborg Bachmann - Paul Celan: *Herzzeit, Der Briefwechsel*, Suhrkamp Verlag, 2008.)

引文中的一句"围绕一个提供形式和真实的中心……",策兰对莎士比亚的重写,其重要意义,不仅在于内容和感受力的深化,还在于语言形式的重新锻造和提供。正因此,它会成为一个"奇妙的事件。变形——一种新的另外的诗和我们在一起了"(萨克斯)。

我们通过以上的译文及其分析已清楚地看到了:策兰在翻译莎士比亚时,绝不像大部分译者那样在语言形式和节奏上亦步亦趋(如卞先生的翻译,首先就是从"形似"上着手的),而是以"离形得似"的大手笔,重造另一种形式。这种形式的重造,体现在结构、语序、句法上(如以"它们"来替代"那些时辰",这不仅是用词的变化,也是结构上的调整),也体现在对原作诗句的切断和"破碎化"上。这种策兰式的"停顿"(Zaesur),拓开了"换气"的空间,也形成了更为迫人的、完全不同于原作的节奏。

这当然和策兰自己的写作习性和风格有关。正如库切看到的那样:"策兰的诗不是扩展的音乐:他似乎不是以长的呼气为单位,而是逐字逐句地,一个词一个词、一个短语一个短语地创作。"而他的翻译也正是这样,为了给每个词和短语以足够的分量,也为了形成译作自身的节奏。

不仅如此,这样的"停顿",在费尔斯蒂纳看来还有了更多的意味:停顿,这是一行诗内部的断裂、休止,"这样的停顿给了策兰一个物理的标志,使他感到每一样影响着他的裂口。当他翻译莎士比亚时,那里只有一处停顿,他却使它变成多个。荷尔德林关于停顿的看法是,在古典诗剧中那是一个决定性的时刻"。

不独有偶,阿多诺在论述贝多芬的"晚期风格"时也谈到了

"停顿",说那是"困难的决定","以引进一个出乎意料之外的新东西来界定这个新的时刻"。在这种停顿中,"形式深深吸一口气。这中断是道地的史诗刹那。但这是音乐自我省思的当口——它游目四顾"。这样的停顿是"一个逗留,不急着赶路,旅途即是目标……既不前行,亦非浮现,而是'游息'……音乐在底下持续"。

这种富有意味的"停顿",我们在策兰那里都一再地感到了,"夏天?曾经是夏天","它活着,这花朵,更芳馨了,严冬",这些,都是一首诗"自我省思的当口——它游目四顾"!

其实,策兰自己也多次写到这种"停顿":"我从两个杯子喝酒/并耕耘于/国王诗中的停顿……"(《我从两个杯子喝酒》);"穿越大地/裂隙的梳子,/停顿,便来索取"(《词在拳中硅化》)。向谁"索取"?这是怎样一种"索取"?

至此,我们多少已看清了,"停顿",这就是"晚期风格"之使然。在策兰的早期就不是这样。他曾对人讲过,在《死亡赋格》之后,他不再那样"音乐化"了。当他翻译时,他也不再能"容忍"莎士比亚的流畅和雄辩。他所携带的深重创伤,所体验到的存在之难、之不可言说,所面对的"语言的沉默"等等,也迫使他以口吃对抗雄辩,以停顿来代替流畅。如果说在莎士比亚的十四行中,表达的爱丰富而又相对明确,但到了策兰这里,正如佩珀所说:"一个人总是失败于言说他到底爱的是谁或爱的是什么。"[①]

这一切,也总是会对语言有所要求。维特根斯坦在他的哲学

---

① Word Traces: *Readings of Paul Celan*, p363, the Johns Hopkins Press, 1994.

笔记中曾这样说:"当困难从本质上被把握后,这就涉及我们开始以新的方式来思考这些事情。例如,从炼金术到化学的思想方式的变化,好像是决定性的。"①

在策兰对莎士比亚的翻译中,我们感到的正是这种对"困难"的更本质的把握,感到的是诗歌语言自身"从炼金术到化学"的决定性裂变。而他这样做的结果,是完全改变了译文对原文的那种传统的"模式—复制"关系,而把它变成了一种文本上的"共生"关系——恰如德里达在谈论策兰时所说:"给语言一副新的身体。"②

也只有策兰这样的译者,才能完成这种对"古典风格"的多重改写,才可以担当起这伟大的翻译。

而这种跨越时空的对话,也在具体的翻译外进行。据传记材料,1963年10月,就在翻译莎士比亚期间,也许正因为莎士比亚诗中的"冬天"和"雪",策兰写了这样一首诗:

> 你可以充满信心地
> 用雪来款待我:
> 每当我与桑树并肩
> 缓缓穿过夏季,

---

① 维特根斯坦:《文化与价值》,黄正东、唐少杰译,清华大学出版社1987年版。
② Jacques Derrida: *Sovereignties in Question*, *The Poetics of Paul Celan*, Fordham University Press, 2005.

它最嫩的叶片

　　尖叫。

　　这里的"你",的确可以和诗人与之对话的莎士比亚联系起来。"款待"这个词的运用也很有意味。莎士比亚早已是"经典"了,他留下的遗产,他对生与死的思考,对后人已是某种"款待"。

　　策兰交上了自己的答卷。如同他在那时对莎士比亚的翻译,在这首只有六行的诗中,"雪"与"桑树"并存,它们相互对峙而又相互映照、相互问候。"雪"也许也来自遥远的英格兰,"桑树"则来自诗人自己的生活——策兰一家人在诺曼底乡下农家别墅的园子里,就有一棵繁茂的桑树。另外,诗人在那里翻译时,他的儿子埃里克,也许就在那棵桑树下发出成长的欢叫。

　　这一切都折射进一首诗中,并被语言本身所吸收。

　　对话带来了激发。那黑暗中的力量也重新回到一个诗人身上,策兰1967年出版的诗集《换气》(Atemwende)的第一首,即为这首《你可以充满信心地》。这部诗集的创作和问世,把策兰的创作推向了一个新的令人惊异的高度:它成为"晚期风格"的一个伟大标志。

2012.8,北京海淀世纪城

图书在版编目(CIP)数据

在你的晚脸前/王家新著.—北京：商务印书馆，2013
ISBN 978-7-100-09700-0

Ⅰ.①在… Ⅱ.①王… Ⅲ.①随笔—作品集—中国—当代 Ⅳ.①I267.1

中国版本图书馆 CIP 数据核字(2012)第 314197 号

所有权利保留。
未经许可，不得以任何方式使用。

在 你 的 晚 脸 前

王家新 著

商 务 印 书 馆 出 版
（北京王府井大街36号 邮政编码100710）
商 务 印 书 馆 发 行
山 东 临 沂 新 华 印 刷 物 流
集 团 有 限 责 任 公 司 印 刷
ISBN 978-7-100-09700-0

2013年2月第1版　　开本 889×1194 1/32
2013年2月第1次印刷　印张 10½
定价：35.00元